PQ Balzac
2165 Le Co
.C4
1911

Y0-BIL-201

Date Due

Oakland Community College
Orchard Ridge Campus Library
27055 Orchard Lake Road
Farmington Hills, MI 48018

Oakland Community College
Orchard Ridge Campus Library
27055 Orchard Lake Road
Farmington Hills, MI 48018

LE
COUSIN PONS

PAR
HONORÉ DE BALZAC

EDITED WITH INTRODUCTION, NOTES, AND
QUESTIONNAIRE

BY
HUGO PAUL THIEME
JUNIOR PROFESSOR OF FRENCH, UNIVERSITY OF MICHIGAN

ANN ARBOR
GEORGE WAHR, Publisher
1911

COPYRIGHT, 1911
GEORGE WAHR

THE ANN ARBOR PRESS, PRINTERS,
ANN ARBOR, MICH.

PREFACE

In the preparation of the text the aim has been to preserve all that is essential to the story, without neglecting the descriptive part. The largest omission has been in the part of Brunner, which did not seem to be essential to the story itself. In the notes only here and there suggestions of grammatical peculiarities have been made by way of questions, statements and explanations. The main object of the Introduction has been to help the student realize that those critics who have made a special study of Balzac, some of them a life study, have often arrived at the most opposite and contradictory conclusions. This clearly brings before him the great variety of opinion on Balzac in the world of criticism—the various objections or defects and the qualities, the various points of view from which Balzac has been approached and may be approached, the almost hopeless task of arriving at a satisfactory judgment, the immense importance, in reading an author like Balzac, of justness, broadness, charity, discretion and tolerance. In quoting so largely from men who stand high in the world of letters and so frequently noting their names it was the aim to bring the student to a sense of realization that Balzac has been considered worthy of deep and careful study by writers of international reputation such as Sainte-Beuve, Taine, Brunetière, Engel, Brandes, Leslie Stephen, Henry James.

I wish hereby to express to my colleagues, Professors Talamon and Tompkins, my appreciation of their very helpful suggestions.

Ann Arbor, Mich., 1911.

INTRODUCTION

It is an undeniable fact that a correct appreciation and an unprejudiced judgment of Balzac and his works are rare, for Balzac readers are either staunch admirers or unswerving detractors. Judgment is usually based upon the reading of such works as *Eugénie Grandet, César Birotteau,* or upon such works as *Père Goriot, La Cousine Bette,* which are likely to call forth unstinted admiration or absolute condemnation. The best critics of Balzac, themselves, may be very bewildering to the student, at first, because of the very opposite nature of their arguments and conclusions. There are certain phases of Balzac's life, of his nature, of the time in which he lived and struggled, of the novel itself and its aims with which the student must be familiar before setting out to read and correctly appreciate Balzac.

LIFE.

Balzac was born at Tours in 1799. In early youth he set out with the determination to become famous as a writer, and demonstrated this by incessant study and numerous attempts at writing while at college. This college life is described in *Louis Lambert, La Peau de Chagrin, Le Lys dans la Vallée.* At nineteen he entered a law office to study a profession which he thoroughly disliked, the knowledge of which, however, became invaluable to him later. He finally prevailed upon his father to allow him two years trial at Paris to see what he could do in the literary profession. His father failed in the meantime and Balzac established himself in a garret to try his luck. With twenty-five francs a month allowance he had to shift for himself, thus early learning the value of money and appreciating in full the money craze of the time. It was not long before he lost his health and in consequence was forced to return to his home where he wrote several romances, at the same time reading and studying incessantly. It was in 1827, after years of suffering and starvation that he happened to read to Levavasseur, the publisher, part of a new work, for which he was offered 2000 francs. With this work, *Physiologie du Mariage,* Balzac became famous in a week. He went into business, publishing an edition of the classics for five francs. He failed. His father and mother advanced 30,000 francs and his friends more, and soon with M. Barbier the firm of Balzac et C[ie] was founded. Failure was again the result and at the age of twenty-nine Balzac was debtor to his mother to the amount of 50,000 francs. "Printing has swallowed up my fortune. It shall give it back." This is the keynote to Balzac's future career and this must constantly be borne in mind when studying him and his work. In three or four years he wrote *Le Médecin de Campagne, La Femme de Trente Ans, Histoire des Treize, Eugénie Grandet, La Peau de Chagrin,* etc. From now on his life was a series of struggles and fights, lawsuits and literary battles, of luxurious living and unceasing work. He earned much money and spent much more. Two characteristics make themselves prominent from now on: an insatiable vanity and an unbridled love for luxury and display. This obnoxious vanity grew to be so offensive that he became the constant butt of satire and epigrams. He showed the greatest contempt for young writers and in society he trumpeted his own glory without shame. He built two homes, furnished them most magnificently, and claimed relationship with the historical family d'Entrague, taking on the title of nobility by prefixing the "de" to his name. He lived as a prince. The press unanimously hated him. His publisher Werdet was losing money on account of his indolence and unfinished manuscripts. By far the larger part of his time, however, was spent gathering material. At times he would write eighteen out of twenty-four hours for a period of eight weeks and then allow himself a holiday. For nineteen years his work ran on an average of about 2000 pages a year, without proof-reading and rewritings. In addition to this literary work, his many lawsuits, work in getting legislalation on copyright, his visits to the printers and the visits of his creditors, his travels to all parts of France and over Europe, his letter writing—this all is called "la furie balzacienne".

There are two more phases of Balzac's character that must be considered: his love for his mother and sister, and his faithfulness and devotion to Mme Hanska. For many years his sister Laura was his confessor; to her he wrote his plans, his doings, his troubles and sorrows. After her marriage his chief secretary was his mother; she took his manuscripts to the publishers, settled prices and saw to his business. Throughout his life not the slightest ripple can be detected in his relations with his mother and sister.

During the last seventeen years of his life he carried on an uninterrupted correspondence with a Polish lady, Mme Hanska, who had early in his career written to him about his work. After her husband's death he married her. This constancy and pure love must balance the many striking defects of Balzac's character, which, unfortunately, are brought into undue prominence by critics in general. Balzac died in 1850, three months after his marriage, just when he was ready to enjoy and appreciate life.

MENTALITY.

Although critics in general are strong in their denunciation of Balzac's defects, it is not impossible to excuse much when the conflicting traits of his character are understood. To see only an immense diseased vanity in his peculiar behavior and dress, a mere poser in his philosophical, critical and moral efforts, lacking all discernment of the true, a mere dupe to himself, dazzled and fascinated by his own speech, taking the bizarre for the beautiful, the extraordinary for the great, and the monstrous for the poetic; a man of no moderation, measure or delicacy, lacking all moral ideals—is to gaze at Balzac from one viewpoint alone. M. Brunetière says that the best side of his character is his confidence in himself and the capacity for work. Indeed, Balzac believed that he could do anything and that he could do it as well or better than anyone else. His genius lies greatly in his productive faculty. He seldom evolved anything from reflection. He was a business man haunted and vexed all his life by his creditors. Therefore his one aim was to make money, not altogether for the mere sake of money and what it would bring, but also from restlessness and love of his work. He was a product of his time—when the ideals of France were money, glory, pleasure and success. Living in this world meant living with it, and this Balzac did. He followed the general current and endeavored to leave a faithful picture of it. His absolute faith in his own ability and in his judgment made his work what it is; but Balzac had an encyclopædic knowledge and an infallible memory to rely on. He relates himself how he used to follow people in the street to learn how they talked and on what subjects, and to roam for days to find suitable names for his creations. He would journey hundreds of miles to describe a landscape, a house, a room, a character. So thoroughly did he live with and in his creations that he looked upon them as perfect, as masterworks. Such a life may readily explain his vanity, his mendacity and his strong attachment to this world and the things in it, and even the great desire to possess them. This formed in a way the background or the setting of his work. Thoroughly appreciating life in its various phases, infinitely patient in solving its problems, constantly studying the latest discoveries of science (physiology, phrenology, mesmerism, etc.) he gradually acquired a sort of prophetic vision and clairvoyance, which, combined with an abnormal imagination, a boundless ambition and thirst for love developed or originated that portion of his work which seems to be the stumbling-block of so many critics and makes a correct appreciation of it so difficult. The gross, common, vulgar, exaggerated element, the display of learning, and in general the defects pointed out, are but an outward manifestation of a stupendous energy, will and confidence reflecting the whole struggle of the mixing and the amalgamation of classes, class hatred, and financial evolution of the French people at one of the most critical periods of its history. Balzac was a product of this civilization and infinitely greater than his contemporaries, for he appreciated his epoch and the evolution of his time; but he could not be different from his time. In his character, in his mental self and in his works there are found the defects and the qualities of his time. His vast ambition, his indomitable will, his unceasing energy, his vulgar display and vanity are characteristic of this period; but his great desire to be loved and its effects are not to be overlooked; they are the man.

SOURCES OF HIS KNOWLEDGE.

Few critics will acknowledge that Balzac possessed a profound knowledge of his subjects, that he was a scholar; the wide range of subjects making this impossible. Yet when we learn how much time he gave up to study, how faithfully and incessantly he worked, what a careful collector of material he was, we are not surprised at his prodigious learning. Balzac knew his time and society; he lived eleven years in the Imperial epoch, was a young man during the Restoration and in the best place to see and know the world, for he was down in the crowd, in its struggles and sufferings, striving for wealth and position. With the new regime in 1830 he came into possession of reputation and wealth and could live with and enjoy the world. Thus, these three epochs with their changing physiognomies he saw, lived through and his work is a faithful mirror of them. That the physiological part plays such a prominent rôle in his work is but natural, for it is the very atmosphere of the time; Balzac grasped and saw the importance of this. He knew great ladies whom he took as material for many of his types and from whom he derived much of that inexhaustible instruction in the "beau monde". All his life he was a zealous rummager and collector and was in touch with all the unique shops of Paris. The material for many of his novels he derived from minute study which took him months and years to work up. For *Séraphita* and *Louis Lambert* he read and studied all the writings of St.-Martin, Swedenborg, Mme Guyon, Jacob Boehm, besides works on magnetism, somnambulism, mesmerism, etc. Because Balzac wrote so rapidly and incessantly, he must have written solely for money, is maintained. But before sitting down to work he had already thought out the work, the plot, episodes, details of scenes and points of conversation, so that when he began to work his writing was a mechanical process. His stories were usually worked out from his note-books, in which any happy thought, any peculiarity in character, in physical formation, natural scenes, domestic dissentions, snatches of conversation, happy phrases, moral reflections, names, plots were jotted down for future use. On this elaborate, minute accumulation of notes, observations, on his faithful study of questions and problems of the day, on his intuitive knowledge of his own time, occasionally embellished somewhat perhaps by his too fertile imagination, his work rests and upon this it must be judged.

AIM AND THEORIES.

If we are willing to accept Balzac's claim that his *Comédie Humaine* is a complete portrait of the civilization of his time and that he has described it as he has seen it, his work should be judged from this standpoint. If he touched upon every manner, every salient point, every typical feature, every sentiment, idea, person, place, object that played a part, however minute, in the life of his time, if he discoursed on the various subjects of science, medicine, business, religion, etc., if he does this he simply describes what he saw. To the many criticisms on his morality and philosophy he answered: *"J'ai vécu."* Balzac perceived that the forces moving the world were largely passion and self-interest. "Politeness adorns them, hypocrisy disguises them, *niaiseries* covers them with fine manners, but really nine out of every ten actions are egotistical. Society is a conflict of egoism where force guided by ruse triumphs, where passion penetrates deftly." But Balzac, placing man in society, engaged in the great masses of swarming humanity had a vastly larger and different world and newer conditions to deal with than his predecessors. Before the Revolution it was only the privileged class. Under Balzac it is the whole nation striving for success and this "terrible battle of a whole nation" gives him his material and lends to his work its cohesion, reality and life. Society was formed of immense trusts—journalism in which a dozen men made and unmade reputations; the banks under the control of Jews; business at the mercy of a few who built fortunes and ruined men at will. Life then to Balzac in all its ramifications was a linking of causes and effects bound one to the other by mutual dependencies. The terrible career of Baron Hulott in "Cousin Betty" is one of the striking illustrations of this theory and can only be appreciated from this point of view, so generally overlooked. The analysis of these monstrous vices does not seduce the reader "but rather moves him as he sees the implacable destiny urging the lost creature to its doom." If virtue is generally oppressed by triumphant vice, and if greed, malice, jealousy, vengeance and will-power, are victorious, it is not from indifference to these evils but because Balzac has seen these forces operating. He thus becomes a great philosopher, but not great in the same sense as a Schopenhauer or Hegel. His philosophy is not a system, but a conception of life gained from experience with life. In this sense only can Balzac be accused of indifference to vice. Let it be understood what his object was—not to regard his pen as an instrument for making money nor to "titillate popular taste nor to pander to the prurient instincts of mankind," but to describe what he saw and to teach the world the great lesson of its own folly. To say that his social and religious ideas were nothing more than vanity (Poitou), that he had no convictions, no principles, was indifferent to all noble enthusiasms and devotions, that he employed his talent in tickling our sensual appetites and exciting our gross desires, that the work of his pen may be summed up by: "gold for god, interest for law, senses for religion, pleasure for cult," (Poitou) is misjudging his mission. It is only too true that there is much that is vulgar, sensual, gross, many violent paradoxes, a lack of finesse, of charity and purity. Good and evil are depicted without predilection; humanity lies before us in its misery, naked, and full of sores—yet Balzac's idea is "to survey this scientifically, probing the wounds, sounding its ulcers, removing every shred of rag which hides its foulness and dishonor, coldly and unmoved, with no tear or pity, no word of compassion." A man of a deep religious, sentimental temperament could not have done this, nor can such a nature take pleasure in such work. Yet, if the world was as Balzac described it, and the greatest critics of his time are agreed as to this, can he be called immoral? The world owes him much for such work and is gradually coming to consider him one of the greatest dispassionate moral teachers the world of letters has ever produced.

POPULARITY.

Circumstances and conditions in general were unfavorable to Balzac's success. The press, the business world, the literary world were all against him; he created the Balzac vogue and favor by sheer force, activity and invention. He was hailed as the "marchand de modes," the woman's doctor who knows her ailments and can treat them. The causes of his success are to be found in his work. No writer before him knew how to move and make the reader palpitate from the very beginning by the simple description of a room, a character, a house. No novelist had shown the keen observation, the study of details which often reconstructed a whole temperament or a whole class. He was the first to discover the salient qualities of his time: the enormous power of money, the fact that social life is a vast intrigue, that France from one end to the other was a "chase after preferment." His characters are violent egoists, "dominated by Napoleon's thought, active, agitated, men who do not sleep and who strain with all their might towards one goal." All this and his appreciation of the woman of thirty, showing her interesting and irresistible, depicting her with all her advantages, superiorities and perfections, revealing her secrets to her, won him legions of admirers between the ages of twenty-eight and thirty. The works in which these traits are first brought out are *Physiologie du Mariage, La Peau de Chagrin,* and *La Femme de Trente Ans.*

CHARACTERS.

Whatever the characters of the *Comédie Humaine* may be they must represent the men and women living in his day; they must point out the influence every human soul exercises on its surroundings; we must recognize them as belonging to his time, depicting their ideals of life and what life meant to them.

Criticism is much divided on the subject of Balzac's characters, who are said to be mere types of men, but not man; they lack universality; they are eccentric exceptions, and intrinsically vicious, moved by passions and interests only, heartless, unsympathetic and intriguing; "improbable as depressing, not to say degrading. They seem mere caricatures of reality." (Harper) "The purest beings he can conceive of are either caught helpless in some whirlpool of evil out of which they cannot escape, or gain saintliness through the penitence which follows crime." (Edinb. Rev., '76). "He only describes the desires a woman awakens, but never the respect." (Poitou). "His women we can admire and adore, but not love; they serve for one purpose—adultery; with few exceptions they inspire curiosity; they are physiological." (Caro). "At bottom all Balzac's women are of the sultana variety, playthings who occasionally venture into mixing with serious affairs of life, but then only on pain of being ridiculous." (Leslie Stephen, '71.) "His strongest characters are his women." (Henry James, '75.) "His women are loyal, affectionate, prudent, far-seeing, ready to sacrifice and crucify themselves for those they love. They are natural with the defects of their characters as well as with their virtues." (Parsons, '86.)

Balzac himself never had a liaison, his relations with women never exceeded the bounds of intimate friendship. He was a man of pure social conduct, and most of his "grandes dames" were fashioned after ladies whom he knew. And he lived in his world so passionately that frequently he confounded his characters with real beings. Throughout his work "characters are so lifelike and so intimately wrapped in one another that Balzac lived and breathed in them, quoted them and never left them." (Ste-Beuve.) "His portraits are so true that the people who posed for them could not recognize themselves." (Baker, '78.) When we realize that all his characters are based on what he has seen, we must be prepared to find evil characters in strong relief, for this was the general condition of society of his time. The great leaders of society were all experts, proved by success, sagacious, equipped with ideas and inventive force, intriguers—such men and women he reveals in thought and deeds, anatomizes them and fathoms their motives. When we examine these characters we must conclude that Balzac observed life more than he felt it; he reasoned more upon characters than sympathized with them; hence, their predominant trait is intelligence in the form of intrigue, calculation, cleverness and ingenuity. Each one represents a passion: vanity in Rubempré; ambition in Rastignac; avarice in Grandet; paternal love in Goriot, etc. Noble and elevated characters are naturally not frequent in his works, because, if according to his view, man is a single passion, he can only be a maniac or monster, an abnormal type, even if his passion is a noble one. "The advantage of this is that the characters stand out in bold relief and remain indelibly fixed in the memory, but the reading if often very hard. There is little play of imagination." (Faguet, '87.) Possibly one reason why many readers condemn his characters and accuse Balzac of immorality, is because he so thoroughly lived with and believed in his creations, suffering and rejoicing with them and having them live in him, that he appears indifferent to the consequences. It may thus be seen that Balzac's characters must be judged in connection with the society he tried to depict, with the character of Balzac himself and with his aim and theories of life.

DESCRIPTIONS.

There are no dissenting opinions as to the greatness and unique position of Balzac's descriptions. There are few writers in all literature who are his equals in shrewd insight, elaboration of detail, masterly seizing upon the essential points of character and temperament. His many digressions on style, fashion, dress, medicine, sciences, commerce, metaphysics, physiology, law, art in its various phases, every imaginable passion and virtue, from the lowest to the highest, his stern realities and wild impossibilities may seem inconsistent and inaccurate to some from a professional point of view, but they are perfect so far as the purpose of his art is concerned. "Balzac was a most remarkable combination of the artistic temperament with the scientific spirit." (Oscar Wilde, The Decay of Lying.) Many objections are found to the character of his descriptions. "He paints passions that belong to common life only, petty passions, the monotonous, comic and painful scenes of the salon, boudoir, domestic hearth. His paintings are daguerrotypes." (Poitou, '56.) On the other hand: "Born and brought up in Paris he has not only been able to describe the squalor and splendor of Paris, but also to delineate with a magic pencil the quiet virtues of a rustic priest, the little troubles of a rustic fold, the vicissitudes of a poor man's home, the beauty of nature in the majesty of its grandest forms down through all its phases to the quiet beauty of a flower garden. He has touched nothing without embellishing it. Tragedy and pathos, gentle and touching as a child's tears, garnished with a sensitive delicacy of feeling, conveyed in a painted and flexible style which does not require deciphering, the result of a clear vision, produced by severe mental training." (Dublic Univ. Mag., '67.) The many scenes that are offensive to the average taste and often monstrous, frequently monotonous, may rightly be criticized when taken by themselves, but in the ensemble they have their place for truthfulness of setting and artistic effect. This tendency of Balzac may readily be accounted for by the general depraved appetite of his time for the new, the startling, the effective. Taine's estimate does full justice when he says: "The history of art has not yet offered an idea so foreign to art, nor a work of art so large. He has almost equalled the immensity of his work by the immensity of his erudition. Too much minutia and detail, which is only relished by the connoisseur in the various branches. It also falsifies the impression, but it helps to know the character or the situation—they become living. Every character has his "milieu" and this Balzac painted better than anyone before him. He is in the rank with Shakespeare in this respect." The world that Balzac describes is composed of the survivors of the great wars and the "gilded fashion" of the Empire; the old aristocracy returning, the financial plutocracy who sought to imitate the "hereditary magnificence across the river in their gorgeous salons of the *Chaussée d'Antin"*; the whole lower strata of society to whom wealth, rank and success had been opened by the Revolution. To succeed was the cry of this society and Paris was the centre. Herculean will and energy were necessary to success. Prodigious work was in the atmosphere, as grandeur in the XVIIth Century. "The brain is in a fever heat and pushes man in all directions. All professions have right of entrée to society since the bourgeoisie has entered the scene. Society is a large stream: bankers, business men, scholars, etc. These with their own professional ideas, mingled with new discoveries, with new literatures, new peoples, makes a turbulent, cloudy stream in which each one tries to keep above water." (Taine.) The tragic ending of his novels, the all too frequent success of his rascals, causing sorrow or death to the virtuous, however flourishing and triumphant this success may be made to appear, seems "sordid and shameful by the side of martyred virtue." If we only examine deeper into Balzac's method we will find that vice is made to appear only so much more odious, inspiring a loathing and contempt for it. Thus, however complicated, immense, stupendous and loathsome this world of Balzac may seem on superficial study we find it a homogeneous unity, with a definite purpose and aim, not always apparent, to be sure, and frequently distasteful, yet ever working in one direction—a ceaseless and relentless battle against vice in every phase.

COMPARISON WITH OTHER WRITERS.

It would be a profitable and interesting study to draw a comparison between all the writers with whom Balzac has been compared by various critics. Amongst these the English writers figure prominently. For a special comparison of Balzac with Thackeray cf. Dublin Univ. Mag., '64 and '67; of Balzac with Dickens, cf. Bellows, '89; of Balzac with Shakespeare, George Eliot and Poe, cf. Moore, '89; with Carlyle, cf. Quar. Rev. '90; with Théophile Gautier, cf. Brandes, '82; with Tacitus, cf. Lilly, '80. "George Eliot is the only writer that resembles Balzac in this particular—in her profound distrust of happiness and disbelief in its possibility and in her perpetual consciousness of the vulgar undercurrent of self-regard which sweeps every obstacle out of its path. But she shows her hatred of her creations. She struggles for good, although evil does conquer; but Balzac is indifferent." (Edinb. Rev., '78.) For further comparisons with Jules Janin, cf. For. Quar. Rev., '32; with Sand, Sue and Dumas, cf. Ste-Beuve, '50; with Zola, cf. Lilly, '80; with Sand, cf, For. Quar. Rev. '44. These comparisons reveal fondness for Balzac and appreciation of him by English critics who seem to prefer him to George Sand, whereas Balzac was not a favorite with the English people in general.

POPULARITY IN EUROPE.

In France Balzac had been popular since 1840 according to Ste-Beuve. The For. Quar. Rev. states that Balzac was one of the most popular novelists in France,

Germany and England, both among the frivolous, grave and thoughtful. In 1850 Ste-Beuve writes that Balzac's success in France is nothing compared with his success in Europe. The details would seem fabulous. At Venice society planned to take the names of his principal characters and to play their game. For a whole season nothing but Rastignacs, etc., were seen. In Hungary, Poland and in Russia Balzac's novels were law; people furnished their homes *à la Balzac*. In 1847 John L. Motley states that Balzac "is little translated and little known in England and America. If there is to be such a large infusion of French novels into our literature we should rather recommend Balzac than Sue or Sand." In 1864 the Dublin Univ. Mag. maintains that Balzac "is little known in England and read by a few studious, obscure individuals who ransack the French literature for something more than the materials for an "original drama." That Balzac's novels are not better known is still a mystery and an error which we trust will be corrected." Three years later the same magazine asserts that he is not well known to the general reader but that his influence is very marked on some of the prominent English fiction writers. In 1878 Baker in the Gentleman's Mag. says: "Compared with Sue and Dumas, Balzac has few English readers and he is infinitely superior to both." The reasons given are: "Style too difficult. The nudity of his human nature startles English prudery. His books are essentially men's books. Few women would accept or tolerate them except those of masculine understanding."

Recent criticism shows that Balzac's popularity has

made tremendous progress both in England and America as well as all over Europe. It may be gathered from the above quotations that Balzac has always been a much greater favorite with students of literature and mature minds than with the reader at large, but that in proportion as the human mind becomes less prejudiced and broader, more ready to accept truth in its least agreeable form, Balzac's popularity and favor increase.

ORIGINALITY AND INNOVATIONS.

Excepting his first novels we notice everywhere in Balzac a complete independence of schools and current traditions, a distinctly personal point of view on men and things, and an exclusive preoccupation with the world as he perceives it. The first change noticeable in his novels from those of his time is the importance given to accessories; details, which hitherto have been considered as of secondary importance, become the essential part of the novel. Balzac was the first novelist to recognize the great principle that the general tendency of evil is to further evil; hence, good and evil are distributed alike as in nature, impartially, indifferently. This was undoubtedly the cause of much offense to many of his contemporaries who denounced his brutal and terrible "intrepidity of analysis and insufferable coarseness." Furthermore money is given an undue importance according to critics, but Balzac is "the first to show how it is made in the various manners—politics, business, usury, speculation, etc., and he showed this with all the technic and mechanics of each profession." (Brunetière.) If the money question were to be eliminated from his work the loss would be as great as if woman were withdrawn. This question was the all-pervading topic of his time, hence rightfully belonged to the novel as a part of life. To complete the picture of life Balzac "costumed and furnished" his novels by putting them into a frame, place and time, costumes and furnishings serving as frame. Thus for the first time in the novel do we find entire submission of the observer to the thing observed, no subject having any value in itself, but only in relation with other subjects. Just as this material and the characters are dependent upon each other, are tied up with each other, making up life, so his works are dependent upon one another, making up a unity, a life. This explains the recurrence of his characters through his many works. These characters, some 2000 in all, have been the subject of special studies and not one instance has been found in which there is contradiction. (cf. Holden, '88.) This trait alone must needs give Balzac a place among the great minds of the world. This wonderful ability to talk and act consistently the part of almost every imaginable profession "with all the wealth of detail and technical expression as to make a specialist of each one" won for him the claim of universality. Original with him also is the rôle he has various characters play in his human comedy. Thus, in the priest the great power of the church and its salutary action, moral and civilizing, is shown. Foreseeing better than anyone the deep changes being effected in the social system and the necessary change of the rôle of the clergy in the social revolution, he depicts the priest as the man of God. (cf. Franche.) The physician really replaces the priest who is no longer the soul of the modern social state. Around the village doctor is centered much of the action; he becomes the motive force, as in *Pierrette, Cousin Pons,* etc. (cf. Caujole.) Balzac's treatment of woman, especially the woman of thirty, as she was with her dresses, caprices, virtues, defects, temptations, nerves and passions, was original. All of these innovations, combined with an exactness of vision and passion for observing, the gift of the artist in revealing the sentiment of life and giving the illusion of it, "the infinitely rare gift of seeing and resuscitating human groups, almost organized societies with the actions upon one another of the members composing them," is ample proof of Balzac's greatness and enough to have won for him the popularity as well as the harsh criticism of his contemporaries and of the world of to-day.

QUALITIES AND DEFECTS.

The admirable qualities of Balzac stand out clearly and have been dwelt on enough in the preceding paragraphs: solidity, "making his reading often as hard as Guizot or Hallam, amazing fertility, never superficial, never smacking of the mere machine output for money, unapproachable in just observation, keen penetration, wonderful harmonizing of person and character, exact appreciation of words to evoke intricate and substantial masses of reality, consistency of his characters, which are true to themselves, hanging together, breathing, moving and living." Yet with all of these qualities so prominent only a few of Balzac's novels need to be read before many defects become apparent, and these, criticism has most generously pointed out. In fact critics seem much more inclined to make prominent and even to exaggerate these defects than to discover the truly great qualities. English critics, on the whole, have been much more generous and charitable toward Balzac than the French, and this is possibly due to the fact that they, on the outside, as onlookers, could better judge of the truthfulness of these works than the French themselves in the midst of this world and a part of it. The most prominent of these objections to Balzac and his work are the following: "Constant comparisons and mad emulations of Napoleon, which are bad for the youth." (Ste-Beuve, '50.) "His work is long and diffuse, undigested and pretentious, no grace, no delicacy, no good taste, no moral ideal, lacking all justness, sobriety and measure. Drags the novel into the utmost depths of vice and displays in the *Paysans* and *Parents Pauvres* the most repulsive spectacles that human nature can offer or a sick imagination invent. There is no unity, no direction, no dominant thought which clarifies and marks the goal. Disorder and incoherence reign." (Poitou.) "He analyzes and dissects all; there are no ordures for him; all is alike. But he sees one side of life too much. He cannot paint virtue, which is the ugliest of Balzac's ideas. He only seeks the sickly; illness strange and hopeless. He sought in all the corners for the strange and unwholesome creatures that live outside of nature and law. But he paints and presents them in such a way that while detesting them we admire them." (Taine.) In 1864 a writer in the Dublin Univ. Mag. goes so far as to say that there is very little of the objectionable in his works. "He is never coarse, never frivolous. France may fairly meet all criticism of her school of fiction by pointing to her Balzac, who, with his caustic wit, his polished style, ... has not only elevated the tone of her own romances but has tinged, if not in a great measure formed the style of one of the greatest novelists of England—Thackeray." "Poor in dialogue; his characters do not talk reasonably, they roll off unlikely discourses, like so much declamation." (Scherer.) "The great general defect of his manner is this absence of fresh air." (Henry James, '75.) "Sometimes the minutia are dwelt upon to the extent of being almost as tiresome as the beginning of one of Walter Scott's novels; and this is perhaps the gravest fault with which he can be charged as a story writer." (Rhodes.) "Affection in Balzac is a mania bred of philters and intoxicating potions. He degrades the most exquisite and lovely of human qualities to an instinct. He enjoyed showing how foolish and ugly, lame, stupid and ridiculous virtue may be. He knew little about it. The defect of all the vices of his characters is that Balzac was a materialist, he worshipped force and did not believe in God." (Quar. Rev., '90.) M. Faguet ('98) mentions three defects that exert a harmful influence. "When Balzac endeavors to think or be a philosopher or a socialist his mind is extremely confused; thus his influence must be pernicious if his philosophy is turbid and hollow. Except occasionally he wrote badly and to write badly is a most effective way of teaching people to think crookedly and take phraseology for ideas. He is vulgar and likes what is low. The moralist is absent from his work." Yet in 1905 Le Breton, pp. 134-5, states: "He is a very intelligent and profound moralist. He knows well how passions arise and die. One-third or one-half of his works are not works of art." For further defects cf. Harper, '00.

MORALITY.

In face of so many objections and defects can Balzac be called a moral writer? Criticisms differ much on this subject. Nationality might naturally be expected to influence the critics, but in fact it seems that English critics, in general, take fewer exceptions to Balzac's morality than the French. "In judging him we must always put his defects and weaknesses side by side with the extraordinary power and talent in depicting some of the infinite varieties of characters which throw their light and shades over the scenes of human life in the country and in Paris. He is no teacher of morals." (New York Rev.) "Adultery is a crime and must always be treated as such; if it is treated otherwise the author is immoral. Balzac treats it as a matter of course. From him it would be concluded that all wives are unfaithful. Their infidelity is only an insult against the husband and not a crime against society. There are few of Balzac's novels that are not decidedly immoral in tendency. All his heroines are unfaithful and all his men are rascals. Balzac has a very keen moral sense, but his works, in general, seem a flat contradiction to it." Yet in another passage: "There are many people who have never heard that Balzac was immoral. No one can have heard of George Sand without some grievous charge of immorality. She is the popular symbol of French grossness. (For. Quar. Rev., '44.) "If these conditions prevail, society is reprehensible and not Balzac. By depicting them coldly he does not necessarily sanction them." (North Amer. Rev., '47.)

"If Balzac is not so bad as some writers, he has nevertheless many false ideas and propagated many bad sentiments." (Poitou, '56.) "No man sketched vice so graphically and delineated it in all its repulsiveness. He has not, however, held it out as a fascination, nor offered it to his readers as an apple of temptation, sweet to look upon, but has accompanied it in its most brilliant forms with its dark ugly shadow and sent it down to its doom. No one has painted virtue more beautifully, hence painted the female character more justly. The panorama of life spread out before us in his collective writing is a more varied one and more universal than that of any other man save Shakespeare." (Dub. Univ. Mag., '67.) "Balzac is no moralist; hence, to a natural and healthy mind it may be declared there is no evil influence in his works." (Rhodes, '76.) "In any just sense of the word these novels are not immoral. Vice is never made attractive nor is the path of sin pictured as pleasant; the end is always shown to be wretchedness and desolation." (Bellows, '88.) "Without a certain catholicity of taste it is useless to even approach the works of Balzac. Vice and virtue there are, but never confounded. His realism is simply a protest against conceit and artificiality and conventional morality." (Gleadel, '94.)

It will be seen from the above that different critics approach Balzac from different standpoints. In the main, most critics confound the moral and the aesthetic. Value in art up to Balzac's time had been judged mainly by the standard of beauty and morality. Balzac's innovations had never been placed before the judgment of criticism, hence the confusion. But as M. Brunetière, in his admirable work on Balzac, states the matter: "A moral question is a moral question and cannot be solved by an aesthetic question or standard. Whether truth is displeasing or even insupportable to see, is not sufficient for a wholesale condemnation of truth in a novel. (p. 230.) Whether the novel like history has or has not in principle the right to represent life in its totality, is the question. If it has not, then Balzac and all others are highly immoral. This right Balzac claimed and has established forever in the novel." (p. 232.) It is due largely to this view now generally accepted that criticism, at least modern criticism, considering Balzac from a different viewpoint, absolves him from all immorality. The whole question is summed up in the following: "These works are neither moral nor immoral. They are immoral as history and life, which means that they are moral as such, representing life and truth. When we say that Balzac is immoral, it must mean that we object to his conception of art, to its value and its legitimacy." For a fuller discussion from this point of view cf. Brunetière.

STYLE.

Almost all critics are agreed that Balzac wrote badly as pure style goes; that is, judged by the accepted theories of what good style consists in. In studying Balzac's style the student should always bear in mind what has been said of his originality and purpose in literature. It will then be appreciated that he could no longer conform to the exigencies of French style and that criticism must needs be severe. As early as 1834 Ste-Beuve declares that Balzac has no *"dessin de la phrase pur, simple, net et définitif,"* that Frenchmen reading some of the passages felt like washing their hands and brushing their clothes." On the contrary the New York Rev. in 1839 maintains that "his language is as translucent as his thought and his thought as symmetrical as the design." The For. Quar. Rev. in 1844, however, takes the opposite view. "Few Frenchmen wrote so incorrectly; none more detestably. His style is crabbed, prolix, startling and effective; his language is unwieldy, unintelligible and perverse, not light, easy, pointed, brilliant nor idiomatic. It is inexpressive, tedious, lacking the usual inimitable grace. He puts syntax, idiom and taste at defiance. His aims are deliberate; his awkwardness studied, his incorrectness elaborate. In description he is detestable.." In 1850 Ste-Beuve somewhat modifies his view given in 1834: "His style is fine, flowing, picturesque." The following paragraph from Ste-Beuve is frequently found quoted or paraphrased: *"Ce style si souvent chatouillant et dissolvant, enervé, rosé et veiné de toutes les teintes, ce style d'une corruption délicieuse, toute asiatique comme disaient nos maîtres, plus brisé par places et plus amolli que le corps d'un mime antique."* The first really to approach Balzac from an unprejudiced point of view was Taine: "If a salon man or an eighteenth century man should read Balzac he would find him horrible, but Balzac did not write for the salon. They only knew a very restricted language, a language which supplied their needs, ideals and manners; but Balzac's language is life, wonderful, magnificent, unequalled; it is a luxury and a revelry. All his own way and original." Henry James in 1875 follows along the same line of thought in saying that "his style bristles, cracks, swells and swaggers; there is a certain quantity of everything, from immaculate gold to flagrant dross. As an impulse his method was successful, as a theory a failure."

In studying Balzac or Balzac-criticism of style the student should bear in mind the different possible ways of approaching style—pure, impulsive as in Balzac's case, or theory, according to accepted standards, which Balzac never considered. From the first point of view it certainly cannot be denied that Balzac made style with ideas and that he was one of the most original prose writers of French literature. M. Brunetière again sums up this question most admirably; "Up to Balzac's time critics were agreed as to what a good style was. If a writer wrote according to the rules of grammar correctly and clearly he was a good writer. Individual style or modifying style according to one's own notion was not accepted. Purity, clearness, correctness were the essential qualities; whoever did not possess them wrote badly. In this sense Balzac wrote badly. But romanticism and Balzac have changed this idea. Nowadays it is a question what the author attempted to do. Balzac did not strive for the realization of beauty, but for representation of life. Therefore the question that confronts us with Balzac is not, if his style is pure, correct, but living or *s'il fait vivre ce qu'il représente*. In this sense he has no superior. Balzac neither writes badly nor well, but as he had to write. He is not a writer of the first order. Only those who modify the language without disturbing it in its regular course are great writers, as Ronsard, Pascal, Hugo. As style for the novel he has no superior. He gave the qualities that are essential to the novel and the novel has never abandoned them; where it has, it has failed." (cf. also: Parsons, '86; Flat, '94; Symons, '99; Faguet, '99.)

INFLUENCE.

That Balzac has exerted a most powerful influence has never even been questioned by critics; but the nature of this influence is a much discussed problem. And here again the French are, with few exceptions, unanimous in the opinion that this influence has been mainly for the bad, which opinion, however, is not universally accepted. The French critics who have been most vigorous in their denunciation of Balzac have invariably been strong moralists and it is this point of view from which their objections come. Balzac's influence in France during his lifetime was not great and about 1840 was on the wane. Since his death there has sprung up a universal effusion of praises and eulogies. He is called a colossus, *l'océan,* the Christ of art. The general tone of French hostile criticism may be found in Poitou: "His influence has been great but detestable. He corrupted language by a pedantic phraseology, by an arbitrary and pretentious neologism. He corrupted art by his materialism and made it lose its dignity. He corrupted the profession of letters by making of it an industry, producing rapidly to sell. He made of literature a merchandise and of the man of letters a manufacturer. Many modern novelists have been worse, more immoral, but none have done more harm, profound and durable, to souls. No novels have crushed morality, dissolved the principles on which morality is built, made you doubt a God, a soul and a duty, more." The same vein runs through many articles by Frenchmen. (cf. Caro, '88; Faguet, '98.) All critics are agreed, however, that the modern novel is the work of Balzac, not only in France, but throughout Europe, and that almost all modern realists in fiction admit that their master, he who has most directly influenced their method of novel writing, is Balzac; that along with Ste-Beuve, V. Hugo, Pasteur, Cuvier, names of men who have exerted the greatest influence in the nineteenth century, Balzac is possibly the greatest, "and will be the most lasting because of the universality of his work." (For his influence upon V. Hugo and *Les Misérables,* cf. Le Breton, pp. 273-4.)

IMPRESSIONS AND ESTIMATE OF BALZAC.

The impressions left on critics by the reading of Balzac are almost as varied and are of the same nature as the objections raised against him; whereas the estimates of the work on the whole are in general to his favor. "Balzac's novels are often repulsive and dull, but he who has once submitted to his charm becomes spellbound. Disgusted for a moment, he returns again and again to the strange, hideous, grotesque, but most interesting world to which Balzac alone can introduce him. Probably few people who read Balzac would be any the worse for the study." (L. Stephen, '71.) "One of the rare geniuses who are at once the despair and delight." (Blackw. Mag., '77.) "Innocence could not be corrupted by even his strongest and most audacious books." (Temple Bar, '86.) The following hysterical statement shows to what extent a Balzac enthusiast may go: "To me there is more wisdom and divine imagination in Balzac than in any other writer, . . . and that I am finishing these pages with tears in my eyes . . . is a tribute to his genius, if such a rushlight as myself may pay tribute to such a miracle of glory as he." (Moore, '89.) One of the fairest and broadest of French impressions is by Albert: "Balzac pleases or displeases greatly. A sign of his strength. He is loved and appreciated by the most diverse natures and for the most diverse reasons. Skeptics and the worldwise quote him and take him as authority to deny or rail at generous sentiments. Souls wounded or somewhat unbalanced love him, find in him a consoler, confessor, physician, confidant. Even if he has no remedy to offer, he understands them and he analyzes their ills and caresses them, sympathizes with the sick. He displeases the simple, narrow, firm souls who have a high ideal."

The trend of the estimates of Balzac's work on the whole is in the nature of advice to read much of Balzac before judging him. That he has a place among French classics is a disputed point, some going so far as to say that in his own domain he is what Tacitus is among historians, Michael Angelo in the art of design, and Dante among the poets. Taine said that with Shakespeare and St.-Simon Balzac is the greatest magazine of documents on human nature that we have, and M. Brunetière states that as Molière was not only the greatest *auteur comique* but comedy itself, so Balzac is the novel itself. Moore compares Balzac with a great city—"neither can be learnt completely. It is as impossible to write on Balzac as it is on human life." Gleadell declares "his work is so vast and monumental in its scope and character that our imagination quails before the extraordinary vigor and intellectual energy which first could conceive and then successfully execute a scheme so complex." The importance to the student of these widely different estimates and impressions lies in the lesson it must teach in forming judgments of authors like Balzac who have been the subject of so many disputed questions of morality and aesthetics. In this respect Balzac is one of the most difficult authors for an American student, with his somewhat firmly rooted notions of morality and the narrow views of the world in general, to approach from an unprejudiced point of view. In studying such authors as Balzac, although the reading of the works is always strongly encouraged, it would certainly be wise to read much criticism on these works before having read too many of the novels themselves. In general it may be said that English and German critics have been much more generous, broader and sympathetic in their judgment of Balzac than the French. They go farther also than the French in making profitable comparisons between Balzac and French and English writers. The bone of contention is always morality, and on this the English are much more inclined to accept Balzac than the French themselves.

WORKS.

It becomes almost a hopeless task to form a definite division of his works, contradictions are so numerous. Even to enumerate the best and greatest of Balzac's novels would be but a personal choice, critics themselves differ so widely on this point. However, a division has been made in this way:

Scenes of private life representing infancy and youth and their faults.

Scenes of provincial life representing the age of passions, calculations, interest and ambition.

Scenes of Parision life representing the age of vices, tastes of the civilization peculiar to the capitals.

Some of the best known but not always the most admired of his novels are: *Père Goriot, Eugénie Grandet, César Birotteau, Le Lys dans la Vallée, La Femme de*

Trente Ans, La Femme Abandonnée, La Grenadière, La Cousine Bette, Le Cousin Pons, Le Curé de Tours, Le Médecin de Campagne, Ursule Mirouët, Le Début dans la Vie, Rabouilleuse, L'Episode sous la Terreur, La Messe d'Athée, L'Auberge Rouge.

COUSIN PONS (1847)

There are many reasons why *Cousin Pons* of all Balzac's novels is, even in an abridged form, one of the most interesting, helpful and suggestive illustrations of Balzac's many-sided genius. It contains in the fullest form the grossest realism and the highest idealism, the most stupendous and shocking villany and intrigue as well as the most beautiful and pathetic sacrifice and friendship. It is one of the most perfect examples to show the characteristics of Balzac's art of composition, containing no less than five or six complete biographies, and representing two complete classes of society, the new aristocracy and the middle class people, Mme la Présidente and her circle and Pons in the midst of the intriguing and restless bourgeoisie. Here in the most remarkable manner Balzac shows his strength in drawing characters and bringing to full light the most startling and striking contrasts possible in character study. Can any stronger contrast be imagined than the intriguing, deceitful, conscienceless Fraisier, Mme Cibot and Mme la Présidente, and the simple, tender, loyal and affectionate Pons and Schmucke? Nowhere does Balzac so vividly analyze two varieties or social species, truthfully picturing them in their own dialogues in which he allows them to manifest themselves according to their own varied natures. It is true the chat and gossip of Mme Cibot becomes tiresome, but it is nevertheless true to nature; she is living and active before our eyes. It would be difficult indeed to find a better novel of Balzac to show his ability and power to imitate and reproduce the language of the most different natured characters. The language and conversation of Fraisier the lawyer, of Mme Cibot the portress, of Dr. Poulain the physician, of Pons the musician and art lover, of Schmucke the musician and German, of Mme la Présidente the best type of the parvenu. And in this novel Balzac is at his best in style. Cousin Betty and Cousin Pons are generally pointed out as the novels in which Balzac's style is most even, least difficult and contains the least number of objectionable points—as neologisms, technical language, etc. All this makes it one of the least difficult for the student. It can hardly be said that Cousin Pons contains anything objectionable, shocking, "desolate and unethical." Certainly Balzac never developed or pushed the pathetic or the intensity and depths of human emotion and friendship farther than in this novel. In this respect Cousin Betty and Cousin Pons are considered superior to anything that Balzac ever wrote.

BIBLIOGRAPHY

The following are some of the more prominent and helpful books and articles read and freely used in the preparation of the Introduction:

1832—*Romans et contes philos.,* Foreign Quar. Rev. IX, p. 345-374.

1834—STE-BEUVE—*Portraits Contemp.* '46. This article caused the enmity between Balzac and Ste-Beuve.

1839—*César Birotteau,* etc., New York Rev., IV, p. 441-457.

1844—*Balzac and George Sand,* For. Quar. Rev., XXXIII, p. 145-163. Excellent comparison of both.

1847—J. L. MOTLEY—*The Novels of Balzac,* North Amer. Rev. LXV, p. 85-109. Very suggestive.

1850—STE-BEUVE—*Causeries du lundi,* II. and 1874—*Premiers lundis.*

1856—POITOU—*M. de Balzac, ses oeuvres et son influence sur la litérature contemp.,* Rev. des Deux Mondes, VI, p. 713-768. A good estimate of Balzac from the French point of view of that time.

1858—TAINE—*Balzac,* in *Nouv. Essais de critique et d'histoire.* One of the best articles on Balzac.

1864—*Balzac and Thackeray: a literary comparison,* Dublin Univ. Mag. LXIV, p. 620-627. Excellent.

1867—*Balzac: His life and career; his literary labors,* Dublin Univ. Mag. LXX, p. 363-376; 510-529.

1870—SCHERER—*Balzac,* in *Etudes sur la litérature contemp,* IV.

1871—LESLIE STEPHEN—*Balzac's novels,* Fortnightly Rev. XV, p. 17-39. Deals mostly with the types of Balzac.

1875—HENRY JAMES—*H. de Balzac,* Galaxy, XX, p. 814-836. Splendid analysis.

1876—RHODES—*Balzac,* Scribner's Mag. XI, p. 636-647. Good stories and whims of Balzac.

1877—HENRY JAMES—*Letters of Balzac,* Galaxy, XXIII, p. 183-195.

1877—*Balzac,* Blackwood's Mag. CXXI, p. 300-323.

1878—BAKER—*Balzac,* Gentleman's Mag. XXI, p. 617-631.

1878—*Correspondence of Balzac,* Edinb. Rev. CXLVIII. p. 273-289. Beautifully written account of his life through his letters.

1878—*H. de Balzac,* Temple Bar, LIV, p. 535-552.

1878—MEETKERKE—*Balzac and his publishers,* Argosy (London) XXVI, p. 270-277.

1879—SPOELBERCH DE LOVENJOUL,—*Histoire des Oeuvres de Balzac,* Lévy. An indispensable book to Balzac students.

1880—LILLY—*The age of Balzac,* Contemp. Rev. XXXVII, p. 1001-1044. A very sympathetic and scholarly article.

1882—ALBERT—*Balzac,* in *La litérature française au XIXe siècle,* II, Hachette. Treats Balzac from the moral point of view.

1882—BRANDES—*Emigranten Literatur,* Leipzig. A good résumé of Balzac.

1884—ENGEL—Psychologie der franz. Literatur, Wien.

1884—SHERER—*Balzac's cane,* Gentleman's Mag. XXX, p. 600-607.

1886—PARSONS—*Balzac,* Atlantic Mo. LVII, p. 834-850. Shows keen appreciation and wide knowledge.

1886—*The novels of Balzac,* Temple Bar, LXXVIII, p. 197-212; 384-399; 495-505. Fine analysis and sympathetic.

1886—*Balzac,* Cornhill Mag. VI, p. 470-489. Deals with sales of Balzac's manuscripts and letters.

1887—CERFBEER ET CHRISTOPHE—*Répertoire de la Comédie Humaine,* Lévy. Gives account of all of Balzac's characters; an invaluable work.

1887—FAGUET—*Balzac,* in *Etudes littéraires sur le XIXe siècle,* Oudin.

1888—CARO—*Balzac,* in *Poètes et Romanciers,* Hachette. A very strong article.

1888—HOLDEN—*A new light on Balzac,* Scribner's Mag. III, p. 76-81. Worked on a Balzac inventory for ten years.

1889—BELLOWS—*Balzac,* Unitarian Rev. XXXII, p. 267-279. Interesting comparisons.

1889—SHERER—*The female friends of Balzac,* Gentleman's Mag. XLII, p. 117-128. Mentions women who influenced Balzac and furnished him with types.

1889—MOORE—*Some of Balzac's minor pieces,* Fortn. Rev. LII, p. 491-505. Analysis of short stories and indulges in extravagant praises of Balzac.

1890—*Balzac,* Quarterly Rev. CLXXI, p. 57-91. Very bitter.

1894—GLEADELL—*The realism of Balzac,* Gentleman's Mag. LII, p. 596-607.

1894—FLAT—*Le style et l'âme de Balzac,* Rev. Bleue, I, p. 519-525.

1894—FLAT—*Quelques idées de Balzac,* Rev. de Paris, II, p. 140-165. Gives his theories of love and society.

1896—FERRY—*Les interprètes au théâtre,* Rev. Bleue, VI, p. 215-218.

1898—FAGUET—*The influence of Balzac,* Fortn. Rev. LXIX, p. 723-736.

1898—FERRY—*Balzac et V. Hugo dans les Jardies,* Rev. Bleue, IX, p. 726-728. Relates curious and interesting incidents.

1899—PARSONS—*Balzac et l'Académie,* Rev. Bleue, XI, p. 628-631. Election of M. de Noailles instead of Balzac in 1849.

1899—SYMONS—*Balzac,* Fortn. Rev. LXXI, p. 745-757.

1899—FISHER—*The Balzac centenary.* Cornhill Mag. LXXIX, p. 603-614.

1900—HARPER—*Balzac,* Scribner's Mag. XXVII, p. 617-626. A splendid résumé of Balzac's defects and qualities.

1901—CAUJOLE, DR.—*La médecine et les médecins dans l'oeuvre de Balzac,* Lyon, Storck.

1902—Franche—*Le prêtre dans le roman français,* Perrin.

1905—LeBreton—*Balzac, l'homme et l'oeuvre,* Colin, Valuable information on his life.

1905—Henry James—*The lesson of Balzac,* Atlantic Mo., p. 166-180. August.

1906—Brunetière—*Balzac,* Lévy.. An indispensable book.

LE COUSIN PONS

LE
COUSIN PONS

Vers trois heures de l'après-midi, dans le mois d'octobre de l'année 1844, un homme âgé d'une soixantaine d'années, mais à qui tout le monde eût donné plus[1] que cet âge, allait le long du boulevard des Italiens, le nez à la piste, les lèvres papelardes,[2] comme un négociant qui vient de conclure une excellente affaire, ou comme un garçon content de lui-même au sortir d'un boudoir. C'est à Paris la plus grande expression connue de la satisfaction personnelle chez l'homme. En apercevant de loin ce vieillard, les personnes qui sont là tous les jours assises sur des chaises, livrées au plaisir d'analyser les passants, laissaient toutes poindre[3] dans leur physionomie ce sourire particulier aux gens de Paris, et qui dit tant de choses ironiques, moqueuses ou compatissantes, mais qui, pour animer le visage du Parisien, blasé sur tous les spectacles possibles, exige de hautes curiosités vivantes. Un mot fera comprendre et la valeur archéologique de ce bonhomme et la raison du sourire qui se répétait comme un écho dans tous les yeux. On demandait à Hyacinthe,[4] un acteur célèbre par ses saillies, où il faisait faire les chapeaux à la vue desquels la salle pouffe de rire: "Je ne les fais point faire, je les garde ! " répondit-il. Eh bien, il se rencontre dans le million d'acteurs qui composent la grande troupe de Paris, des Hyacinthes sans le savoir qui gardent sur eux tous les ridicules d'un temps, et qui vous apparaissent comme la personnification de toute une époque pour vous arracher une bouffée de gaieté quand vous vous promenez en dévorant quelque chagrin amer causé par la trahison d'un ex-ami.

En conservant dans quelques détails de sa mise une fidélité *quand même* aux modes de l'an 1806, ce passant rappelait l'Empire sans être par trop caricature. Pour les observateurs, cette finesse rend ces sortes d'évocations extrêmement précieuses. Mais cet ensemble de petites choses voulait l'attention analytique dont sont doués les connaisseurs en flânerie ; et, pour exciter le rire à distance, le passant devait offrir une de ces énormités à crever les yeux, comme on dit, et que les acteurs recherchent pour assurer le succès de leurs *entrées*. Ce vieillard, sec et maigre, portait un spencer couleur noisette sur un habit verdâtre, à boutons de métal blanc !... Un homme en spencer, en 1844, c'est, voyez-vous, comme si Napoléon[1] eût daigné ressusciter pour deux heures.

Le chapeau mis en arrière découvrait presque tout le front avec cette espèce de crânerie[2] par laquelle les administrateurs et les pékins essayèrent alors de répondre à celle des militaires.[3] C'était d'ailleurs un horrible chapeau de soie à quatorze francs, aux bords intérieurs duquel de hautes et larges oreilles imprimaient des marques blanchâtres, vainement combattues par la brosse. Le tissu de soie mal appliqué, comme toujours, sur le carton de la forme,³ se plissait en quelques endroits, et semblait être attaqué de la lèpre, en dépit de la main qui le pansait tous les matins.

Sous ce chapeau, qui paraissait près de tomber, s'étendait une de ces figures falotes et drolatiques comme les Chinois seuls en savent inventer pour leurs magots. Ce vaste visage percé comme une écumoire, où les trous produisaient des ombres, et refouillé⁴ comme un masque romain, démentait toutes les lois de l'anatomie. Le regard n'y sentait point de charpente.⁵ Là où le dessin voulait des os, la chair offrait des méplats gélatineux, et là où les figures présentent ordinairement des creux, celle-là se contournait en bosses flasques. Cette face grotesque, écrasée en forme de potiron, attristée par des yeux gris surmontés de deux lignes au lieu de sourcils, était commandée par un nez à la don Quichotte, comme une plaine est dominée par un bloc erratique. Ce nez exprime, ainsi que Cervantes avait dû le remarquer, une disposition native à ce dévouement aux grandes choses qui dégénère en duperie. Cette laideur, poussée tout au comique, n'excitait cependant point le rire. La mélancolie excessive qui débordait par les yeux pâles de ce pauvre homme atteignait le moqueur et lui glaçait la plaisanterie sur les lèvres. On pensait aussitôt que la nature avait interdit à ce bonhomme d'exprimer la tendresse, sous peine de faire rire une femme ou de l'affliger. Le Français se tait devant ce malheur, qui lui paraît le plus cruel de tous les malheurs : ne pouvoir plaire !

Cette manière de retenir le chapeau par l'occiput, le

triple gilet, l'immense cravate où plongeait le menton, les guêtres, les boutons de métal sur l'habit verdâtre, tous ces vestiges des modes impériales s'harmoniaient avec les parfums arriérés de la coquetterie des Incroyables,[1] avec le je ne sais quoi de menu dans les plis, de correct et de sec dans l'ensemble, qui sentait l'école de David,[2] qui rappelait les meubles grêles de Jacob.[3] On reconnaissait d'ailleurs à la première vue un homme bien élevé en proie à quelque vice secret, ou l'un de ces petits rentiers dont toutes les dépenses sont si nettement déterminées par la médiocrité du revenu, qu'une vitre cassée, un habit déchiré, ou la peste philanthropique d'une quête,[4] suppriment leurs menus plaisirs pendant un mois. Si vous eussiez été là, vous vous seriez demandé pourquoi le sourire animait cette figure grotesque dont l'expression habituelle devait être triste et froide, comme celle de tous ceux qui luttent obscurément pour obtenir les triviales nécessités de l'existence. Mais, en remarquant la précaution maternelle avec laquelle ce vieillard singulier tenait de sa main droite un objet evidemment précieux, sous les deux basques gauches de son double habit, pour le garantir des chocs imprévus; en lui voyant surtout l'air affairé que prennent les oisifs chargés d'une commission, vous l'auriez soupçonné d'avoir retrouvé quelque chose d'équivalent au bichon d'une marquise et de l'apporter triomphalement, avec la galanterie empressée d'un homme-Empire, à la charmante femme de soixante ans qui n'a pas encore su renoncer à la visite journalière de son *attentif*.[5] Paris est la seule ville du monde où vous rencontriez de pareils spectacles, qui font de ses boulevards un drame continu joué gratis par les Français, au profit de l'art.

D'après le galbe de cet homme osseux, et malgré son hardi spencer, vous l'eussiez difficilement classé parmi les artistes parisiens, nature de convention[2] dont le privilège, assez semblable à celui du gamin de Paris, est de réveiller dans les imaginations bourgeoises les jovialités les plus mirobolantes, puisqu'on[3] a remis en honneur ce vieux mot drolatique. Ce passant était pourtant un grand prix,[4] l'auteur de la première cantate couronnée à l'Institut, lors du rétablissement de l'académie de Rome, enfin M. Sylvain Pons!... l'auteur de célèbres romances roucoulées par nos mères, de deux ou trois opéras joués en 1815 et 1816, puis de quelques partitions inédites. Ce digne homme finissait chef d'orchestre à un théâtre des boulevards. Il était, grâce à sa figure, professeur dans quelques pensionnats de demoiselles, et n'avait pas d'autres revenus que ses appointements et ses cachets. Courir le cachet[5] à cet âge!... Combien de mystères dans cette situation peu romanesque!

Envoyé par l'État à Rome, pour devenir un grand musicien, Sylvain Pons en avait rapporté le goût des antiquités et des belles choses d'art. Il se connaissait admirablement en tous ces travaux, chefs-d'œuvre de la main et de la pensée, compris depuis peu dans ce mot populaire, le bric-à-brac. Cet enfant d'Euterpe[6] revint donc à Paris, vers 1810, collectionneur féroce, chargé de tableaux, de statuettes, de cadres, de sculptures en ivoire, en bois, d'émaux, de porcelaines, etc., qui, pendant son séjour académique à Rome, avaient absorbé la plus grande partie de l'héritage paternel, autant par les frais de transport que par les prix d'acquisition. Il avait employé de la même manière la succession de sa mère durant le voyage qu'il fit en Italie, après ces trois ans officiels passés à Rome. Il voulut visiter à loisir Venise, Milan, Florence, Bologne, Naples, séjournant dans chaque ville en rêveur, en philosophe, avec l'insouciance de l'artiste qui, pour vivre, compte sur son talent, comme les filles de joie comptent sur leur beauté. Pons fut heureux pendant ce splendide voyage autant que pouvait l'être un homme plein d'âme et de délicatesse, à qui sa laideur interdisait *des succès auprès des femmes,* selon la phrase consacrée en 1809, et qui trouvait les choses de la vie toujours au-dessous du type idéal qu'il s'en était créé; mais il avait pris son parti sur cette discordance entre le son de son âme et les réalités. Ce sentiment du beau, conservé pur et vif dans son cœur, fut sans doute le principe des mélodies ingénieuses, fines, pleines de grâce qui lui valurent une réputation de 1810 à 1814. Toute réputation qui se fonde en France sur la vogue, sur la mode, sur les folies éphémères de Paris, produit des Pons. Il n'est pas de pays où l'on soit si sévère pour les grandes choses, et si dédaigneusement indulgent pour les petites. Bientôt noyé dans les flots d'harmonie allemande, et dans la production rossinienne,[1] si Pons fut encore, en 1824, un musicien agréable et connu par quelques dernières romances, jugez de ce qu'il pouvait être en 1831! Aussi, en 1844, l'année où commença le seul drame de cette vie obscure, Sylvain Pons avait-il atteint à la valeur d'une croche antédiluvienne ; les marchands de musique ignoraient complètement son existence, quoiqu'il fît à des prix médiocres la musique de quelques pièces à son théâtre et aux théâtres voisins.

Enfin, il trouva dans les plaisirs du collectionneur de si vives compensations à la faillite de la gloire, que, s'il lui eût fallu choisir entre la possession de ses curiosités et le nom de Rossini, le croirait-on ? Pons aurait opté pour son cher cabinet. Le vieux musicien pratiquait l'axiome de Chenavard,[1] le savant collectionneur de gravures précieuses, qui prétend qu'on ne peut avoir de plaisir à regarder un Ruysdael, un Hobbéma, un Holbein, un Raphaël, un Murillo, un Greuze, un Sébastien del Piombo, un Giorgione, un Albert Dürer,[2] qu'autant que le tableau n'a coûté que cinquante francs. Pons n'admettait pas d'acquisition au-dessus de cent francs ; et, pour qu'il payât un objet cinquante francs, cet objet devait en valoir trois mille. La plus belle chose du monde, qui coûtait trois cents francs, n'existait plus pour lui. Rares avaient été les occasions, mais il possédait les trois éléments du succès ; les jambes du cerf, le temps des flâneurs et la patience de l'israélite.

Ce système, pratiqué pendant quarante ans, à Rome comme à Paris, avait porté ses fruits. Après avoir dépensé, depuis son retour de Rome, environ deux mille francs par an, Pons cachait à tous les regards une collection de chefs-d'œuvre en tout genre dont le catalogue atteignait au fabuleux numéro 1907. De 1811 à 1816, pendant ses courses à travers Paris, il avait trouvé pour dix francs ce qui se paye aujourd'hui mille à douze cents francs. C'était[3] des tableaux triés dans les quarante-cinq mille tableaux qui s'exposent par an dans les ventes parisiennes ; des porcelaines de Sèvres, pâte tendre, achetées chez les Auvergnats, ces satellites de la bande noire,[4] qui ramenaient sur des charrettes les merveilles de la France-Pompadour. Enfin, il avait ramassé les débris du XVIIe et du XVIIIe siècle, en rendant justice aux gens d'esprit et de génie de l'école française, ces grands inconnus, les Lepautre, les Lavallée-Poussin,[5] etc., qui ont créé le genre Louis XV, le genre Louis XVI, et dont les œuvres défrayent[6] aujourd'hui les prétendues inventions de nos artistes, incessamment courbés sur les trésors du Cabinet des estampes pour faire du nouveau en faisant d'adroits pastiches.[7] Pons devait beaucoup de morceaux à ces échanges, bonheur ineffable des collectionneurs ! Le plaisir d'acheter des curiosités n'est que le second ; le premier, c'est de les brocanter. Le premier, Pons avait collectionné les tabatières et les miniatures. Sans célébrité dans la bricabracologie, car il ne hantait pas les ventes, il ne se montrait pas chez les illustres marchands, Pons ignorait la valeur vénale de son trésor.

Feu Dusommerard[1] avait bien essayé de se lier avec le musicien ; mais le prince du bric-à-brac mourut sans avoir pu pénétrer le musée Pons, le seul qui pût être comparé à la célèbre collection Sauvageot.[2] Entre Pons et M. Sauvageot, il se rencontrait quelques ressemblances. M. Sauvageot, musicien comme Pons, sans grande fortune aussi, a procédé de la même manière, par les mêmes moyens, avec le même amour de l'art, avec la même haine contre ces illustres riches qui se font des cabinets pour faire une habile concurrence aux marchands. De même que son rival, son émule, son antagoniste pour toutes ces œuvres de la main, pour ces prodiges du travail, Pons se sentait au cœur une avarice insatiable, l'amour de l'amant pour une belle maîtresse, et la *revente,* dans les salles de la rue des Jeûneurs, aux coups de marteau des commissaires-priseurs, lui semblait un crime de lèse-bric-à-brac. Il possédait son musée pour en jouir à toute heure, car les âmes créés pour admirer les grandes œuvres ont la faculté sublime des vrais amants; ils éprouvent autant de plaisir aujourd'hui qu'hier, ils ne se lassent jamais, et les chefs-d'œuvre sont, heureusement, toujours jeunes. Aussi l'objet tenu si paternellement devait-il être une de ces trouvailles que l'on emporte, avec quel amour! amateurs, vous le savez!

Aux premiers contours de cette esquisse biographique, tout le monde va s'écrier: "Voilà, malgré sa laideur, l'homme le plus heureux de la terre!" En effet, aucun ennui, aucun spleen ne résiste au moxa[1] qu'on se pose à l'âme en se donnant une manie. Vous tous qui ne pouvez plus boire à ce que, dans tous les temps, on a nommé *la coupe du plaisir,* prenez à tâche de collectionner quoi que ce soit (on a collectionné des affiches!), et vous retrouverez le lingot du bonheur en petite monnaie. Une manie, c'est le plaisir passé à l'état d'idée! Néanmoins, n'enviez pas le bonhomme Pons, ce sentiment reposerait, comme tous les mouvements de ce genre, sur une erreur.

Cet homme, plein de délicatesse, dont l'âme vivait

par une admiration infatigable pour la magnificence
du travail humain, cette belle lutte avec les travaux
de la nature, était l'esclave de celui des sept péchés
capitaux que Dieu doit punir le moins sévèrement :
Pons était gourmand. Son peu de fortune et sa passion
pour le bric-à-brac lui commandaient un régime
diététique tellement en horreur avec sa *gueule fine,*
que le célibataire avait tout d'abord tranché la question
en allant dîner tous les jours en ville. Or, sous l'Empire
on eut bien plus que de nos jours un culte pour les
gens célèbres, peut-être à cause de leur petit nombre
et de leur peu de prétentions politiques. On devenait
poëte, écrivain, musicien à si peu de frais! Pons,
regardé comme le rival probable des Nicolo, des Paër
et des Berton,[2] reçut alors tant d'invitations, qu'il fut
obligé de les écrire sur un agenda, comme les avocats
écrivent leurs causes. Se comportant d'ailleurs en
artiste, il offrait des exemplaires de ses romances à
tous ses amphitryons, il *touchait le forte*[3] chez eux, il
leur apportait des loges à Feydeau, théâtre pour lequel
il travaillait ; il y organisait des concerts ; il jouait
même quelquefois du violon chez ses parents en im-
provisant un petit bal. Quand il avait rendu quelque
service à quelque *belle dame*, il s'entendit appeler quelquefois un homme charmant, mais son bonheur n'alla
jamais plus loin que cette parole.

Pendant cette période, qui dura six ans environ, de
1810 à 1816, Pons contracta la funeste habitude de
bien dîner, de voir les personnes qui l'invitaient se
mettant en frais, se procurant des primeurs, débouchant
leurs meilleurs vins, soignant le dessert, le café, les

liqueurs, et le traitant de leur mieux, comme on traitait sous l'Empire, où beaucoup de maisons imitaient les splendeurs des rois, des reines, des princes dont regorgeait Paris. Un estomac dont l'éducation se fait
5 ainsi, réagit nécessairement sur le moral et le corrompt en raison de la haute sapience culinaire qu'il acquiert. Lorsque, d'invité perpétuel, Pons arriva, par sa décadence comme artiste, à l'état de pique-assiette,[1] il lui fut impossible de passer de ces tables si bien servies
10 au brouet lacédémonien d'un restaurant à quarante sous. Hélas! il lui prit des frissons en pensant que son indépendance tenait à de si grands sacrifices, et il se sentit capable des plus grandes lâchetés pour continuer à bien vivre, à savourer toutes les primeurs à
15 leur date. Pons éprouvait d'ailleurs un certain plaisir à bien vivre aux dépens de la société qui lui demandait, quoi? de la monnaie de singe.[2] Habitué, comme tous les célibataires qui ont le chez soi en horreur et qui vivent chez les autres, à ces formules, à ces grimaces
20 sociales par lesquelles on remplace les sentiments dans le monde, il se servait des compliments comme de menue monnaie; et, à l'égard des personnes, il se contentait des étiquettes sans plonger une main curieuse dans les sacs.

25 Cette phase assez supportable dura dix autres années; mais quelles années! Ce fut un automne pluvieux. Pendant tout ce temps, Pons se maintint gratuitement à table, en se rendant nécessaire dans toutes les maisons où il allait. Il entra dans une voie fatale en s'acquittant d'une multitude de commissions, en remplaçant les portiers et les domestiques dans mainte et mainte

occasion. Préposé à bien des achats, il devint l'espion honnête et innocent détaché d'une famille dans une autre; mais on ne lui sut aucun gré de tant de courses et de tant de lâchetés.

— Pons est un garçon, disait-on, il ne sait que faire de son temps, il est trop heureux de trotter pour nous... Que deviendrait-il?

Bientôt se déclara la froideur que le vieillard répand autour de lui. Cette bise se communique, elle produit son effet dans la température morale, surtout lorsque le vieillard est laid et pauvre. N'est-ce pas être trois fois vieillard? Ce fut l'hiver de la vie, l'hiver au nez rouge, aux joues hâves, avec toute sorte d'onglées!

De 1836 à 1843, Pons se vit invité rarement. Loin de rechercher le parasite, chaque famille l'acceptait comme on accepte un impôt; on ne lui tenait plus compte de rien, pas même de ses services réels. Les familles où le bonhomme accomplissait ses évolutions, toutes sans respect pour les arts, en adoration devant les résultats, ne prisaient que ce qu'elles avaient conquis depuis 1830: des fortunes ou des positions sociales éminentes. Or, Pons n'ayant pas assez de hauteur dans l'esprit ni dans les manières pour imprimer la crainte que l'esprit ou le génie cause au bourgeois, avait naturellement fini par devenir moins que rien, sans être néanmoins tout à fait méprisé. Quoiqu'il éprouvât dans ce monde de vives souffrances, comme tous les gens timides, il les taisait. Puis il s'était habitué par degrés à comprimer ses sentiments, à se faire de son cœur un sanctuaire où il se retirait.

En 1835, le hasard vengea Pons de l'indifférence du

beau sexe, il lui donna ce qu'on appelle en style familier un bâton de vieillesse. Ce vieillard de naissance trouva dans l'amitié un soutien pour sa vie, il contracta le seul mariage que la société lui permit[1] de faire, il épousa un homme, un vieillard, un musicien comme lui.

L'ami de Pons était un professeur de piano, dont la vie et les mœurs sympathisaient si bien avec les siennes, qu'il disait l'avoir connu trop tard pour son bonheur ; car leur connaissance, ébauchée à une distribution de prix, dans un pensionnat, ne datait que de 1834. Jamais peut-être deux âmes ne se trouvèrent si pareilles dans l'océan humain qui prit sa source au paradis terrestre, contre la volonté de Dieu. Ces deux musiciens devinrent en peu de temps l'un pour l'autre une nécessité. Réciproquement confidents l'un de l'autre, ils furent en huit jours comme deux frères. Enfin Schmucke ne croyait pas plus qu'il pût exister un Pons, que Pons ne se doutait qu'il existât un Schmucke. Déjà ceci suffirait à peindre ces deux braves gens, mais toutes les intelligences ne goûtent pas les brièvetés de la synthèse. Une légère démonstration est nécessaire pour les incrédules.

Ce pianiste, comme tous les pianistes, était un Allemand, Allemand comme le grand Liszt[2] et le grand Mendelssohn, Allemand comme Steibelt, Allemand comme Mozart et Dusseck, Allemand comme Meyer, Allemand comme Dœlher, Allemand comme Thalberg, comme Dreschok, comme Hiller, comme Léopold Mayer, comme Crammer, comme Zimmerman et Kalkbrenner, comme Herz, Woëtz, Karr, Wolff, Pixis, Clara Wieck, et particulièrement tous les Allemands. Quoique grand compositeur, Schmucke ne pouvait être que démonstrateur, tant son caractère se refusait à l'audace nécessaire à l'homme de génie pour se manifester en musique. La naïveté de beaucoup d'Allemands n'est pas continue,[1] elle a cessé;[2] celle qui leur est restée à un certain âge est prise,[3] comme on prend l'eau d'un canal, à la source de leur jeunesse, et ils s'en servent pour fertiliser leurs succès en toute chose, science, art ou argent, en écartant d'eux la défiance. En France, quelques gens fins remplacent cette naïveté d'Allemagne par la bêtise de l'épicier parisien. Mais Schmucke avait gardé toute sa naïveté d'enfant, comme Pons gardait sur lui les reliques de l'Empire, sans s'en douter. Ce véritable et noble Allemand était à la fois le spectacle et les spectateurs, il se faisait de la musique à lui-même. Il habitait Paris comme un rossignol habite sa forêt, et il y chantait, seul de son espèce, depuis vingt ans, jusqu'au moment où il rencontra dans Pons un autre lui-même.

Pons et Schmucke avaient en abondance, l'un comme l'autre, dans le cœur et dans le caractère, ces enfantillages de sentimentalité qui distinguent les Allemands : comme la passion des fleurs, comme l'adoration des effets naturels, qui les porte à planter de grosses bouteilles dans leurs jardins pour voir en petit le paysage qu'ils ont en grand sous les yeux; comme cette prédisposition aux recherches qui fait faire[4] à un savant germanique cent lieues dans ses guêtres pour trouver une vérité qui le regarde en riant,[5] assise à la marge du puits, sous le jasmin de la cour; comme, enfin, ce besoin de prêter une significance psychique aux riens de la création, qui produit les œuvres inexplicables de Jean-

Paul Richter,[6] les griseries imprimées d'Hoffmann et
les garde-fous[1] in-folio que l'Allemagne met autour
des questions les plus simples, creusées en manière
d'abîmes, au fond desquels il ne se trouve qu'un Allemand. Catholiques tous deux, allant à la messe ensemble, ils accomplissaient leurs devoirs religieux, comme
des enfants n'ayant jamais rien à dire à leurs confes-
seurs. Ils croyaient fermement que la musique, la langue du ciel, était aux idées et aux sentiments ce que les
idées et les sentiments sont à la parole, et ils conver-
saient à l'infini sur ce système, en se répondant l'un à
l'autre par des orgies de musique pour se démontrer à
eux-mêmes leurs propres convictions, à la manière des
amants. Schmucke était aussi distrait que Pons était
attentif. Si Pons était collectionneur, Schmucke était
rêveur; celui-ci étudiait les belles choses morales,
comme l'autre sauvait les belles choses matérielles.
Pons voyait et achetait une tasse de porcelaine pendant
le temps que Schmucke mettait à se moucher, en pensant à quelque motif de Rossini, de Bellini, de Bee-
thoven, de Mozart, et cherchant dans le monde des sentiments où pouvaient se trouver l'origine ou la réplique
de cette phrase musicale. Schmucke, dont les économies
étaient administrées par la distraction, Pons, prodigue
par passion, arrivaient l'un et l'autre au même résultat :
zéro dans la bourse à la Saint-Sylvestre[2] de chaque
année.

Sans cette amitié, Pons eût succombé peut-être à ses
chagrins; mais, dès qu'il eut un cœur où décharger le
sien, la vie devint supportable pour lui. La première
fois qu'il exhala ses peines dans le cœur de Schmucke,

le bon Allemand lui conseilla de vivre comme lui, de
pain et de fromage, chez lui, plutôt que d'aller manger
des dîners qu'on lui faisait payer si cher. Hélas! Pons
n'osa pas avouer à Schmucke que, chez lui, le cœur et
l'estomac étaient ennemis, que l'estomac s'accommodait
de ce qui faisait souffrir le cœur, et qu'il lui fallait à
tout prix un bon dîner à déguster. Avec le temps,
Schmucke finit par comprendre Pons, car il était trop
Allemand pour avoir la rapidité d'observation dont
jouissent les Français, et il n'en aima que mieux le
pauvre Pons. Rien ne fortifie l'amitié comme lorsque,
de deux amis, l'un se croit supérieur à l'autre. Un
ange n'aurait eu rien à dire en voyant Schmucke, quand
il se frotta les mains au moment où il découvrit dans
son ami l'intensité qu'avait prise la gourmandise. En
effet, le lendemain le bon Allemand orna le déjeuner
de friandises qu'il alla chercher lui-même, et il eut soin
d'en avoir tous les jours de nouvelles pour son ami; car,
depuis leur réunion, ils déjeunaient tous les jours
ensemble au logis.

Il ne faudrait pas connaître Paris pour imaginer que
les deux amis eussent échappé à la raillerie parisienne,
qui n'a jamais rien respecté. Schmucke et Pons, en
mariant leurs richesses et leurs misères, avaient eu l'idée
économique de loger ensemble, et ils supportaient également le loyer d'un appartement fort inégalement partagé, situé dans une tranquille maison de la tranquille
rue de Normandie, au Marais.[1] Comme ils sortaient
souvent ensemble, qu'ils faisaient souvent les mêmes
boulevards côte à côte, les flâneurs du quartier les
avaient surnommés *les deux casse-noisettes*. Ce sobri-

quet dispense de donner ici le portrait de Schmucke.

Madame Cibot, la portière de la maison, était le pivot sur lequel roulait le ménage des deux casse-noisettes ; mais elle joue un si grand rôle dans le drame qui dénoua cette double existence, qu'il convient de réserver son portrait au moment de son entrée dans cette Scène.

Depuis la réunion de ces deux vieillards, leurs occupations, à peu près semblables, avaient pris cette allure fraternelle qui distingue à Paris les chevaux de fiacre. Levés vers les sept heures du matin, en été comme en hiver, après le déjeuner ils allaient donner leurs leçons dans les pensionnats, où ils se suppléaient au besoin. Vers midi, Pons se rendait à son théâtre quand une répétition l'y appelait, et il donnait à la flânerie tous ses instants de liberté. Puis les deux amis se retrouvaient le soir au théâtre, où Pons avait placé Schmucke.

Ordinairement, Pons se rendait à l'orchestre de son théâtre vers huit heures, heure à laquelle se donnent les pièces en faveur,[1] et dont les ouvertures et les accompagnements exigeaient la tyrannie du bâton. Cette tolérance existe dans la plupart des petits théâtres ; mais Pons était à cet égard d'autant plus à l'aise, qu'il mettait dans ses rapports avec l'administration un grand désintéressement. Schmucke suppléait d'ailleurs Pons au besoin. Avec le temps, la position de Schmucke à l'orchestre s'était consolidée. L'illustre Gaudissart avait reconnu, sans en rien dire, et la valeur et l'utilité du collaborateur de Pons. On avait été obligé d'introduire à l'orchestre un piano, comme aux grands théâtres. Le piano, touché gratis par Schmucke, fut établi auprès du pupitre du chef d'or-

chestre, où se plaçait le surnuméraire volontaire.
Quand on connut ce bon Allemand, sans ambition ni
prétention, il fut accepté par tous les musiciens. L'administration, pour un modique traitement, chargea
Schmucke des instruments qui ne sont pas représentés
dans l'orchestre des théâtres du boulevard, et qui sont
souvent nécessaires, comme le piano, la viole d'amour,
le cor anglais, le violoncelle, la harpe, les castagnettes
de la cachucha,² les sonnettes et les inventions de Sax,
etc. Les Allemands, s'ils ne savent pas jouer des grands
instruments de la liberté, savent jouer naturellement
de tous les instruments de musique.

Les deux vieux artistes, excessivement aimés au
théâtre, y vivaient en philosophes.

Cette double vie, si calme en apparence, était troublée
uniquement par le vice auquel sacrifiait Pons, ce besoin féroce de dîner en ville. Aussi, toutes les fois que
Schmucke se trouvait au logis quand Pons s'habillait,
le bon Allemand déplorait-il cette funeste habitude.

—*Engore si ça l'encraissait!** s'écriait-il souvent.

Et Schmucke rêvait au moyen de guérir son ami de
ce vice dégradant, car les amis véritables jouissent,
dans l'ordre moral, de la perfection dont est doué
l'odorat des chiens; ils flairent les chagrins de leurs
amis, ils en devinent les causes, ils s'en préoccupent.

Pons, qui portait toujours, au petit doigt de la main
droite, une bague à diamant tolérée sous l'Empire, et devenue ridicule aujourd'hui, Pons, beaucoup trop troubadour et trop Français, n'offrait pas dans sa physiono-

---

*Encore si ça l'engraissait!

mie la sérénité divine qui tempérait l'effroyable laideur
de Schmucke. L'Allemand avait reconnu, dans l'expression mélancolique de la figure de son ami, les difficultés croissantes qui rendaient ce métier de parasite
5 de plus en plus pénible. En effet, en octobre 1844, le
nombre des maisons où dînait Pons était naturellement
très-restreint. Le pauvre chef d'orchestre, réduit à
parcourir le cercle de la famille, avait, comme on va le
voir, beaucoup trop étendu la signification du mot
10 famille.

L'ancien lauréat était le cousin germain de la première femme de M. Camusot, le riche marchand de
soieries de la rue des Bourdonnais, une demoiselle
Pons, unique héritière d'un des fameux Pons frères, les
15 brodeurs de la cour, maison où le père et la mère du
musicien étaient commanditaires après l'avoir fondée
avant la Révolution de 1789, et qui fut achetée par
M. Rivet, en 1815, du père de la première madame
Camusot. Ce Camusot, retiré des affaires depuis dix
20 ans, se trouvait en 1844 membre du conseil général des
manufactures, député, etc. Pris en amitié par la tribu
des Camusot, le bonhomme Pons se considéra comme
étant cousin des enfants que le marchand de soieries
eut de son second lit, quoiqu'ils ne fussent rien, pas
25 même alliés.

La deuxième madame Camusot étant une demoiselle
Cardot, Pons s'introduisit à titre de parent des Camusot
dans la nombreuse famille des Cardot, deuxième tribu
bourgeoise, qui par ses alliances formait toute une
société non moins puissante que celle des Camusot.
Cardot le notaire, frère de la seconde madame Camusot,

avait épousé une demoiselle Chiffreville. La célèbre famille des Chiffreville, la reine des produits chimiques, était liée avec la grosse droguerie dont le coq fut pendant longtemps M. Anselme Popinot, que la révolution de Juillet avait lancé, comme on sait, au cœur de la politique la plus dynastique. Et Pons de venir à la queue[1] des Camusot et des Cardot chez les Chiffreville ; et, de là, chez les Popinot, toujours en qualité de cousin des cousins.

Ce simple aperçu des dernières relations du vieux musicien fait comprendre comment il pouvait être encore reçu familièrement en 1844 : 1° chez M. le comte Popinot, pair de France, ancien ministre de l'agriculture et du commerce ; 2° chez M. Cardot, ancien notaire, maire et député d'un arrondissement de Paris ; 3° chez le vieux M. Camusot, député, membre du conseil municipal de Paris et du conseil général des manufactures, en route vers la pairie ; 4° chez M. Camusot de Marville, fils du premier lit, et partant[2] le vrai, le seul cousin réel de Pons, quoique petit-cousin.

Voilà le firmament bourgeois que Pons appelait sa famille, et où il avait si péniblement conservé droit de fourchette.

De ces maisons, celle où l'artiste devait être le mieux accueilli, la maison du président Camusot, était l'objet de ses plus grands soins. Mais, hélas ! la présidente, fille du feu sieur Thirion, huissier du cabinet des rois Louis XVIII et Charles X, n'avait jamais bien traité le petit-cousin de son mari. A tâcher d'adoucir cette terrible parent, Pons avait perdu son temps, car, après avoir donné gratuitement des leçons à mademoiselle

Camusot, il lui avait été impossible de faire une musicienne de cette fille un peu rousse. Or, Pons, la main sur l'objet précieux, se dirigeait en ce moment chez son cousin le président, où il croyait, en entrant, être aux Tuileries,[1] tant les solennelles draperies vertes, les tentures couleur carmélite et les tapis en moquette, les meubles graves de cet appartement où respirait la plus sévère magistrature, agissaient sur son moral. Chose étrange! il se sentait à l'aise à l'hôtel Popinot, rue Basse-du-Rempart, sans doute à cause des objets d'art qui s'y trouvaient; car l'ancien ministre avait, depuis son avènement en politique, contracté la manie de collectionner les belles choses, sans doute pour faire opposition[2] à la politique qui collectionne secrètement les actions les plus laides.

Mademoiselle de Marville, jeune fille âgée de vingt-trois ans, n'était pas encore mariée, malgré cent mille francs de dot, et malgré l'appât de ses espérances, habilement et souvent, mais vainement présenté. Depuis cinq ans, le cousin Pons écoutait les doléances de la présidente, qui voyait tous les substituts mariés, les nouveaux juges au tribunal déjà pères, après avoir inutilement fait briller les espérances de mademoiselle de Marville aux yeux peu charmés du jeune vicomte Popinot, fils aîné du coq de la droguerie, au profit de qui, selon les envieux du quartier des Lombards,[3] la révolution de Juillet avait été faite, au moins autant qu'à celui de la branche cadette.

Arrivé rue de Choiseul et sur le point de tourner la rue de Hanovre, Pons éprouva cette inexplicable émotion qui tourmente les consciences pures, qui leur inflige les supplices ressentis par les plus grands scélérats à

l'aspect d'un gendarme, et causée uniquement par la
question de savoir comment le recevrait la présidente.
Ce grain de sable, qui lui déchirait les fibres du cœur,
ne s'était jamais arrondi ; les angles en devenaient de
plus en plus aigus, et les gens de cette maison en ra-
vivaient incessamment les arêtes. En effet, le peu de cas
que les Camusot faisaient de leur cousin Pons, sa démonétisation[1] au sein de la famille, agissait sur les domestiques, qui, sans manquer d'égards envers lui, le
considéraient comme une variété du pauvre.

L'ennemi capital de Pons était une certaine Madeleine Vivet, vieille fille sèche et mince, la femme de
chambre de madame C. de Marville et de sa fille. Cette
Madeleine malgré la couperose de son teint, et peut-être
à cause de cette couperose et de sa longueur vipérine,
s'était mis en tête de devenir madame Pons. Madeleine
étala vainement vingt mille francs d'économies aux
yeux du vieux célibataire, Pons avait refusé ce bonheur
par trop[2] couperosé. Aussi voulait-elle devenir la
cousine de ses maîtres et jouait les plus méchants tours
au pauvre musicien. Madeleine s'écriait très-bien :
"Ah ! voilà le pique-assiette !" en entendant le bonhomme dans l'escalier et en tâchant d'être entendue
par lui. Si elle servait à table, en l'absence du valet de
chambre, elle versait peu de vin et beaucoup d'eau dans
le verre de sa victime, en lui donnant la tâche difficile
de conduire à sa bouche, sans en rien répandre, un
verre près de déborder. Elle oubliait de servir le bonhomme, et se le faisait dire par la présidente (de quel
ton ?... le cousin en rougissait !), ou elle lui renversait
de la sauce sur ses habits.

—Madame, voilà votre M. Pons, et en spencer encore! vint dire Madeleine à la présidente. Il devrait bien me dire par quel procédé il le conserve depuis vingt-cinq ans!

En entendant un pas d'homme dans le petit salon qui se trouvait entre son grand salon et sa chambre à coucher, madame Camusot regarda sa fille et haussa les épaules.

—Vous me prévenez toujours avec tant d'intelligence, Madeleine, que je n'ai plus le temps de prendre un parti, dit la présidente.

—Madame, Jean est sorti, j'étais seule, M. Pons a sonné, je lui ai ouvert la porte, et, comme il est presque de la maison, je ne pouvais pas l'empêcher de me suivre : il est là qui se débarrasse de son spencer.

—Ma pauvre minette,[1] dit la présidente à sa fille, nous sommes prises! nous devons maintenant dîner ici.
—Voyons, reprit-elle, en voyant à sa chère minette une figure piteuse, faut-il nous débarrasser de lui pour toujours?

—Oh! pauvre homme! répondit mademoiselle Camusot, le priver d'un de ses dîners!

Le petit salon retentit de la fausse tousserie d'un homme qui voulait dire ainsi : "Je vous entends."

—Eh bien, qu'il entre! dit madame Camusot à Madeleine en faisant un geste d'épaules.

—Vous êtes venu de si bonne heure, mon cousin, dit Cécile Camusot en prenant un petit air câlin, que vous nous avez surprises au moment où ma mère allait s'habiller.

Le cousin Pons, à qui le mouvement d'épaules de la présidente n'avait pas échappé, fut si cruellement atteint, qu'il ne trouva pas un compliment à dire, et il se contenta de ce mot profond :

—Vous êtes toujours charmante, ma petite cousine !
Puis, se tournant vers la mère et la saluant :

—Chère cousine, reprit-il, vous ne sauriez m'en vouloir de venir un peu plus tôt que de coutume, je vous apporte ce que vous m'avez fait le plaisir de me demander...

Et le pauvre Pons, qui sciait en deux le président, la présidente et Cécile chaque fois qu'il les appelait *cousin* ou *cousine,* tira de la poche de côté de son habit une ravissante petite boîte oblongue en bois de Sainte-Lucie,[1] divinement sculptée.

—Ah ! je l'avais oublié ! dit sèchement la présidente.

Cette exclamation n'était-elle pas atroce ? n'était-elle pas tout mérite au soin du parent dont le seul tort était d'être un parent pauvre ?

—Mais, reprit-elle, vous êtes bien bon, mon cousin. Vous dois-je beaucoup d'argent pour cette petite bêtise ?

Cette demande causa comme un tressaillement intérieur au cousin, il avait la prétention de solder tous ses dîners par l'offrande de ce bijou.

—J'ai cru que vous me permettiez[2] de vous l'offrir, dit-il d'une voix émue.

—Comment ! comment ! reprit la présidente ; mais, entre nous, pas de cérémonies, nous nous connaissons assez pour laver notre linge ensemble.[3] Je sais que vous n'êtes pas assez riche pour faire la guerre à vos dépens. N'est-ce pas déjà beaucoup que vous ayez pris la peine de perdre votre temps à courir chez les marchands ?...

—Vous ne voudriez pas de cet éventail, ma chère cousine, si vous deviez en donner la valeur, répliqua le pauvre homme offensé, car c'est un chef-d'œuvre de Watteau,[1] qui l'a peint des deux côtés ; mais soyez tranquille, ma cousine, je n'ai pas payé la centième partie du prix d'art.

Dire à un riche : "Vous êtes pauvre !" c'est dire à l'archevêque de Grenade que ses homélies ne valent rien. Madame la présidente était beaucoup trop orgueilleuse de la position de son mari, de la possession de la terre de Marville et de ses invitations aux bals de la cour pour ne pas être atteinte au vif par une semblable observation, surtout partant d'un misérable musicien vis-à-vis de qui elle se posait en bienfaitrice.

—Ils sont donc bien bêtes, les gens à qui vous achetez ces choses-là ?... dit vivement la présidente.

—On ne connaît pas, à Paris, de marchands bêtes, répliqua Pons presque sèchement.

—C'est alors vous qui avez beaucoup d'esprit, dit Cécile pour calmer le débat.

—Ma petite cousine, j'ai l'esprit de connaître Lancret, Pater, Watteau, Greuze ;[1] mais j'avais surtout le désir de plaire à votre chère maman.

—Où donc avez-vous trouvé cela ? demanda Cécile en examinant le bijou.

—Rue de Lappe, chez un brocanteur qui venait de le rapporter d'un château qu'on a dépecé près de Dreux, Aulnay, un château que madame de Pompadour habitait quelquefois, avant de bâtir Ménars ;[2] on en a sauvé les plus splendides boiseries que l'on connaisse ; elles sont si belles, que Liénard, notre célèbre sculpteur en

bois, en a gardé, comme *nec-plus-ultra*[2] de l'art, deux
cadres ovales pour modèles... Il y avait là des trésors.
Mon brocanteur a trouvé cet éventail dans un bonheur-
du-jour[3] en marqueterie que j'aurais acheté, si je faisais
collection de ces œuvres-là ; mais c'est inabordable... un
meuble de Riesener[4] vaut de trois à quatre mille francs !
On commence à reconnaître à Paris que les fameux
marqueteurs allemands et français des XVIe, XVIIe et
XVIIIe siècles ont composé de véritables tableaux en
bois. Le mérite du collectionneur est de devancer la
mode. Tenez ! d'ici à cinq ans, on payera à Paris les
porcelaines de Frankenthal, que je collectionne depuis
vingt ans, deux fois plus cher que la pâte tendre de
Sèvres.

—Qu'est-ce que le Frankenthal ? dit Cécile.
—C'est le nom de la fabrique de porcelaines de l'élec-
teur palatin ; elle est plus ancienne que notre manufac-
ture de Sèvres, comme les fameux jardins de Heidel-
berg, ruinés par Turenne,[1] ont eu le malheur d'exister
avant ceux de Versailles. Sèvres a beaucoup copié
Frankenthal... Les Allemands, il faut leur rendre cette
justice, ont fait avant nous, d'admirables choses en
Saxe et dans le Palatinat.

La mère et la fille se regardaient comme si Pons leur
eût parlé chinois, car on ne peut se figurer combien les
Parisiens sont ignorants et exclusifs ; ils ne savent que
ce qu'on leur apprend quand ils veulent l'apprendre.

—Et revenons à cet éventail, dit Cécile, à qui le bijou
paraissait trop vieux.

—Vous comprenez que je me suis mis en chasse dès
que votre chère maman m'a fait l'honneur de me de-

mander un éventail, reprit Pons. J'ai vu tous les marchands de Paris sans y rien trouver de beau; car, pour la chère présidente, je voulais un chef-d'œuvre, et je pensais à lui donner l'éventail de Marie-Antoinette, le plus beau de tous les éventails célèbres. Mais, hier, je fus ébloui par ce divin chef-d'œuvre, que Louis XV a bien certainement commandé. Pourquoi suis-je allé chercher un éventail, rue de Lappe, chez un Auvergnat qui vend des cuivres, des ferrailles, des meubles dorés? Moi, je crois à l'intelligence des objets d'art, ils connaissent les amateurs, ils leur font: "Chit! chit!"..

La présidente haussa les épaules en regardant sa fille, sans que Pons pût voir cette mimique rapide.

—Je les connais tous, ces *rapiats*-là![1] "Qu'avez-vous de nouveau, papa Monistrol? Avez-vous des dessus de porte?"[2] ai-je demandé à ce marchand, qui me permet de jeter les yeux sur ses acquisitions avant les grands marchands. A cette question, Monistrol me raconte comment Liénard, qui sculptait dans la chapelle de Dreux de fort belles choses pour la liste civile,[3] avait sauvé à la vente d'Aulnay les boiseries sculptées des mains des marchands de Paris, occupés de porcelaines et de meubles incrustés.[4] "Je n'ai pas eu grand'chose, me dit-il, mais je pourrai gagner mon voyage avec cela." Et il me montra le bonheur-du-jour, une merveille! C'est des dessins[5] de Boucher exécutés en marqueterie avec un art!... c'est à se mettre à genoux devant! "Tenez, monsieur, me dit-il, je viens de trouver dans un petit tiroir fermé, dont la clef manquait et que j'ai forcé, cet éventail! Vous devriez bien me dire à qui je peux le vendre..." Et il me tire cette petite

boîte en bois de Sainte-Lucie, sculptée. "Voyez ! c'est
de ce Pompadour[6] qui ressemble au gothique fleuri.
—Oh ! lui ai-je répondu, la boîte est polie, elle pourrait m'aller,[7] la boîte ! car l'éventail, mon vieux Monistrol, je n'ai point de madame Pons à qui donner ces
vieux bijou ; d'ailleurs, on en fait des neufs, bien jolis.
On peint aujourd'hui ces vélins-là d'une manière mira-
culeuse et assez bon marché. Savez-vous qu'il y a
deux mille peintres à Paris !" Et je dépliais négligem-
ment l'éventail, contenant mon admiration, regardant
froidement ces deux petits tableaux d'un laisser aller,
d'une exécution à ravir. Je tenais l'éventail de madame
de Pompadour ! Watteau s'est exterminé[1] à composer
cela ! "Combien voulez-vous du meuble ?—Oh ! mille
francs, on me les donne déjà !" Je lui dis un prix de
l'éventail qui correspondait aux frais présumés de son
voyage. Nous nous regardons alors dans le blanc des
yeux, et je vois que je tiens mon homme. Aussitôt je
remets l'éventail dans sa boîte, afin que l'Auvergnat
ne se mette pas à l'examiner, et je m'extasie sur le
travail de cette boîte qui, certes, est un vrai bijou. "Si
je l'achète, dis-je à Monistrol, c'est à cause de cela,
voyez-vous, il n'y a que la boîte qui me tente. Quant
à ce bonheur-du-jour, vous en aurez plus de mille
francs, voyez donc comme ces cuivres sont ciselés !
c'est des modèles[2]... On peut exploiter cela... ça n'a
pas été reproduit, on faisait tout *unique* pour madame
de Pompadour..." Et mon homme, *allumé* pour son
bonheur-du-jour, oublie l'éventail, il me le laisse à rien
pour prix de la révélation que je lui fais de la beauté
de ce meuble de Riesener. Et voilà ! Mais il faut bien

de la pratique pour conclure de pareils marchés! C'est des combats d'œil à œil, et quel œil que celui d'un juif ou d'un Auvergnat!

L'admirable pantomime, la verve du vieil artiste, qui faisaient de lui, racontant le triomphe de sa finesse sur l'ignorance du brocanteur, un modèle digne du pinceau hollandais, tout fut perdu pour la présidente et pour sa fille, qui se dirent, en échangeant des regards froids et dédaigneux:

—Quel original!...

—Ça vous amuse donc? demanda la présidente.

Pons, glacé par cette question, éprouva l'envie de battre la présidente.

—Mais, ma chère cousine, reprit-il, c'est la chasse aux chefs-d'œuvre! Et on se trouve face à face avec des adversaires qui défendent le gibier! c'est ruse contre ruse! Un chef-d'œuvre doublé d'un Normand, d'un juif ou d'un Auvergnat, mais c'est comme, dans les contes de fées, une princesse gardée par des enchanteurs!

—Et comment savez-vous que c'est de Wat...? Comment dites-vous?

—Watteau! ma cousine, un des plus grands peintres français du XVIIIe siècle! Tenez, ne voyez-vous pas la signature? dit-il en montrant une des bergeries, qui représentait une ronde dansée par de fausses paysannes et par des bergers grands seigneurs. C'est d'un entrain! Quelle verve! quel coloris! Et c'est fait! tout d'un trait! comme un parafe de maître d'écriture; on ne sent plus le travail! Et de l'autre côté, tenez: un bal dans un salon! C'est l'hiver et l'été! Quels ornements!

et comme c'est conservé! Vous voyez, la virole est en or, et elle est terminée de chaque côté par un tout petit rubis que j'ai décrassé!

—S'il en est ainsi, je ne pourrais pas, mon cousin, accepter de vous un objet d'un si grand prix. Il vaut mieux vous en faire des rentes, dit la présidente, qui ne demandait cependant pas mieux que de garder ce magnifique éventail.

—Il est temps que ce qui a servi au vice soit aux mains de la vertu! dit le bonhomme en retrouvant de l'assurance. Il aura fallu cent ans pour opérer ce miracle. Soyez sûre qu'à la cour aucune princesse n'aura rien de comparable à ce chef-d'œuvre; car il est, malheureusement, dans la nature humaine de faire plus pour une Pompadour[1] que pour une vertueuse reine!

—Eh bien, je l'accepte, dit en riant la présidente.— Cécile, mon petit ange, va donc voir, avec Madeleine, à ce que le dîner soit digne de notre cousin...

La présidente voulait balancer le compte. Cette recommandation faite à haute voix, contrairement aux règles du bon goût, ressemblait si bien à l'appoint d'un payement, que Pons rougit comme une jeune fille prise en faute. Ce gravier un peu trop gros lui roula pendant quelque temps dans le cœur. Cécile, jeune personne très-rousse, dont le maintien, entaché de pédantisme, affectait la gravité judiciaire du président et se sentait[2] de la sécheresse de sa mère, disparut en laissant le pauvre Pons aux prises avec la terrible présidente.

—Elle est bien gentille, ma petite Lili, dit la présidente en employant toujours l'abréviation enfantine donnée jadis au nom de Cécile.

—Charmante! répondit le vieux musicien en tournant ses pouces.

—Je ne comprends rien au temps où nous vivons, reprit la présidente. A quoi cela sert-il donc d'avoir pour père un président à la cour royal de Paris, et commandeur de la Légion d'honneur,[1] pour grand'père un député millionnaire, un futur pair de France, le plus riche des marchands de soieries en gros?

Le dévouement du président à la dynastie nouvelle lui avait valu récemment le cordon de commandeur, faveur attribuée par quelques jaloux à l'amitié qui l'unissait à Popinot. Ce ministre, malgré sa modestie, s'était, comme on l'a vu, laissé faire comte. "A cause de mon fils," dit-il à ses nombreux amis.

—On ne veut que de l'argent aujourd'hui, répondit le cousin Pons, on n'a d'égards que pour les riches, et...

—Que serait-ce donc, s'écria la présidente, si le ciel m'avait laissé mon pauvre petit Charles!...

Oh! avec deux enfants, vous seriez pauvre! reprit le cousin. C'est l'effet du partage égal des biens; mais, soyez tranquille, ma belle cousine, Cécile finira bien par se marier. Je ne vois nulle part de jeune fille si accomplie.

—Mais je me suis mariée avec vingt mille francs de dot seulement...

—En 1819, ma cousine? dit Pons en interrompant. Et c'était vous, une femme de tête, une jeune fille protégée par le roi Louis XVIII!

—Mais, enfin, ma fille est un ange de perfection, d'esprit; elle est pleine de cœur, elle a cent mille francs en mariage, sans compter les plus belles espérances, et elle nous reste sur les bras. Cécile est dans sa vingt-troisième année, et, si le malheur voulait qu'elle atteignît vingt-cinq ou vingt-six ans, il serait excessivement difficile de la marier. Le monde se demande alors pourquoi une jeune personne est restée si longtemps sur pied. On cause déjà beaucoup trop dans notre société de cette situation. Nous avons épuisé les raisons vulgaires : "Elle est bien jeune.—Elle aime trop ses parents pour les quitter.—Elle est heureuse à la maison.—Elle est difficile, elle veut un beau nom !" Nous devenons ridicules, je le sens bien. D'ailleurs, Cécile est lasse d'attendre, elle souffre, pauvre petite...

—Et de quoi ? demanda sottement Pons.

—Mais, reprit la mère d'un ton de duègne, elle est humiliée de voir toutes ses amies mariées avant elle.

—Ma cousine, qu'y a-t-il donc de changé depuis la dernière fois que j'ai eu le plaisir de dîner ici, pour que vous songiez à des gens de quarante-huit ans ? dit humblement le pauvre musicien.

—Il y a, répliqua la présidente, que nous devions avoir une entrevue chez un conseiller à la cour, dont le fils a trente ans, dont la fortune est considérable, et pour qui M. de Marville aurait obtenu, moyennant finance, une place de référendaire à la cour des comptes. Le jeune homme y est déjà surnuméraire. Et l'on vient de nous dire que ce jeune homme avait fait la folie de partir pour l'Italie, à la suite d'une duchesse du bal Mabille...[1] C'est un refus déguisé. On ne veut pas nous donner un jeune homme dont la mère est morte, et qui jouit déjà de trente mille francs de rente, en attendant la fortune du père. Aussi devez-vous nous pardonner notre mauvaise humeur, cher cousin : vous êtes arrivé en pleine crise.

Au moment où Pons cherchait une de ces complimenteuses réponses qui lui venaient toujours trop tard chez les amphitryons dont il avait peur, Madeleine entra, remit un petit billet à la présidente, et attendit une réponse. Voici ce que contenait le billet :

"Si nous supposions, ma chère maman, que ce petit mot nous est envoyé du Palais par mon père, qui te dirait d'aller dîner avec moi chez son ami pour renouer l'affaire de mon mariage, le cousin s'en irait, et nous pourrions donner suite à nos projets chez les Popinot."

—Qui donc monsieur m'a-t-il dépêché? demanda vivement la présidente.

—Un garçon de salle du Palais, répondit effrontément la sèche Madeleine.

Par cette réponse, la vieille soubrette indiquait à sa maîtresse qu'elle avait ourdi ce complot, de concert avec Cécile impatientée.

—Dites que, ma fille et moi, nous y serons à cinq heures et demie.

Madeleine une fois sortie, la présidente regarda le cousin Pons avec cette fausse aménité qui fait sur une âme délicate l'effet que du vinaigre et du lait mélangés produisent sur la langue d'un friand :

—Mon cher cousin, le dîner est ordonné, vous le mangerez sans nous, car mon mari m'écrit de l'audience pour me prévenir que le projet de mariage se reprend avec le conseiller, et nous allons y dîner.... Vous concevez que nous sommes sans aucune gêne ensemble. Agissez ici comme si vous étiez chez vous. Vous voyez la franchise dont j'use avec vous pour qui je n'ai pas de secret... Vous ne voudriez pas faire manquer le mariage de ce petit ange?

—Moi, ma cousine, qui voudrais au contraire lui trouver un mari; mais, dans le cercle où je vis...

—Oui, ce n'est pas probable, interrompit insolemment la présidente. Ainsi, vous restez? Cécile vous tiendra compagnie pendant que je m'habillerai.

—Oh! ma cousine, je puis dîner ailleurs, dit le bonhomme.

Quoique cruellement affecté de la manière dont s'y prenait la présidente pour lui reprocher son indigence, il était encore plus effrayé par la perspective de se trouver seul avec les domestiques.

—Mais pourquoi?... le dîner est prêt, les domestiques le mangeraient.

En entendant cette horrible phrase, Pons se redressa comme si la décharge de quelque pile galvanique l'eût atteint, salua froidement sa cousine et alla reprendre son spencer. La porte de la chambre à coucher de Cécile, qui donnait dans le petit salon, était entrebâillée, en sorte qu'en regardant devant lui dans une glace, Pons aperçut la jeune fille prise d'un fou rire, parlant à sa mère par des coups de tête et des mines qui révélèrent quelque lâche mystification au vieil artiste. Pons descendit lentement l'escalier en retenant ses larmes: il se voyait chassé de cette maison, sans savoir pourquoi.

—Je suis trop vieux maintenant, se disait-il, le monde a horreur de la vieillesse et de la pauvreté, deux laides choses. Je ne veux plus aller nulle part sans invitation.

Mot héroïque!...

La porte de la cuisine, située au rez-de-chaussée, en face de la loge du concierge, restait souvent ouverte, comme dans les maisons occupées par les propriétaires, et dont la porte cochère est toujours fermée : Pons put donc entendre les rires de la cuisinière et du valet de chambre, à qui Madeleine racontait le tour joué à Pons, car elle ne supposa point que le bonhomme évacuerait la place si promptement. Le valet de chambre approuvait hautement cette plaisanterie envers un habitué de la maison qui, disait-il, ne donnait jamais qu'un petit écu[1] aux étrennes !

—Oui, mais, s'il prend la mouche et qu'il ne revienne pas, fit observer la cuisinière, ce sera toujours trois francs de perdus pour nous autres, au jour de l'an...

—Eh ! comment le saurait-il ? dit le valet de chambre en réponse à la cuisinière.

—Bah ! reprit Madeleine, un peu plus tôt, un peu plus tard, qu'est-ce que cela nous fait ? Il ennuie tellement les maîtres dans les maisons où il dîne, qu'on le chassera de partout.

En ce moment, le vieux musicien cria : "Le cordon,[2] s'il vous plaît !" à la portière. Ce cri douloureux fut accueilli par un profond silence à la cuisine.

—Il écoutait, dit le valet de chambre.

—Eh bien, tant *pire,*[3] ou plutôt tant mieux, répliqua Madeleine ; c'est un rat fini.

Le pauvre homme, qui n'avait rien perdu des propos tenus à la cuisine, entendit encore ce dernier mot. Il revint chez lui par les boulevards dans l'état où serait une vieille femme après une lutte acharnée avec des assassins. Il marchait, en se parlant à lui-même, avec une vitesse convulsive, car l'honneur saignant le poussait comme une paille emportée par un vent furieux. Enfin, il se trouva sur le boulevard du Temple à cinq heures, sans savoir comment il y était venu ; mais, chose extraordinaire, il ne se sentit pas le moindre appétit.

La maison où demeuraient les deux musiciens est un ancien hôtel entre cour et jardin ; mais le devant, sur la rue, avait été bâti lors de la vogue excessive dont a joui le Marais durant le dernier siècle. Les deux amis occupaient tout le deuxième étage dans l'ancien hôtel. Cette double maison appartenait à M. Pillerault, un octogénaire, qui en laissait la gestion à M. et madame Cibot, ses portiers depuis vingt-six ans. Or, comme on ne donne pas des émoluments assez forts à un portier du Marais pour qu'il puisse vivre de sa loge, le sieur Cibot joignait à son sou[1] pour livre et à sa bûche prélevée sur chaque voie de bois les ressources de son industrie personnelle : il était tailleur. comme beaucoup de concierges. Avec le temps, Cibot avait cessé de travailler pour les maîtres tailleurs ; car, par suite de la confiance que lui accordait la petite bourgeoisie du quartier, il jouissait du privilège inattaqué de faire les raccommodages, les reprises perdues, les mises à neuf de tous les habits dans un périmètre de trois rues. La loge était vaste et saine, il y attenait[2] une chambre. Aussi le ménage Cibot passait-il pour un des plus heureux parmi MM. les concierges de l'arrondissement.

Cibot, petit homme rabougri, devenu presque olivâtre à force de rester toujours assis, à la turque, sur une table élevée à la hauteur de la croisée grillagée qui voyait sur la rue, gagnait à son métier environ quarante sous par jour. Il travaillait encore, quoiqu'il eût cinquante-huit ans; mais cinquante-huit ans, c'est le plus bel âge des portiers; ils se sont faits à leur loge, la loge est devenue pour eux ce qu'est l'écaille pour les huîtres, et *ils sont connus dans le quartier!*

Madame Cibot, ancienne belle écaillère, avait quitté son poste au *Cadran bleu,* par amour pour Cibot, à l'âge de vingt-huit ans, après toutes les aventures qu'une belle écaillère rencontre sans les chercher. La beauté des femmes du peuple dure peu, surtout quand elles restent en espalier à la porte d'un restaurant. Les chauds rayons de la cuisine se projettent sur les traits, qui durcissent; les restes de bouteilles bus en compagnie des garçons s'infiltrent dans le teint, et nulle fleur ne mûrit plus vite que celle d'une belle écaillère. Heureusement pour madame Cibot, le mariage légitime et la vie de concierge arrivèrent à temps pour la conserver; elle demeura comme un modèle de Rubens, en gardant une beauté virile que ses rivales de la rue de Normandie calomniaient en la qualifiant de *grosse dondon.* Ses tons de chair pouvaient se comparer aux appétissants glacis des mottes de beurre d'Isigny;[1] et, nonobstant son embonpoint, elle déployait une incomparable agilité dans ses fonctions. Madame Cibot atteignait l'âge où ces sortes de femmes sont obligées de se faire la barbe. N'est-ce pas dire qu'elle avait quarante-huit ans? Une portière à moustaches est une des plus grandes garanties d'ordre et de sécurité pour un propriétaire.

La position des époux Cibot, en style d'acte d'accusation,[2] devait, chose singulière! affecter un jour celle des deux amis; aussi l'historien, pour être fidèle, est-il obligé d'entrer dans quelques détails au sujet de la loge. La maison rapportait environ huit mille francs, car elle avait trois appartements complets, doubles en profondeur, sur la rue, et trois dans l'ancien hôtel entre cour et jardin. En outre, un ferrailleur nommé Rémonencq, passé depuis quelques mois à l'état de marchand de curiosités, connaissait si bien la valeur bricabracoise de Pons, qu'il le saluait du fond de sa boutique, quand le musicien entrait ou sortait. Ainsi, le sou pour livre donnait environ quatre cents francs au ménage Cibot, qui trouvait en outre gratuitement son logement et son bois. Or, comme les salaires de Cibot produisaient environ sept à huit cents francs en moyenne par an, les époux se faisaient, avec leurs étrennes, un revenu de seize cents francs, à la lettre[3] mangés par les Cibot, qui vivaient mieux que ne vivent les gens du peuple. "On ne vit qu'une fois!" disait la Cibot.

De ses rapports avec le *Cadran bleu,* cette portière, à l'œil orange et hautain, avait gardé quelques connaissances en cuisine qui rendaient son mari l'objet de l'envie de tous ses confrères.

Lorsqu'en 1836 les deux amis vinrent occuper le second étage de l'ancien hôtel, ils occasionnèrent une sorte de révolution dans le ménage Cibot. Voici comment. Schmucke avait, aussi bien que son ami Pons, l'habitude de prendre les portiers ou portières des maisons où il logeait pour faire son ménage. Les deux musiciens furent donc du même avis en s'installant rue de Normandie pour s'entendre avec madame Cibot, qui devint leur femme de ménage, à raison de vingt-cinq francs par mois, douze francs cinquante centimes pour chacun d'eux. Au bout d'un an, la portière émérite régna chez les deux vieux garçons, comme elle régnait sur la maison de M. Pillerault, le grand-oncle de madame la comtesse Popinot; leurs affaires furent ses affaires, et elle disait : *Mes deux messieurs.* Enfin, en trouvant les deux casse-noisettes doux comme des moutons, faciles à vivre, point défiants, de vrais enfants, elle se mit, par suite de son cœur de femme du peuple, à les protéger, à les adorer, à les servir avec un dévouement si véritable, qu'elle leur lâchait quelques semonces, et les défendait contre toutes les tromperies qui grossissent à Paris les dépenses de ménage. Pour vingt-cinq francs par mois, les deux garçons, sans préméditation et sans s'en douter, acquirent une mère. En s'apercevant de toute la valeur de madame Cibot, les deux musiciens lui avaient naïvement adressé des éloges, des remercîments, de petites étrennes qui resserrèrent les liens de cette alliance domestique. Madame Cibot aimait mille fois mieux être appréciée à sa valeur que payée; sentiment qui, bien connu, bonifie toujours les gages. Cibot faisait à moitié prix les courses, les raccommodages, tout ce qui pouvait le concerner dans le service des deux messieurs de sa femme.

Enfin, dès la seconde année, il y eut, dans l'étreinte du deuxième étage et de la loge, un nouvel élément de mutuelle amitié. Schmucke conclut avec madame Cibot un marché qui satisfit à sa paresse et à son désir de vivre sans s'occuper de rien. Moyennant trente sous par jour ou quarante-cinq francs par mois, madame

Cibot se chargea de donner à déjeuner et à dîner à Schmucke. Pons, trouvant le déjeuner de son ami très-satisfaisant, passa de même[1] un marché de dix-huit francs pour son déjeuner. Ce système de fournitures, qui jeta quatre-vingt-dix francs environ par mois dans les recettes de la loge, fit des deux locataires des êtres inviolables, des anges, des chérubins, des dieux. Il est fort douteux que le roi des Français, qui s'y connaît,[2] soit servi[3] comme le furent alors les deux casse-noisettes. Pour eux, le lait sortait pur de la boîte, ils lisaient gratuitement les journaux du premier et du troisième étage, dont les locataires se levaient tard et à qui l'on eût dit, au besoin, que les journaux n'étaient pas arrivés. Madame Cibot tenait d'ailleurs l'appartement, les habits, le palier, tout dans un état de propreté flamande. Schmucke jouissait, lui, d'un bonheur qu'il n'avait jamais espéré : madame Cibot lui rendait la vie facile ; il donnait environ six francs par mois pour le blanchissage, dont elle se chargeait, ainsi que des raccommodages. Il dépensait quinze francs de tabac par mois. Ces trois natures de dépenses formaient un total mensuel de soixante-six francs, lesquels multipliés par douze, donnent sept cent quatre-vingt-douze francs. Joignez-y deux cent vingt francs de loyer et d'impositions, vous avez mille douze francs. Cibot habillait Schmucke, et la moyenne de cette dernière fourniture allait à cent cinquante francs. Ce profond philosophe vivait donc avec douze cents francs par an. Combien de gens, en Europe, dont l'unique pensée est de venir demeurer à Paris, seront agréablement surpris de savoir qu'on peut y être heureux avec douze cents francs de rente, rue de Normandie, au Marais, sous la protection d'une madame Cibot!

Madame Cibot fut stupéfaite en voyant rentrer le bonhomme Pons à cinq heures du soir. Non-seulement ce fait n'avait jamais eu lieu, mais encore *son monsieur* ne la vit pas, ne la salua point.

—Ah bien! Cibot, dit-elle à son mari, M. Pons est millionnaire ou fou!

—Ça m'en a l'air, répliqua Cibot.

—Je vas[1] savoir ce qui lui *n*'est[2] arrivé, *n*'à ce pauvre cher homme, dit madame Cibot à son époux, car v'là[3] le dîner de M. Schmucke tout paré.

Madame Cibot couvrit le plat de terre creux d'une assiette en porcelaine commune; puis elle arriva, malgré son âge, à l'appartement des deux amis, au moment où Schmucke ouvrait à Pons.

—*Gu'as-du, mon pon ami?*[a] dit l'Allemand effrayé par le bouleversement de la physionomie de Pons.

—Je te dirai tout; mais je viens dîner avec toi...

—*Tinner! tinner!*[b] s'écria Schmucke enchanté. *Mais c'esdre imbossiple!* ajouta-t-il en pensant aux habitudes gastrolâtriques de son ami.

Le vieil Allemand aperçut alors madame Cibot qui écoutait, selon son droit de femme de ménage légitime. Saisi par une de ces inspirations qui ne brillent que dans le cœur d'un ami véritable, il alla droit à la portière et l'emmena sur le palier:

—*Montame Zipod, ce pon Bons aime les ponnes*

---

[a] Qu'as-tu, mon bon ami.
[b] Dîner, Mais c'est impossible.

chosses; âlez au Catran pleu, *temandez ein bedid tinner vin: tes angeois, di magaroni! Anvin ein rebas de Licuillis!*[c]

—Qu'est-ce que c'est? demanda madame Cibot?

—*Eh pien,* répliqua Schmucke, *c'esde ti feau à la pourcheoise, ein pon boisson, eine poudeille te fin te Porteaux, et dout ce qu'il y aura te meilleur en vriantises: gomme des groguettes te risse ed ti lard vimé! Bayez! ne tittes rien, che fus rentrai dudde l'archand temain madin.*[d]

Schmucke rentra d'un air joyeux en se frottant les mains; mais sa figure reprit graduellement une expression de stupéfaction en entendant le récit des malheurs qui venaient de fondre en un moment sur le cœur de son ami. Schmucke essaya de consoler Pons en lui dépeignant le monde à son point de vue. Paris était une tempête perpétuelle, les hommes et les femmes y étaient emportés par un mouvement de valse furieuse, et il ne fallait rien demander au monde, qui ne regarde qu'à l'extérieur, *ed bas à l'indérière,* (et pas à l'intérieur), dit-il. Il raconta pour la centième fois que, d'année en année, les trois seules écolières qu'il eût aimées, par lesquelles il était chéri, pour lesquelles il donnerait sa vie, de qui même il tenait une petite pension de neuf

---

[c] Mme Cibot, ce bon Pons aime les bonnes choses; allez au "Cadran Bleu," demandez un petit dîner fin: des anchois, du macaroni. Enfin un repas de Lucullus.

[d] Eh bien, c'est du veau à la bourgeoise, un bon poisson, une bouteille de vin de Bordeaux, et tout ce qu'il y aura de meilleur en friandises: comme des croquettes de ris et du lard fumé. Payez, ne dites rien, je vous rendrai tout l'argent demain matin.

cents francs à laquelle chacune contribuait pour une part égale d'environ trois cents francs, avaient si bien oublié, d'année en année, de le venir voir, et se trouvaient emportées par le courant de la vie parisienne avec tant de violence, qu'il n'avait pas pu être reçu par elles depuis trois ans, quand il se présentait. (Il est vrai que Schmucke se présentait chez ces grandes dames à dix heures du matin!) Enfin, les quartiers de ses rentes étaient payés chez des notaires.

—*Ed cebentant, c'esde tes cueirs t'or,* reprit-il. *Envin, c'esde mes bedides sainces Céciles, tes phâmmes jarmantes, montame te Bordentuère, montame te Fantenesse, montame ti Dilet. Quante cheu les fois, c'esde aus Jambs-Elusées, sans qu'elles me foient... ed elles m'aiment pien, et cheu bourrais aller tinner chesse elles, elles seraient pien gondendes. Cheu beusse aller à leur gambagne; mais je breffère te peaucoup edre afec mon hami Bons, barce que cheu le fois quant cheu feux, ed dus les churs.*[a]

Pons prit la main de Schmucke, la mit entre ses mains, il la serra par un mouvement où l'âme se communiquait tout entière, et tous deux ils restèrent ainsi pendant quelques minutes, comme des amants qui se revoient après une longue absence.

---

[a] Et cependant, c'est des coeurs d'or. Enfin c'est mes petites saintes Céciles, des femmes charmantes... Quand je les vois, c'est aux Champs-Elysées sans qu'elles me voient—et elles m'aiment bien, et je pourrais aller chez elles, elles seraient bien contentes. Je pus aller à leur campagne; mais je préfère de beaucoup être avec mon ami Pons, parceque je le vois quand je veux, et tous les jours.

—*Tinne izi, dus les churs!...* reprit Schmucke, qui bénissait intérieurement la dureté de la présidente. *Diens! nus pricapraquerons ensemble, et le tiaple ne meddra chamais sa queue tan notre ménache.*[b]

—Ces messieurs sont servis, vint dire avec un aplomb étonnant madame Cibot.

On comprenda facilement la surprise de Pons en voyant et savourant le dîner dû à l'amitié de Schmucke. Ces sortes de sensations, si rares dans la vie, ne viennent pas du dévouement continu par lequel deux hommes se disent perpétuellement l'un à l'autre : "Tu as en moi un autre toi-même"; non, elles sont causées par la comparaison de ces témoignages du bonheur de la vie intime avec les barbaries de la vie du monde. C'est le monde qui lie à nouveau, sans cesse, deux amis ou deux amants, lorsque deux grandes âmes se sont mariées par l'amour ou par l'amitié. Aussi Pons essuya-t-il deux grosses larmes, et Schmucke, de son côté, fut obligé d'essuyer ses yeux mouillés. Ils ne se dirent rien, mais ils s'aimèrent davantage, et ils se firent de petits signes de tête dont les expressions balsamiques pansèrent les douleurs du gravier introduit par la présidente dans le cœur de Pons. Schmucke se frottait les mains à s'emporter l'épiderme, car il avait conçu l'une de ces inventions qui n'étonnent un Allemand que lorsqu'elles sont rapidement écloses dans son cerveau congelé par le respect dû aux princes souverains.

---

[b] Dînes ici. Tiens, nous bricabraquerons ensemble, et le diable ne mettra jamais sa queue dans notre ménage.

—*Mon pon Bons?* dit Schmucke.

—Je te devine, tu veux que nous dînions tous les jours ensemble...

—*Che fitrais edre assez ruche bir de vaire fifre dus les churs gomme ça,...*[a] répondit mélancoliquement le bon Allemand.

Madame Cibot, à qui Pons donnait de temps en temps des billets pour les spectacles du boulevard, ce qui le mettait dans son cœur à la même hauteur que son pensionnaire Schmucke, fit alors la proposition que voici :

—Pardine,[1] dit-elle, pour trois francs, sans le vin, je puis vous faire tous les jours, pour vous deux, *n'*un dîner *n'*à licher les plats, et les rendre[2] nets comme s'il étaient lavés.

—*Le vaid esde,* répondit Schmucke, *que che tine mieix afec ce que me guisine montame Zipod que les chens qui mangent le vrigod ti roi...*[b]

—Vraiment? dit Pons. Eh bien, j'essayerai demain !

En entendant cette promesse, Schmucke sauta d'un bout de la table à l'autre, en entraînant la nappe, les plats, les carafes, et saisit Pons par une étreinte comparable à celle d'un gaz s'emparant d'un autre gaz pour lequel il a de l'affinité.

—*Guel ponhire!* s'écria-t-il. (Quel bonheur.)

—Monsieur dînera tous les jours ici ! dit orgueilleusement madame Cibot attendrie.

---

[a] Je voudrais être assez riche pour te faire vivre tous les jours comme ça.
[b] Le fait est que je dîne mieux avec ce que me cuisine Mme Cibot que les gens qui mangent le fricot du roi.

Sans connaître l'évènement auquel elle devait l'accomplissement de son rêve, l'excellente madame Cibot descendit à sa loge et y entra comme Josépha[1] entre en scène dans *Guillaume Tell.* Elle jeta les plats et les assiettes, et s'écria :

—Cibot, cours chercher deux demi-tasses au café *Turc,* et dis au garçon de fourneau que c'est pour moi !

Puis elle s'assit en se mettant les mains sur ses puissants genoux, et, regardant par la fenêtre le mur qui faisait face à la maison, elle dit:

—J'irai, ce soir, consulter mame Fontaine !...

Madame Fontaine tirait les cartes à toutes les cuisinières, femmes de chambre, laquais, portiers, etc., du Marais.

—Depuis que ces deux messieurs sont venus chez nous, nous avons deux mille francs de placés à la caisse d'épargne. En huit ans, quelle chance ! Faut-il ne rien gagner au dîner de M. Pons, et l'attacher à son ménage ? La poule à mame Fontaine me dira cela.

En ne voyant pas d'héritiers, ni à Pons ni à Schmucke, depuis trois ans environ madame Cibot se flattait d'obtenir une ligne dans le testament de *ses messieurs,* et elle avait redoublé de zèle dans cette pensée cupide, poussée très-tard au milieu de ses moustaches, jusqu'alors pleines de probité. En allant dîner en ville tous les jours, Pons avait échappé à l'asservissement complet dans lequel la portière voulait tenir *ses messieurs*. La vie nomade de ce vieux troubadour-collectionneur effarouchait les vagues idées de séduction qui voltigeaient dans la cervelle de madame Cibot, et qui devinrent un plan formidable à compter de ce mémorable dîner. Un quart d'heure après, madame Cibot reparut dans la salle à manger, armée de deux excellentes tasses de café que flanquaient deux petits verres de kirsch-wasser.

—*Fife montame Zipod!* s'écria Schmucke, *elle m'a tefiné.* (Vive...deviné.)

Après quelques lamentations du pique-assiette, que combattit Schmucke par les câlineries que le pigeon sédentaire dut trouver pour son pigeon voyageur, les deux amis sortirent ensemble. Schmucke ne voulut pas quitter son ami dans la situation où l'avait mis la conduite des maîtres et des gens de la maison Camusot. Il connaissait Pons et savait que des réflexions horriblement tristes pouvaient le saisir à l'orchestre, sur son siège magistral, et détruire le bon effet de sa rentrée au nid. Schmucke, en ramenant le soir, vers minuit, Pons au logis, le tenait sous le bras; et, comme un amant fait pour une maîtresse adorée, il indiquait à Pons les endroits où finissait, où recommençait le trottoir; il l'avertissait quand un ruisseau se présentait; il aurait voulu que les pavés fussent en coton, que le ciel fût bleu, que les anges fissent entendre à Pons la musique qu'ils lui jouaient. Il avait conquis la dernière province qui n'était pas à lui dans ce cœur!

Pendant trois mois environ, Pons dîna tous les jours avec Schmucke.

Quoiqu'il essayât de cacher la mélancolie profonde qui le dévorait, le vieux musicien paraissait évidemment attaqué par une de ces inexplicables maladies dont le siège est dans le moral.

Pons regrettait certaines crèmes, de vrais poëmes!

certaines sauces blanches, des chefs-d'œuvre! certaines volailles truffées, des amours! et, par-dessus tout, les fameuses carpes du Rhin qui ne se trouvent qu'à Paris, et avec quels condiments! Par certains jours, Pons s'écriait: "O Sophie!" en pensant à la cuisinière du comte Popinot. Un passant, en entendant ce soupir, aurait cru que le bonhomme pensait à une maîtresse, et il s'agissait de quelque chose de plus rare, d'une carpe grasse! accompagnée d'une sauce, claire dans la saucière, épaisse sur la langue, une sauce à mériter le prix Montyon![1] Le souvenir de ces dîners mangés fit donc considérablement maigrir le chef d'orchestre, attaqué d'une nostalgie gastrique.

Dans le commencement du quatrième mois, vers la fin de janvier 1845, le jeune flûtiste, qui se nommait Wilhem comme presque tous les Allemands, et Schwab pour se distinguer de tous les Wilhem; ce qui ne le distinguait pas de tous les Schwab, jugea nécessaire d'éclairer Schmucke sur l'état du chef d'orchestre, dont on se préoccupait au théâtre. C'était le jour d'une première représentation, où donnaient[2] les instruments dont jouait le vieux maître allemand.

—Le bonhomme décline, il y a quelque chose dans son sac qui sonne mal, l'œil est triste, le mouvement de son bras s'affaiblit, dit Wilhem Schwab en montrant Pons qui montait à son pupitre d'un air funèbre.

—*C'esdre gomme ça à soissande ans, tuchurs,*[a] répondit Schmucke.

—Tout le monde au théâtre s'inquiète, et, comme le

---

[a] C'est comme ça à 60 ans toujours.

dit mademoiselle Héloïse Brisetout, notre première danseuse, il ne fait presque plus de bruit en se mouchant.

Le vieux musicien paraissait donner du cor quand il se mouchait, tant son nez long et creux sonnait dans le foulard. Ce tapage était la cause d'un des plus constants reproches de la présidente au cousin Pons.

—*Sheu tonnerais pien tes chausses pir l'amisser,* dit Schmucke, *l'ennui le cagne.*[a]

—Ma foi, dit Wilhem Schwab, M. Pons me semble un être si supérieur à nous autres pauvres diables, que je n'osais pas l'inviter à ma noce. Je me marie...

—*Ed gommend?* demanda Schmucke.

—Oh! très-honnêtement, répondit Wilhem, qui trouva dans la question bizarre de Schmucke une raillerie dont ce parfait chrétien était incapable.

—Allons, messieurs, à vos places! dit Pons, qui regarda dans l'orchestre sa petite armée après avoir entendu le coup de sonnette du directeur.

On exécuta l'ouverture de *la Fiancée du Diable,*[1] une pièce féerie qui eut deux cents représentations. Au premier entr'acte, Wilhem et Schmucke se virent seuls dans l'orchestre désert. L'atmosphère de la salle comportait trente-deux degrés Réaumur.

—*Gondez-moi tonc fotre husdoire,*[b] dit Schmucke à Wilhem.

—Tenez, voyez-vous, à l'avant-scène, ce jeune homme?... le reconnaissez-vous?

—*Ti dud...* (du tout)

---

[a] Je donnerais bien des choses pour l'amuser, l'ennui le gagne.
[b] Contez-moi donc votre histoire.

—Ah! parce qu'il a des gants jaunes, et qu'il brille de tous les rayons de l'opulence; mais c'est mon ami Fritz Brunner, de Francfort-sur-Mein...

—*Celui qui fenaid foir les bièces à l'orguesdre, brès te fus?*[c]

—Lui-même. N'est-ce pas que c'est à ne pas croire[2] à une pareille métamorphose?

[Wilhelm relates to Schmucke the history of the debauches of Brunner and himself, and invites him and Pons to his wedding. Brunner, who has fallen heir to a large fortune sets Wilhelm up in business, and is anxious himself to mary a French girl. Pons no longer visited his cousin and carefully avoided any of his former acquaintances.]

Malgré le soin avec lequel Pons évitait dans ses promenades ses anciennes connaissances, quand il en rencontrait,[1] il se trouva nez à nez avec l'ancien ministre, le compte Popinot, chez Monistrol, un des illustres et audacieux marchands du nouveau boulevard Beaumarchais, dont parlait naguère Pons à la présidente, et dont le narquois enthousiasme fait renchérir de jour en jour les curiosités, qui, disent-ils, deviennent si rares, qu'on n'en trouve plus.[1]

—Mon cher Pons, pourquoi ne vous voit-on plus? Vous nous manquez beaucoup, et madame Popinot ne sait que penser de cet abandon.

---

[c] Celui qui venait voir les pièces à l'orchestre, près de vous.

—Monsieur le comte, répondit le bonhomme, on m'a fait comprendre dans une maison, chez un parent, qu'à mon âge on est de trop dans le monde. On ne m'a jamais reçu avec beaucoup d'égards, mais du moins on ne m'avait pas encore insulté. Je n'ai jamais demandé rien à personne, dit-il avec la fierté de l'artiste. En retour de quelques politesses, je me rendais souvent utile à ceux qui m'accueillaient; mais il paraît que je me suis trompé, je serais taillable et corvéable à merci[1] pour l'honneur que je recevais en allant dîner chez mes amis, chez mes parents... Eh bien, j'ai donné ma démission de pique-assiette. Chez moi, je trouve tous les jours ce qu'aucune table ne m'a offert, un véritable ami!

Ces paroles, empreintes de l'amertume que le vieil artiste avait encore la faculté d'y mettre par le geste et par l'accent, frappèrent tellement le pair de France, qu'il prit le digne musicien à part.

—Ah çà! mon vieil ami, que vous est-il arrivé? Ne pouvez-vous me confier ce qui vous a blessé? Vous me permettrez de vous faire observer que, chez moi, vous devez avoir trouvé des égards...

—Vous êtes la seule exception que je fasse, dit le bonhomme. D'ailleurs, vous êtes un grand seigneur, un homme d'État, et vos préoccupations excuseraient tout, au besoin.

Pons, soumis à l'adresse diplomatique conquise par Popinot dans le maniement des hommes et des affaires, finit par raconter ses infortunes chez le président de Marville. Popinot épousa si vivement les griefs de la victime, qu'il en parla chez lui tout aussitôt à madame Popinot, excellente et digne femme, qui fit des représentations à la présidente aussitôt qu'elle la rencontra. L'ancien ministre ayant, de son côté, dit quelques mots à ce sujet au président, il y eut une explication en famille chez les Camusot de Marville. Quoique Camusot ne fût pas tout à fait le maître chez lui, sa remontrance était trop fondée *en droit et en fait,* pour que sa femme et sa fille n'en reconnussent pas la vérité; toutes les deux, elles s'humilièrent et rejetèrent la faute sur les domestiques. Les gens, mandés et gourmandés, n'obtinrent leur pardon que par des aveux complets, qui démontrèrent au président combien le cousin Pons avait raison en restant chez soi. Comme les maîtres de maison dominés par leurs femmes, le président déploya toute sa majesté maritale et judiciaire, en déclarant à ses gens qu'ils seraient chassés, et qu'ils perdraient ainsi tous les avantages que leurs longs services pouvaient leur valoir chez lui, si, désormais, son cousin Pons et tous ceux qui lui faisaient l'honneur de venir chez lui n'étaient pas traités comme lui-même. Cette parole fit sourire Madeleine.

—Vous n'avez même, dit le président, qu'une chance de salut, c'est de désarmer mon cousin par des excuses. Allez lui dire que votre maintien ici dépend entièrement de lui, car je vous renvoie tous,[1] s'il ne vous pardonne.

Le lendemain, le président partit d'assez bonne heure pour pouvoir faire une visite à son cousin avant l'audience. Ce fut un évènement que l'apparition de M. le président de Marville, annoncé par madame Cibot. Pons, qui recevait cet honneur pour la première fois de sa vie, pressentit une réparation.

—Mon cher cousin, dit le président après les compliments d'usage, j'ai fini par savoir la cause de votre retraite. Votre conduite augmente, si c'est possible, l'estime que j'ai pour vous. Je ne vous dirai qu'un mot à cet égard. Mes domestiques sont tous renvoyés. Ma femme et ma fille sont au désespoir ; elles veulent vous voir, pour s'expliquer avec vous. En ceci, mon cousin, il y a un innocent, et c'est un vieux juge ; ne me punissez donc pas pour l'escapade d'une petite fille étourdie qui voulait dîner chez les Popinot, surtout quand je viens vous demander la paix, en reconnaissant que les torts sont de notre côté... Une amitié de trente-six ans, en la supposant altérée, a bien encore quelques droits. Voyons ! signez la paix en venant dîner avec nous ce soir...

Pons s'embrouilla dans une diffuse réponse, et finit en faisant observer à son cousin qu'il assistait le soir aux fiançailles d'un musicien de son orchestre, qui jetait la flûte aux orties pour devenir banquier.

—Eh bien, demain.

—Mon cousin, madame la comtesse Popinot m'a fait l'honneur de m'inviter par une lettre d'une amabilité...

—Après-demain donc,... reprit le président.

—Après-demain, l'associé de ma première flûte, un Allemand, un M. Brunner, rend aux fiancés la politesse qu'il reçoit d'eux aujourd'hui...

—Vous êtes bien assez aimable pour qu'on se dispute ainsi le plaisir de vous recevoir, dit le président. Eh bien, dimanche prochain ! à huitaine,... comme on dit au Palais.

—Mais nous dînons chez un M. Graff, le beau-père de la flûte...

—Eh bien, à samedi! D'ici là, vous aurez eu le temps de rassurer une petite fille qui a déjà versé des larmes sur sa faute. Dieu ne demande que le repentir, serez-vous plus exigeant que le Père éternel avec cette pauvre petite Cécile?...

Pons, pris par ses côtés faibles, se rejeta dans des formules plus que polies, et reconduisit le président jusque sur le palier. Une heure après, les gens du président arrivèrent chez le bonhomme Pons; ils se montrèrent ce que sont les domestiques, lâches et patelins: ils pleurèrent! Madeleine prit à part M. Pons et se jeta résolûment à ses pieds.

—C'est moi, monsieur, qui ai tout fait, et monsieur sait bien que je l'aime, dit-elle en fondant en larmes. C'est à la vengeance, qui me bouillait dans le sang, que monsieur doit s'en prendre[1] de toute cette malheureuse affaire. Nous perdrons *nos viagers!*... Monsieur, j'étais folle, et je ne voudrais pas que mes camarades souffrissent de ma folie... Je vois bien, maintenant, que le sort ne m'a pas faite pour être à monsieur. Je me suis raisonnée, j'ai eu trop d'ambition, mais je vous aime toujours, monsieur. Pendant dix ans, je n'ai pensé qu'au bonheur de faire le vôtre et de soigner tout ici. Quelle belle destinée!... Oh! si monsieur savait combien je l'aime! Mais monsieur a dû s'en apercevoir à[2] toutes mes méchancetés. Si je mourais demain, qu'est-ce qu'on trouverait?... un testament en votre faveur, monsieur,... oui, monsieur, dans ma malle, sous mes bijoux!

Après avoir pardonné noblement à Madeleine, il reçut tout le monde à merci en disant qu'il parlerait à sa cousine la présidente pour obtenir que tous les gens restassent chez elle. Pons se vit avec un plaisir ineffable rétabli dans toutes ses jouissances habituelles, sans avoir commis de lâcheté.

Pour la première fois peut-être, les deux amis allaient dîner ensemble en ville; mais, pour Schmucke, c'était faire une excursion en Allemagne. En effet, Johann Graff, le maître de l'hôtel du *Rhin,* et sa fille Émilie; Wolfgang Graff, le tailleur, et sa femme; Fritz Brunner et Wilhem Schwab étaient Allemands. Pons et le notaire se trouvaient les seuls Français admis au banquet.

En allant de la rue de Normandie à la rue de Richelieu, Pons obtint du distrait Schmucke les détails de cette nouvelle histoire de l'enfant prodigue. Pons, fraîchement réconcilié avec ses plus proches parents, fut aussitôt atteint du désir de marier Fritz Brunner avec Cécile de Marville. Le hasard voulut que le notaire des frères Graff fût précisément le gendre et le successeur de Cardot, ancien second premier clerc de l'étude, chez qui dînait souvent Pons.

— Ah! c'est vous, monsieur Berthier, dit le vieux musicien en tendant la main à son ex-amphitryon.

— Et pourquoi ne nous faites-vous plus le plaisir de venir dîner chez nous? demanda le notaire. Ma femme était inquiète de vous. Nous vous avons vu à la première représentation de *la Fiancée du Diable,* et notre inquiétude est devenue de la curiosité.

— Les vieillards sont susceptibles, répondit le bonhomme, ils ont le tort d'être d'un siècle en retard; mais qu'y faire?... c'est bien assez d'en représenter un,[1] ils ne peuvent pas être de celui[1] qui les voit mourir.

—Ah! dit le notaire d'un air fin, on ne court pas deux siècles à la fois.

—Ah çà! demanda le bonhomme en attirant le jeune notaire dans un coin, pourquoi ne mariez-vous pas ma cousine Cécile de Marville?...

—Ah!... répondit le notaire, aujourd'hui presque tous les garçons, fussent-ils laids comme nous deux, mon cher Pons, ont l'impertinence de vouloir une dot de six cent mille francs, des filles de grande maison, très-belles, très-spirituelles, très-bien élevées, sans tare, parfaites.

—Ma cousine se mariera donc difficilement?

—Elle restera fille tant que le père et la mère ne se décideront pas à lui donner Marville en dot; et, s'ils l'avaient voulu, elle serait déjà la vicomtesse Popinot... Mais voici M. Brunner, nous allons lire l'acte de société de la maison Brunner et le contrat de mariage.

Une fois les présentations et les compliments faits, Pons, engagé par les parents à signer au contrat, entendit la lecture des actes, et, vers cinq heures et demie, on passa dans la salle à manger. Le dîner fut un de ces repas somptueux comme en donnent les négociants quand ils font trêve aux affaires; ce repas, d'ailleurs, attestait les relations de Graff, le maître de l'hôtel du *Rhin,* avec les premiers fournisseurs de Paris. Jamais Pons ni Schmucke n'avaient connu pareille chère. Il y eut des plats *à ravir la pensée!...* des nouilles d'une délicatesse inédite, des éperlans d'une friture incomparable, un ferra[1] de Genève à vraie sauce genevoise, et une crème pour plumpudding à étonner le fameux docteur qui l'a, dit-on, inventée à Londres. On sortit de table à dix heures du soir. Ce qui s'était bu de vin du Rhin et de vins français étonnerait des dandys, car on ne sait pas tout ce que les Allemands peuvent absorber de liquides en restant calmes et tranquilles. Il faut dîner en Allemagne et voir les bouteilles se succédant[1] les unes aux autres comme le flot succède au flot sur une belle plage de la Méditerranée, et disparaissant comme si les Allemands avaient la puissance absorbante de l'éponge et du sable; mais harmonieusement, sans le tapage français; le discours reste sage comme l'improvisation d'un usurier, les visages rougissent comme ceux des fiancées peintes dans les fresques de Cornélius ou de Schnor,[2] c'est-à-dire imperceptiblement, et les souvenirs s'épanchent comme la fumée des pipes, avec lenteur.

Vers dix heures et demie, Pons et Schmucke se trouvèrent sur un banc, dans le jardin, chacun à côté de l'ancienne flûte, sans trop savoir qui les avait amenés à s'expliquer leurs caractères, leurs opinions et leurs malheurs. Au milieu de ce pot-pourri de confidences, Wilhem parla de son désir de marier Fritz, mais avec une force, avec une éloquence vineuse.

—Que dites-vous de ce programme pour votre ami Brunner? s'écria Pons à l'oreille de Wilhem : une jeune personne charmante, raisonnable, vingt-quatre ans, appartenant à une famille de la plus haute distinction, le père occupe une des places les plus élevées de la magistrature, il y a cent mille francs de dot, et des espérances pour un million.

—Attendez! répondit Schwab, je vais en parler à l'instant à Fritz.

Et les deux musiciens virent Brunner et son ami tournant dans le jardin, passant et repassant sous leurs yeux, l'un écoutant l'autre alternativement. Pons, dont la tête était un peu lourde et qui, sans être absolument ivre, avait autant de légèreté dans les idées que de pesanteur dans leur enveloppe, observa Fritz Brunner à travers ce nuage diaphane que cause le vin, et voulut voir[1] sur cette physionomie des aspirations vers le bonheur de la famille. Schwab présenta bientôt M. Pons son ami, son associé, lequel remercia beaucoup le vieillard de la peine qu'il daignait prendre. Une conversation s'engagea, dans laquelle Schmucke et Pons, ces deux célibataires, exaltèrent le mariage, et se permirent, sans y entendre malice, ce calembour, "que c'était la fin de l'homme." Quand on servit des glaces, du thé, du punch et des gâteaux dans le futur appartement des futurs époux, l'hilarité fut au comble parmi ces estimables négociants, presque tous gris, en apprenant que le commanditaire de la maison de banque allait imiter son associé.

Schmucke et Pons, à deux heures du matin, rentrèrent chez eux par les boulevards, en philosophant à perte de raison sur l'arrangement musical des choses en ce bas monde.

Le lendemain, Pons alla chez sa cousine la présidente, en proie à la joie profonde de rendre le bien pour le mal.

—Ah! ils auront d'immenses obligations à leur pique-assiette, se disait-il en tournant la rue de Choiseul.

Un homme moins absorbé que Pons dans son contentement, un homme du monde, un homme défiant eût observé la présidente et sa fille en revenant dans cette

maison; mais ce pauvre musicien était un enfant, un
artiste plein de naïveté, ne croyant qu'au bien moral
comme il croyait au beau dans les arts; il fut enchanté
des caresses que lui firent Cécile et la présidente. Ce
bonhomme, qui, depuis douze ans, voyait jouer le
vaudeville, le drame et la comédie sous ses yeux, ne
reconnut pas les grimaces de la comédie sociale, sur
lesquelles sans doute il était blasé. Ceux qui hantent
le monde parisien et qui ont compris la sécheresse
d'âme et de corps de la présidente, ardente seulement
aux honneurs et enragée d'être vertueuse, sa fausse
dévotion et la hauteur de caractère d'une femme habituée à commander chez elle, peuvent imaginer quelle
haine cachée elle portait au cousin de son mari, depuis
le tort qu'elle s'était donné. Toutes les démonstrations
de la présidente et de sa fille furent donc doublées d'un
formidable désir de vengeance, évidemment ajournée.
Pour la première fois de sa vie, Amélie avait eu tort
vis-à-vis du mari qu'elle régentait; enfin, elle devait se
montrer affectueuse pour l'auteur de sa défaite!... Il
n'y a d'analogue à cette situation que certaines hypo-
crisies qui durent des années dans le sacré collège des
cardinaux ou dans les chapitres des chefs d'ordres religieux. A trois heures, au moment où le président
revint du Palais, Pons avait à peine fini de raconter les
incidents merveilleux de sa connaissance avec M.
Frédéric Brunner, et le repas de la veille qui n'avait
fini que le matin, et tout ce qui concernait ledit Frédéric
Brunner. Cécile était allée droit au fait, en s'enquérant
de la manière dont s'habillait Frédéric Brunner, de la
taille, de la tournure, de la couleur des cheveux et des

yeux, et, lorsqu'elle eut conjecturé que Frédéric avait l'air distingué, elle admira la générosité de son caractère.

—Donner cinq cent mille francs à son compagnon d'infortune! oh! maman, j'aurai voiture et loge aux Italiens...[1]

Et Cécile devint presque jolie en pensant à la réalisation de toutes les prétentions de sa mère pour elle, et à l'accomplissement des espérances dont elle désespérait.

Quant à la présidente, elle dit ce seul mot:

—Chère petite *fillette,* tu peux être mariée dans quinze jours.

Toutes les mères[2] appellent leurs filles qui ont vingt-trois ans, des *fillettes!*

—Néanmoins, dit le président, encore faut-il le temps de prendre des renseignements; jamais je ne donnerai ma fille au premier venu...

—Quant aux renseignements, c'est chez Berthier que se sont faits les actes, répondit le vieil artiste. Quant au jeune homme, ma chère cousine, vous savez ce que vous m'avez dit! Eh bien, il a quarante ans passés, la moitié de la tête est sans cheveux. Il veut trouver dans la famille un port contre les orages, je ne l'en ai pas détourné; tous les goûts sont dans la nature...

—Raison de plus pour voir M. Frédéric Brunner, répliqua le président. Je ne veux pas donner ma fille à quelque valétudinaire.

—Eh bien, ma cousine, vous allez juger de mon prétendu, dans cinq jours, si vous voulez; car, dans vos idées, une entrevue suffirait...

Cécile et la présidente firent un geste d'enchantement.

—Frédéric, qui est un amateur très-distingué, m'a prié de lui laisser voir en détail ma petite collection, reprit le cousin Pons. Vous n'avez jamais vu mes tableaux, mes curiosités : venez, dit-il à ses deux parentes, vous serez là comme des dames amenées par mon ami Schmucke, et vous ferez connaissance avec le futur, sans être compromises. Frédéric peut parfaitement ignorer qui vous êtes.

—A merveille ; s'écria le président.

On peut deviner les égards qui furent prodigués au parasite jadis dédaigné. Le pauvre homme fut, ce jour-là, le cousin de la présidente. L'heureuse mère, noyant sa haine dans les flots de sa joie, trouva des regards, des sourires, des paroles qui mirent le bonhomme en extase à cause du bien qu'il faisait, et à cause de l'avenir qu'il entrevoyait. Ne devait-il pas trouver dans les maisons Brunner, Schwab, Graff, des dîners semblables à celui de la signature du contrat? Il apercevait une vie de cocagne et une suite merveilleuse de *plats couverts,* de surprises gastronomiques, de vins exquis !

—Si notre cousin Pons nous fait faire une pareille affaire, dit le président à sa femme quand Pons fut parti, nous devons lui constituer une rente équivalente à ses appointements de chef d'orchestre.

—Certainement, dit la présidente.

Cécile fut chargée, dans le cas où elle agréerait le jeune homme, de faire accepter cette ignoble munificence au vieux musicien.

Le lendemain, le président, désireux d'avoir des preuves authentiques de la fortune de M. Frédéric

Brunner, alla chez le notaire. Berthier, prévenu par la présidente, avait fait venir son nouveau client, le banquier Schwab, l'ex-flûte. Ébloui d'une pareille alliance pour son ami (on sait combien les Allemands respectent les distinctions sociales! en Allemagne, une femme est madame la générale, madame la conseillère, madame l'avocate), Schwab fut coulant comme un collectionneur qui croit fourber un marchand.

—Avant tout, dit le père de Cécile à Schwab, comme je donnerai par contrat ma terre de Marville à ma fille, je désirerais la marier sous le régime dotal. M. Brunner placerait alors un million en terres pour augmenter Marville, en constituant un immeuble dotal qui mettrait l'avenir de ma fille et celui de ses enfants à l'abri des chances de la banque.

Berthier se caressa le menton en pensant:

—Il va bien, M. le président!

Schwab, après s'être fait expliquer l'effet du régime dotal,[1] se porta fort pour son ami. Cette clause accomplissait le vœu qu'il avait entendu former à Fritz de trouver une combinaison qui l'empêchât jamais de retomber dans la misère.

—Il se trouve en ce moment pour douze cent mille francs de fermes et d'herbages à vendre, dit le président.

—Un million en actions de la Banque suffira bien, dit Schwab, pour garantir le compte de notre maison à la Banque; Fritz ne veut pas mettre plus de deux millions dans les affaires; il fera ce que vous demandez, monsieur le président.

Le président rendit ses deux femmes presque folles

en leur apprenant ces nouvelles. Jamais capture si riche ne s'était montrée si complaisante au filet conjugal.

—Tu seras madame Brunner de Marville, dit le père à sa fille, car j'obtiendrai pour ton mari la permission de joindre ce nom au sien, et, plus tard, il aura des lettres de naturalité. Si je deviens pair de France, il me succédera!

La présidente employa cinq jours à apprêter sa fille. Le jour de l'entrevue, elle habilla Cécile elle-même, elle l'équipa de ses mains avec le soin que l'amiral de la *flotte bleue* mit à armer le yacht de plaisance de la reine d'Angleterre quand elle partit pour son voyage d'Allemagne.

De leur côté, Pons et Schwab nettoyèrent, époussetèrent le musée de Pons, l'appartement, les meubles, avec l'agilité de matelots brossant un vaisseau d'amiral. Pas un grain de poussière dans les bois sculptés. Tous les cuivres reluisaient. Les glaces des pastels laissaient voir nettement les œuvres de Latour, de Greuze et de Liotard, l'illustre auteur de *la Chocolatière*,[1] le miracle de cette peinture, hélas! si passagère.

Assez habiles pour éviter les difficultés d'une entrée en scène, les femmes vinrent les premières, elles voulaient être sur leur terrain. Pons présenta son ami Schmucke à ses parentes, auxquelles il parut être un idiot. Occupées comme elles l'étaient d'un fiancé quatre fois millionnaire, les deux ignorantes prêtèrent une attention médiocre aux démonstrations artistiques du bonhomme Pons. Elles s'extasiaient par complaisance en tenant à la main des bronzes florentins, quand madame

Cibot annonça M. Brunner! Elles ne se retournèrent point et profitèrent d'une superbe glace de Venise, encadrée dans de monstrueux morceaux d'ébène sculptés, pour examiner le phénix des prétendus.

Frédéric, prévenu par Wilhem, avait massé le peu de cheveux qui lui restaient. Il portait un joli pantalon d'une nuance douce, quoique sombre, un gilet de soie d'une élégance suprême et d'une coupe neuve, une chemise à points à jour d'une toile[2] faite à la main par une Frisonne, une cravate bleue à filets blancs. La chaîne de sa montre sortait de chez Florent et Chanor,[3] ainsi que la pomme de sa canne. Quant à l'habit, le père Graff l'avait taillé lui-même dans le plus beau drap. Des gants de Suède annonçaient l'homme qui avait déjà mangé la fortune de sa mère.

Quelle est la jeune fille qui ne se permet pas un petit roman dans l'histoire de son mariage? Cécile se regarda comme la plus heureuse des femmes, quand Brunner, à l'aspect des magnifiques œuvres collectionnées pendant quarante ans de patience, s'enthousiasma, les estima, pour la première fois, à leur valeur, à la grande satisfaction de Pons.

—C'est un poëte! se dit mademoiselle de Marville, il voit là des millions. Un poëte est un homme qui ne compte pas, qui laisse sa femme maîtresse des capitaux, un homme facile à mener et qu'on occupe de niaiseries.

Naturellement, mademoiselle de Marville demanda des explications à chaque curiosité nouvelle. Elle se fit initier à la connaissance de ces merveilles par Brunner. Elle fut si naïve dans ses exclamations, elle parut si heureuse d'apprendre de Frédéric la valeur, la beauté d'une peinture, d'une sculpture, d'un bronze, que l'Allemand dégela : sa figure devint jeune. Enfin, de part et d'autre, on alla plus loin qu'on ne le voulait dans cette première rencontre, toujours due au hasard.

Cette séance dura trois heures. Brunner offrit la main à Cécile pour descendre l'escalier. En descendant les marches avec une sage lenteur, Cécile, qui causait toujours beaux-arts, fut étonnée de l'admiration de son prétendu pour les brimborions de son cousin Pons.

—Vous croyez donc que tout ce que nous venons de voir vaut beaucoup d'argent?

—Eh! mademoiselle, si monsieur votre cousin voulait me vendre sa collection, j'en donnerais ce soir huit cent mille francs, et je ne ferais pas une mauvaise affaire. Les soixante tableaux monteraient seuls à une somme plus forte en vente publique.

—Je le crois, puisque vous me le dites, répondit-elle, et il faut bien que cela soit, car c'est ce dont vous vous êtes le plus occupé.

—Oh! mademoiselle!... s'écria Brunner. Pour toute réponse à ce reproche, je vais demander à madame votre mère la permission de me présenter chez elle pour avoir le bonheur de vous revoir.

—Est-elle spirituelle, ma *fillette!* pensa la présidente, qui marchait sur les talons de sa fille. — Ce sera avec le plus grand plaisir, monsieur, répondit-elle à haute voix. J'espère que vous viendrez, avec notre cousin Pons, à l'heure du dîner; M. le président sera charmé de faire votre connaissance...—Merci, cousin.

Elle pressa le bras de Pons d'une façon tellement significative, que la phrase sacramentelle : "C'est entre nous à la vie, à la mort!"[1] n'eût pas été si forte. Elle embrassa Pons par l'œillade qui accompagna ce "Merci, cousin."

Après avoir mis la jeune personne en voiture, et quand le coupé de remise eut disparu dans la rue Charlot, Brunner parla bric-à-brac à Pons, qui parlait mariage.

Ainsi, vous ne voyez pas d'obstacle?... dit Pons.

—Ah! répliqua Brunner, la petite est insignifiante, la mère est un peu pincée... Nous verrons.

—Une belle fortune à venir, fit observer Pons. Plus d'un million...

A lundi! interrompit le millionnaire. Si vous vouliez vendre votre collection de tableaux, j'en donnerais bien cinq à six cent mille francs...

—Ah! s'écria le bonhomme, qui ne se savait pas si riche; mais je ne pourrais pas me séparer de ce qui fait mon bonheur... Je ne vendrais ma collection que livrable après ma mort.

—Eh bien, nous verrons...

—Voilà deux affaires en train, dit le collectionneur, qui ne pensait qu'au mariage.

Brunner salua Pons et disparut, emporté par son brillant équipage. Pons regarda fuir le petit coupé sans faire attention à Rémonencq, qui fumait sa pipe sur le pas de la porte.

Le soir même, chez son beau-père, que la présidente de Marville alla consulter, elle trouva la famille Popinot. Dans son désir de satisfaire une petite vengeance bien naturelle au cœur des mères, quand elles n'ont pas réussi à capturer un fils de famille, madame de Marville fit entendre que Cécile faisait un mariage superbe. "Qui Cécile épouse-t-elle donc?" fut une demande qui courut sur toutes les lèvres. Et alors, sans croire trahir ses secrets, la présidente dit tant de petits mots, fit tant de confidences à l'oreille, confirmées par madame Berthier d'ailleurs, que voici ce qui se disait le lendemain dans l'Empyrée bourgeois où Pons accomplissait ses évolutions gastronomiques:

"Cécile de Marville se marie avec un jeune Allemand qui se fait banquier par humanité, car il est riche de quatre millions; c'est un héros de roman, un vrai Werther,[1] charmant, un bon cœur, ayant fait ses folies, qui s'est épris de Cécile à en perdre la tête; c'est un amour à première vue, et d'autant plus sûr, que Cécile avait pour rivales toutes les madones peintes de Pons," etc., etc.

Le surlendemain, quelques personnes vinrent complimenter la présidente, uniquement pour savoir si la dent d'or[2] existait, et la présidente fit ces variations admirables que les mères pourront consulter:

—Un mariage n'est fait, disait-elle à madame Chiffreville, que quand on revient de la mairie et de l'église, et nous n'en sommes encore qu'à des entrevues; aussi compté-je assez sur votre amitié pour ne pas parler de nos espérances....

—Vous êtes bien heureuse, madame la présidente, les mariages se concluent aujourd'hui bien difficilement.

—Que voulez-vous! c'est un hasard; mais les mariages se font souvent ainsi.

—Eh bien, vous mariez donc Cécile? disait madame Cardot.

—Oui, répondait la présidente, en comprenant la malice du *donc*. Nous étions exigeants, c'est ce qui retardait l'établissement de Cécile. Mais nous trouvons tout : fortune, amabilité, bon caractère, et un joli homme. Ma chère petite fille méritait bien cela, d'ailleurs. M. Brunner est un charmant garçon, plein de distinction ; il aime le luxe, il connaît la vie, il est fou de Cécile, il l'aime sincèrement ; et, malgré ses trois ou quatre millions, Cécile l'accepte... Nous n'avions pas de prétentions si élevées, mais... les avantages ne gâtent rien...—Ce n'est pas tant la fortune que l'affection inspirée par ma fille qui nous décide, disait la présidente à madame Lebas. M. Brunner est si pressé, qu'il veut que le mariage se fasse dans les délais légaux.

—C'est un étranger ?...

—Oui, madame ; mais j'avoue que je suis bien heureuse. Non, ce n'est pas un gendre, c'est un fils que j'aurai. M. Brunner est d'une délicatesse vraiment séduisante. On n'imagine pas l'empressement qu'il a mis à se marier sous le régime dotal... C'est une grande sécurité pour les familles. Il achète pour douze cent mille francs d'herbages qui seront réunis un jour à Marville.

Le lendemain, c'était d'autres variations sur le même thème. Ainsi, M. Brunner était un grand seigneur, faisant tout en grand seigneur ; il ne comptait pas ; et, si M. de Marville pouvait obtenir des lettres de grande naturalité (le ministère lui devait bien un petit bout de loi),[1] le gendre deviendrait pair de France. On ne connaissait pas la fortune de M. Brunner, il avait *les plus beaux chevaux et les plus beaux équipages de Paris ;* etc.

Le plaisir que les Camusot prenaient à publier leurs espérances disait assez combien ce triomphe était inespéré.

Aussitôt après l'entrevue chez le cousin Pons, M. de Marville, poussé par sa femme, décida le ministre de la justice, son premier président et le procureur général à dîner chez lui le jour de la présentation du phénix des gendres. Les trois grands personnages acceptèrent, quoique invités à bref délai ; chacun d'eux comprit le rôle que leur faisait jouer le père de famille, et ils lui vinrent en aide avec plaisir. En France, on porte assez volontiers secours aux mères de famille qui pêchent un gendre riche. Le comte et la comtesse Popinot se prêtèrent également à compléter le luxe de cette journée, quoique cette invitation leur parût être de mauvais goût. Il y eut en tout onze personnes. Le grand-père de Cécile, le vieux Camusot et sa femme ne pouvaient manquer à cette réunion, destinée, par la position des convives, à engager définitivement M. Brunner, annoncé, ainsi qu'on l'a vu, comme un des plus riches capitalistes de l'Allemagne, un homme de goût (il aimait la *fillette*), le futur rival des Nucingen, des Keller, des du Tillet,[1] etc.

—C'est notre jour, dit avec une simplicité fort étudiée la présidente à celui qu'elle regardait comme son gendre en lui nommant les convives, nous n'avons que des intimes. D'abord, le père de mon mari, qui, vous le savez, doit être promu pair de France ; puis M. le comte et madame la comtesse Popinot, dont le fils ne s'est pas trouvé assez riche pour Cécile, et nous n'en sommes pas moins bons amis ; notre ministre de la justice, notre premier président, notre procureur général, enfin nos amis... Nous serons obligés de dîner un peu tard, à cause de la Chambre, où la séance ne finit jamais qu'à six heures.

Brunner regarda Pons d'une manière significative, et Pons se frotta les mains en homme qui dit: "Voilà nos amis, mes amis!..."

La présidente, en femme habile, eut quelque chose de particulier à dire à son cousin, afin de laisser Cécile un instant en tête-à-tête avec son Werther. Cécile bavarda considérablement, et s'arrangea pour que Frédéric aperçût un dictionnaire allemand, une grammaire allemande, un Gœthe qu'elle avait cachés.

—Ah! vous apprenez l'allemand? dit Brunner en rougissant.

Il n'y a que les Françaises pour inventer ces sortes de trappes.

—Oh! dit-elle, êtes-vous méchant!... ce n'est pas bien, monsieur, de fouiller ainsi dans mes cachettes. Je veux lire Gœthe dans l'original, ajouta-t-elle; et il y a deux ans que j'apprends l'allemand.[1]

—La grammaire est donc bien difficile à comprendre, car il n'y a pas dix feuillets de coupés,... remarqua naïvement Brunner.

Cécile, confuse, se retourna pour ne pas laisser voir sa rougeur. Un Allemand ne résiste pas à ces sortes de témoignages, il prit Cécile par la main, la ramena tout interdite sous son regard et la regarda comme les fiancés se regardent dans les romans d'Auguste Lafontaine,[2] de pudique mémoire.

—Vous êtes adorable! dit-il.

Cécile fit un geste mutin qui signifiait: "Et vous qui ne vous aimerait?"

—Maman, ça va bien! dit-elle à l'oreille de sa mère qui revint avec Pons.

Après dîner le ministre, le premier président, le procureur général, les Popinot, tous les gens affairés s'en allèrent.

On laissa Camusot le père, le président, la présidente, Cécile, Brunner, Berthier et Pons ensemble; car on présuma que la demande officielle de la main de Cécile allait se faire. En effet, lorsque ces personnes furent seules, Brunner commença par une demande qui parut de bon augure aux parents.

—J'ai cru comprendre, dit Brunner en s'adressant à la présidente, que mademoiselle était fille unique...

—Certainement, répondit-elle avec orgueil.

—Vous n'aurez de difficultés avec personne, ajouta le bonhomme Pons pour décider Brunner à formuler sa demande.

Brunner devint soucieux, et un fatal silence amena la froideur la plus étrange. Il semblait que la présidente eût avoué[1] que sa *fillette* était épileptique. Le président, jugeant que sa fille ne devait pas être là, lui fit un signe que Cécile comprit, elle sortit. Brunner resta muet. On se regarda. La situation devint gênante. Le vieux Camusot, homme d'expérience, emmena l'Allemand dans la chambre de la présidente, sous prétexte de lui montrer l'éventail trouvé par Pons, en devinant qu'il surgissait quelque difficulté, et il demanda par un geste à son fils, à sa belle-fille et à Pons de le laisser avec le futur.

—Voilà ce chef-d'œuvre! dit le vieux marchand de soieries en montrant l'éventail.

—Cela vaut cinq mille francs, répondit Brunner après l'avoir examiné.

—N'étiez-vous pas venu, monsieur, dit le futur pair de France, pour demander la main de ma petite-fille?

—Oui, monsieur, dit Brunner, et je vous prie de croire qu'aucune alliance ne peut être plus flatteuse pour moi que celle-là. Je ne trouverai jamais une jeune personne plus belle, plus aimable, qui me convienne mieux que mademoiselle Cécile; mais...

—Ah! pas de mais, dit le vieux Camusot, ou voyons sur-le-champ la traduction de vos mais, mon cher monsieur...

—Monsieur, reprit gravement Brunner, je suis bien heureux que nous ne soyons engagés ni les uns les autres, car la qualité de fille unique, si précieuse pour tout le monde, excepté pour moi, qualité que j'ignorais, croyez-moi, est un empêchement absolu...

—Comment, monsieur, dit le vieillard stupéfait, d'un avantage immense vous en faites un tort? Votre conduite est vraiment extraordinaire, et je voudrais bien en connaître les raisons.

—Monsieur, répondit l'Allemand avec flegme, je suis venu ce soir ici avec l'intention de demander à M. le président la main de sa fille. Je voulais faire un sort brillant à mademoiselle Cécile en lui offrant tout ce qu'elle eût[1] consenti à accepter de ma fortune; mais une fille unique est une enfant que l'indulgence de ses parents habitue à faire ses volontés, et qui n'a jamais connu la contrariété. Il en est ici comme dans plusieurs familles, où j'ai pu jadis observer le culte qu'on avait pour ces espèces de divinités : non-seulement votre petite-fille est l'idole de la maison, mais encore madame la présidente y porte les..., vous savez quoi ! Monsieur, j'ai vu le ménage de mon père devenir, par cette cause, un enfer. Ma marâtre, cause de tous mes malheurs, fille unique, adorée, la plus charmante des fiancées, est devenue un diable incarné. Je ne doute pas que mademoiselle Cécile ne soit une exception à mon système ; mais je ne suis plus un jeune homme, j'ai quarante ans, et la différence de nos âges entraîne des difficultés qui ne me permettent pas de rendre heureuse une jeune personne habituée à voir faire à madame la présidente toutes ses volontés, et que madame la présidente écoute comme un oracle. De quel droit exigerais-je le changement des idées et des habitudes de mademoiselle Cécile? Au lieu d'un père et d'une mère complaisants à ses moindres caprices, elle rencontrera l'égoïsme d'un quadragénaire ; si elle résiste, c'est le quadragénaire qui sera vaincu. J'agis donc en honnête homme, je me retire. D'ailleurs, je désire être entièrement sacrifié, s'il est toutefois nécessaire d'expliquer pourquoi je n'ai fait qu'une visite ici...

—Si tels sont vos motifs, monsieur, dit le futur pair de France, quelque singuliers qu'ils soient, ils sont plausibles...

—Monsieur, ne mettez pas en doute ma sincérité, interrompit vivement Brunner. Si vous connaissez une pauvre fille dans une famille chargée d'enfants, bien élevée néanmoins, sans fortune, comme il s'en trouve beaucoup en France, et que son caratère m'offre des garanties, je l'épouse.

Pendant le silence qui suivit cette déclaration, Frédéric Brunner quitta le grand-père de Cécile, revint saluer poliment le président et la présidente, et se retira. Vivant commentaire du salut[1] de son Werther, Cécile se montra pâle comme une moribonde, elle avait tout écouté, cachée dans la garde-robe de sa mère.

—Refusée!... dit-elle à l'oreille de sa mère.

—Et pourquoi? demanda la présidente à son beau-père embarrassé.

—Sous le joli prétexte que les filles uniques sont des enfants gâtées, répondit le vieillard. Et il n'a pas tout à fait tort, ajouta-t-il en saisissant cette occasion de blâmer sa belle-fille, qui l'ennuyait fort depuis vingt ans.

—Ma fille en mourra! vous l'aurez tuée!... dit la présidente à Pons en retenant sa fille, qui trouva joli de justifier ces paroles en se laissant aller dans les bras de sa mère.

Le président et sa femme traînèrent Cécile dans un fauteuil, où elle acheva de s'évanouir. Le grand-père sonna les domestiques.

—J'aperçois la trame ourdie par monsieur! dit la mère furieuse en désignant le pauvre Pons.

Pons se dressa comme s'il avait entendu retentir à ses oreilles la trompette du jugement dernier.

—Monsieur, reprit la présidente, dont les yeux furent comme deux fontaines de bile verte, monsieur a voulu répondre à une innocente plaisanterie par une injure. A qui fera-t-on croire que cet Allemand soit dans son bon sens? Ou il est complice d'une atroce vengeance, ou il est fou. J'espère, monsieur Pons, qu'à l'avenir vous nous épargnerez le déplaisir de vous voir dans une maison où vous avez essayé de porter la honte et le déshonneur.

Pons, devenu statue, tenait les yeux fixés sur une rosace du tapis et tournait ses pouces.

—Eh bien, vous êtes encore là, monstre d'ingratitude!... s'écria la présidente en se retournant.—Nous n'y serons jamais, monsieur ni moi, si jamais monsieur se présentait! dit-elle aux domestiques en leur montrant Pons.—Allez chercher le docteur, Jean.—Et vous, Madeleine, de l'eau de corne de cerf![1]

Pour la présidente, les raisons alléguées par Brunner n'étaient que le prétexte sous lequel il s'en cachait d'inconnues; mais la rupture du mariage n'en devenait que plus certaine. Avec cette rapidité de pensée qui distingue les femmes dans les grandes circonstances, madame de Marville avait trouvé la seule manière de réparer cet échec en attribuant à Pons une vengeance préméditée. Cette conception, infernale par rapport à Pons, satisfaisait à l'honneur de la famille. Fidèle à sa haine contre Pons, elle avait fait d'un simple soupçon de femme, une vérité. En général, les femmes ont une foi particulière, une morale à elles, elles croient à la réalité de tout ce qui sert leurs intérêts et leurs passions. La présidente alla bien plus loin, elle persuada pendant toute la soirée au président sa propre croyance, et le magistrat fut convaincu le lendemain de la culpabilité de son cousin. Tout le monde trouvera la conduite de la présidente horrible; mais, en pareille circonstance, chaque mère imitera madame Camusot, elle aimera mieux sacrifier l'honneur d'un étranger que celui de sa fille. Les moyens changeront, le but sera le même.[1]

Un mois environ après le refus du faux Werther, le pauvre Pons, sorti pour la première fois de son lit, où il était resté en proie à une fièvre nerveuse, se promenait le long des boulevards, au soleil, appuyé sur le bras de Schmucke. En face du théâtre des Variétés, Pons laissa Schmucke, car ils allaient côte à côte; mais le convalescent quittait de temps en temps son ami pour examiner les nouveautés fraîchement exposées dans les boutiques. Il se trouva nez à nez avec le comte Popinot, qu'il aborda de la façon la plus respectueuse, l'ancien ministre étant un des hommes que Pons estimait et vénérait le plus.

—Ah! monsieur, répondit sévèrement le pair de France, je ne comprends pas que vous ayez assez peu de tact pour saluer une personne alliée à la famille où vous avez tenté d'imprimer la honte et le ridicule par une vengeance comme les artistes savent en inventer... Apprenez, monsieur, qu'à dater d'aujourd'hui nous devons être complètement étrangers l'un à l'autre. Madame la comtesse Popinot partage l'indignation que votre conduite chez les Marville a inspirée à toute la société.

L'ancien ministre passa, laissant Pons foudroyé. Jamais les passions, ni la justice, ni la politique, jamais les grandes puissances sociales ne consultent l'état de l'être sur qui elles frappent. L'homme d'État, pressé par l'intérêt de famille d'écraser Pons, ne s'aperçut point de la faiblesse physique de ce redoutable ennemi.

—*Gu'as-du, mon baufre hâmi?* (Qu'as-tu, pauvre

ami— s'écria Schmucke en devenant aussi pâle que
Pons.

—Je viens de recevoir un nouveau coup de poignard
dans le cœur, répondit le bonhomme en s'appuyant sur
le bras de Schmucke. Je crois qu'il n'y a que le bon
Dieu qui ait le droit de faire le bien, voilà pourquoi
tous ceux qui se mêlent de sa besogne en sont si cruellement punis.

Ce sarcasme d'artiste fut un suprême effort de cette
excellente créature qui voulut dissiper l'effroi peint
sur la figure de son ami.

—*Cheu le grois* (Je le crois), répondit simplement
Schmucke.

Ce fut inexplicable pour Pons, à qui ni les Camusot
ni les Popinot n'avaient envoyé de billet de faire part
du mariage de Cécile. Sur le boulevard des Italiens,
Pons vit venir à lui M. Cardot. Pons, averti par
l'allocution du pair de France, se garda bien d'arrêter
ce personnage, chez qui, l'année dernière, il dînait une
fois tous les quinze jours, il se contenta de le saluer;
mais le maire, le député de Paris regarda Pons d'un
air indigné, sans lui rendre son salut.

—Va donc lui demander ce qu'ils ont tous contre moi,
dit le bonhomme à Schmucke, qui connaissait dans tous
ses détails la catastrophe survenue à Pons.

—*Mennesir*, dit finement Schmucke à Cardot, *mon
hâmi Bons relèfe d'eine malatie, et fus ne l'afez sans
tude bas regonni?*[a]

—Parfaitement.

---

[a] Monsieur, mon ami Pons relève d'une maladie, et vous
ne l'avez sans doute pas reconnu?

—*Mais qu'afez-fus tonc à lu rebroger?* (avez lui reprocher)

—Vous avez pour ami un monstre d'ingratitude, un homme qui, s'il vit encore, c'est que, comme dit le proverbe, la mauvaise herbe croît en dépit de tout. Le monde a bien raison de se défier des artistes, ils sont malins et méchants comme des singes. Votre ami a essayé de déshonorer sa propre famille, de perdre de réputation une jeune fille pour se venger d'une innocente plaisanterie, je ne veux plus avoir la moindre relation avec lui; je tâcherai d'oublier que je l'ai connu, qu'il existe. Ces sentiments, monsieur, sont ceux de toutes les personnes de ma famille, de la sienne, et des gens qui faisaient au sieur Pons l'honneur de le recevoir...

—*Mais, mennesir, fus êdes ein home rézonaple; ed, si fus le bermeddez, che fais fus egsbliguer l'avaire...*[a]

—Restez, si vous en avez le cœur, son ami, libre à vous, monsieur, répliqua Cardot; mais n'allez pas plus avant, car je crois devoir vous prévenir que j'envelopperai dans la même réprobation ceux qui tenteraient de l'excuser, de le défendre.

—*Te le chisdivier?* (De le justifier)

—Oui, car sa conduite est injustifiable, comme elle est inqualifiable.

Sur ce bon mot, le député de la Seine continua son chemin sans vouloir entendre une syllabe de plus.

—J'ai déjà les deux pouvoirs de l'État contre moi, dit en souriant le pauvre Pons quand Schmucke eut fini de lui redire ces sauvages imprécations.

---

[a] Mais, Monsieur, vous êtes un homme raisonnable, et si vous le permettez, je vais vous expliquer l'affaire.

—*Doud esd gondre nus,* répliqua douloureusement Schmucke. *Hâlons-nus-en, bir ne bas rengondrer t'audres pêdes.*[b]

Cette promenade devait être la dernière du bonhomme Pons. Le malade tomba d'une maladie dans une autre. D'un tempérament sanguin-bilieux, la bile passa dans le sang, il fut pris par une violente hépatite. Ces deux maladies successives étant les seules de sa vie, il ne connaissait point de médecin ; et, dans une pensée toujours excellente d'abord, maternelle même, la sensible et dévouée Cibot amena le médecin du quartier. A Paris, dans chaque quartier, il existe un médecin dont le nom et la demeure ne sont connus que de la classe inférieure, des petits bourgeois, des portiers, et qu'on nomme conséquemment le médecin du quartier. Ce médecin, qui fait les accouchements et qui saigne, est en médecine ce qu'est, dans les *Petites Affiches,*[1] le *domestique pour tout faire.* Obligé d'être bon pour les pauvres, assez expert à cause de sa longue pratique, il est généralement aimé. Le docteur Poulain, amené chez ce malade par madame Cibot, et reconnu par Schmucke, écouta, sans y faire attention, les doléances du vieux musicien, qui, pendant toute la nuit, s'était gratté la peau devenue tout à fait insensible. L'état des yeux, cerclés de jaune, s'accordait avec ce symptôme.

—Vous avez eu, depuis deux jours, quelque violent chagrin, dit le docteur à son malade.

—Hélas! oui, répondit Pons.

---

[b] Tout est contre nous, allons-nous-en, pour ne pas rencontrer d'autres bêtes.

—Vous avez la maladie que monsieur a failli avoir, dit-il en montrant Schmucke, la jaunisse ; mais ce ne sera rien, ajouta le docteur Poulain en écrivant une ordonnance.

—Croyez-vous que ce ne sera rien ? dit madame Cibot au docteur sur le palier.

—Ma chère madame Cibot, votre monsieur est un homme mort, non par suite de l'invasion de la bile dans le sang, mais à cause de sa faiblesse morale. Avec beaucoup de soins, cependant, votre malade peut encore s'en tirer ; il faudrait le sortir d'ici, l'emmener voyager...

—Et avec quoi ?... dit la portière. Il n'a pour tout potage que sa place,[3] et son ami vit de quelques petites rentes que lui font de grandes dames auxquelles il aurait, à l'entendre, rendu des services, des dames très-charitables. C'est deux enfants[4] que je soigne depuis neuf ans.

—Je passe ma vie à voir des gens qui meurent, non pas de leurs maladies, mais de cette grande et incurable blessure, le manque d'argent. Dans combien de mansardes ne suis-je pas obligé, loin de faire payer ma visite, de laisser cent sous sur la cheminée !...

—Pauvre cher monsieur Poulain !... dit madame Cibot. Ah ! si vous *n*'aviez les cent mille livres de rente que possèdent certains *grigons* du quartier, qui sont de vrais *décharnés* des enfers (déchaînés),[5] vous seriez le représentant du bon Dieu sur la terre !

—Vous dites donc, mon cher monsieur Poulain, qu'avec beaucoup de soins notre cher malade en reviendrait ?

—Oui, s'il n'est pas trop attaqué dans son moral par le chagrin qu'il a éprouvé.

—Pauvre homme! qui donc a pu le chagriner? C'est *n*'un brave homme qui n'a son pareil sur terre que dans son ami, M. Schmucke!... Je vais savoir de quoi *n*'il retourne!... Et c'est moi qui me charge de savonner ceux qui m'ont *sangé* mon monsieur...

—Écoutez, ma chère madame Cibot, dit le médecin, qui se trouvait alors sur le pas de la porte cochère, un des principaux caractères de la maladie de votre monsieur, c'est une impatience constante à propos de rien, et, comme il n'est pas vraisemblable qu'il puisse prendre une garde, c'est vous qui le soignerez. Ainsi...

—*Ch'est-i de moucheu Ponche que vouche parlez?*[a] demanda le marchand de ferraille qui fumait une pipe.

Et il se leva de dessus la borne de la porte pour se mêler à la conversation de la portière et du docteur.

—Oui, papa Rémonencq! répondit madame Cibot à l'Auvergnat.

—*Eh bienne, il est plus richeu que moncheu Monichtrolle, et que les cheigneurs de la curiochité... Cheu me connaîche achez dedans l'artique pour vous direu que le cher homme a deche trégeors!*[b]

—Tiens, j'ai cru que vous vous moquiez de moi l'autre jour, quand je vous ai montré toutes ces antiquailles-là pendant que mes messieurs étaient sortis,

---

[a] C'est de M. Pons que vous parlez.
[b] Eh bien, il est plus riche que Monsieur M., et que les seigneurs de la curiosité. Je me connais assez dans l'article pour vous dire que le cher homme a des trésors, (Dialect of Auvergne).

dit madame Cibot à Rémonencq.

A Paris, où les pavés ont des oreilles, où les portes ont une langue, où les barreaux des fenêtres ont des yeux, rien n'est plus dangereux que de causer devant les portes cochères.

L'Auvergnat avait écouté les derniers mots dits par Brunner à Pons sur le pas de sa porte, le jour de l'entrevue du fiancé phénix avec Cécile; il avait donc désiré pénétrer dans le musée de Pons. Rémonencq, qui vivait en bonne intelligence avec les Cibot, fut bientôt introduit dans l'appartement des deux amis en leur absence. Rémonencq, ébloui de tant de richesses, vit *un coup à monter,* ce qui veut dire, dans l'argot des marchands, une fortune à voler, et il y songeait depuis cinq ou six jours.

La portière attendit que le médecin eût tourné la rue Charlot avant de reprendre la conversation avec Rémonencq. Le ferrailleur achevait sa pipe, le dos appuyé au chambranle de la porte de sa boutique. Il n'avait pas pris cette position sans dessein, il voulait voir venir à lui la portière.

Les rapports entre les Cibot et les Rémonencq étaient ceux du bienfaiteur et de l'obligé. Madame Cibot, convaincue de l'excessive pauvreté des Auvergnats, leur vendait à des prix fabuleux les restes de Schmucke et de Cibot. Les Rémonencq payaient une livre de croûtes sèches et de mie de pain deux centimes et demi, un centime et demi une écuellée de pommes de terre, et ainsi du reste.

—Ne vous moquez-vous pas de moi, Rémonencq? dit la portière. Est-ce que M. Pons peut avoir une

pareille fortune et mener la vie qu'il mène ? Il n'a pas
cent francs chez lui !...

—*Leje amateurs chont touches comme cha*,[a] répondit
sentencieusement Rémonencq.

—Ainsi, vous croyez, na, vrai, que mon monsieur *n'a*
pour sept mille francs?...

—*Rien queu dedans leche tableausse... Il en a eune
queu ch'il en voulait chinquante milé franques, queu
cheu les trouveraisse quand cheu deuvrais me strangula.*[b]

Madame Cibot, prise de vertige, fit volte-face. Elle
conçut aussitôt l'idée de se faire coucher sur le testament du bonhomme Pons, à l'imitation de toutes les
servantes-maîtresses dont les *viagers* avaient excité
tant de cupidités dans le quartier du Marais. Habitant[1]
en idée une commune aux environs de Paris, elle s'y
pavanait dans une maison de campagne où elle soignait
sa basse-cour, son jardin, et où elle finissait ses jours,
servie comme une reine, ainsi que son pauvre Cibot,
qui méritait tant de bonheur, comme tous les anges
oubliés, incompris. Elle monta, vola, pour être exact,
de la loge à l'apartement de ses deux messieurs et se
montra, le visage masqué de tendresse, sur le seuil de
la chambre où gémissaient Pons et Schmucke. En
voyant entrer la femme de ménage, Schmucke lui fit
signe de ne pas dire un mot des véritables opinions du
docteur en présence du malade ; car l'ami, le sublime

---

[a] Les amateurs sont tous comme ça.
[b] Rien que dans les tableaux. Il en a un que s'il en voulait
50 mille francs, que je les trouverais quand je devrais me
stranguler.

Allemand, avait lu dans les yeux du docteur; et elle y répondit par un autre signe de tête, en exprimant une profonde douleur.

—Eh bien, mon cher monsieur, comment vous sentez-vous? dit la Cibot.

La portière se posa au pied du lit, les poings sur ses hanches et ses yeux fixés sur le malade amoureusement, mais quelles paillettes d'or en jaillissaient! C'eût été terrible comme un regard de tigre, pour un observateur.

—Mais bien mal! répondit le pauvre Pons, je ne me sens plus le moindre appétit.—Ah! le monde! le monde! s'écriait-il en pressant la main de Schmucke, qui tenait, assis au chevet du lit, la main de Pons, et avec qui sans doute le malade parlait des causes de sa maladie.—J'aurais bien mieux fait, mon bon Schmucke, de suivre tes conseils! de dîner ici tous les jours depuis notre réunion! de renoncer à cette société, qui roule sur moi comme un tombereau sur un œuf, et pourquoi?...

—Allons, allons, mon bon monsieur, pas de doléances, dit la Cibot, le docteur m'a dit la vérité...

Schmucke tira la portière par la robe.

—Eh! vous pouvez vous *n'en* tirer, mais *n'*avec beaucoup de soins... Soyez tranquille, vous *n'*avez près de vous *n'*un bon ami, et, sans me vanter, *n'*une femme qui vous soignera comme *n'*une mère soigne son premier enfant. J'ai tiré Cibot d'une maladie que[1] M. Poulain l'avait condamné, qu'il lui *n'*avait jeté, comme on dit, le drap sur le nez, qu'il *n'*était *n'*abandonné comme mort!... Eh bien, vous qui n'en êtes pas là,

Dieu merci, quoique vous soyez assez malade, comptez sur moi... je vous *n'*en tirerais *n'*à moi seule ! Soyez tranquille, ne vous *n'*agitez pas comme ça.

Elle ramena la couverture sur les mains du malade.
—*N'*allez, mon fiston, dit-elle, M. Schmucke et moi, nous passerons les nuits, là, *n'*à votre chevet... Vous serez mieux gardé qu'un prince... ; et, d'ailleurs, vous *n'*êtes assez riche pour ne vous rien refuser de ce qu'il faut à votre maladie... Je viens de m'arranger avec Cibot ; car, pauvre cher homme, *qué*[2] qui ferait sans moi ?... Eh bien, je lui *n'*ai fait entendre raison, et nous vous aimons tant tous les deux, qu'il a consenti à ce que je sois *n'*ici la nuit... Et, pour un homme comme lui..., c'est un fier sacrifice, allez ! car il m'aime comme au premier jour. Je ne sais pas ce qu'il *n'*a ! c'est la loge ! tous deux à côté de l'autre, toujours !... Ne vous découvrez donc pas ainsi !... dit-elle en s'élançant à la tête du lit et ramenant les couvertures sur la poitrine de Pons. Si vous n'êtes pas gentil, si vous ne faites pas bien tout ce qu'ordonnera M. Poulain, qui est, voyez-vous, l'image du bon Dieu sur la terre, je ne me mêle plus de vous... Faut[3] m'obéir...

—*Ui, montame Zipod ! il fus opéira,* répondit Schmucke, *gar ile feud fifre bir son pon hâmi Schmucke, cheu le carandis.*[a]

—Ne vous impatientez pas surtout, car votre maladie, dit la Cibot, vous *n'*y pousse assez, sans que vous *n'*augmentiez votre défaut de patience. Dieu nous

---

[a] Oui, Mme Cibot, il vous obéira, car il veut vivre pour son bon ami S—, je le guarantis.

envoie nos maux, mon cher bon monsieur, il nous punit de nos fautes, vous *n*'avez bien quelques chères petites fautes *n*'a vous reprocher?...

Le malade inclina la tête négativement.

—Oh! *n*'allez, vous *n*'aurez aimé dans votre jeunesse, vous *n*'aurez fait vos fredaines, vous *n*'avez peut-être quelque part *n*'un fruit de vos *n*'amours, qui *n*'est sans pain, ni feu, ni lieu... Monstres d'hommes! ça[1] *n*'aime *n*'un jour, et puis, frist![2] ça ne pense plus *n*'à rien, pas même *n*'aux mois de nourrice!... Pauvres femmes!...

—Mais il n'y a que Schmucke et ma pauvre mère qui m'aient jamais aimé, dit tristement le pauvre Pons.

—Allons! vous *n*'êtes pas *n*'un saint! vous *n*'avez été jeune et vous deviez *n*'être bien joli garçon, à vingt ans... Moi, bon comme vous l'êtes, je vous *n*'aurais *n*'aimé...

—J'ai toujours été laid comme un crapaud! dit Pons au désespoir.

—Vous dites cela par modestie, car vous *n*'avez cela pour vous que vous *n*'êtes modeste.

—Mais non, ma chère madame Cibot, je vous le répète, j'ai toujours été laid, et je n'ai jamais été aimé...

—Par exemple![3] vous?... dit la portière. Vous voulez *n*'à cette heure me faire accroire que vous *n*'êtes, à votre âge, comme *n*'une rosière... A d'autres![4] *n*'un musicien! un homme de théâtre! Mais ce serait[5] *n*'une femme qui me dirait cela, que je ne la croirais pas.

—*Montame Zipod! fus allez l'irriter!* cria Schmucke en voyant Pons qui se tortillait comme un ver dans son lit. (irriter)

—Taisez-vous *n*'aussi! Vous *n*'êtes deux vieux

libertins... Vous n'avez beau n'être laids, il n'y a si vilain couvercle qui ne trouve son pot! comme dit le proverbe! Cibot s'est bien fait n'aimer d'une des plus belles écaillères de Paris... vous n'êtes infiniment mieux que lui... Vous n'êtes bon, vous!... N'allons, vous n'avez fait vos farces! et Dieu vous punit d'avoir abandonné vos enfants comme Abraham!...

Le malade, abattu, trouva la force de faire encore un geste de dénégation.

—Mais soyez tranquille, ça ne vous empêchera pas de vivre n'autant que Mathusalem.

—Mais laissez-moi donc tranquille! cria Pons. Je n'ai jamais su ce que c'était que d'être aimé![1]... je n'ai pas eu d'enfants, je suis seul sur la terre...

—Na, bien vrai?... demanda la portière, car vous n'êtes si bon, que les femmes, qui, voyez-vous, n'aiment la bonté, c'est ce qui les attache;... et il me semblait impossible que, dans votre bon temps...

—Emmène-la! dit Pons à l'oreille de Schmucke, elle m'agace!

—M. Schmucke, alors, n'en a, des enfants... Vous n'êtes tous comme ça, vous autres vieux garçons..

—Moi! s'écria Schmucke en se dressant sur ses jambes, mais...

—Allons, vous n'aussi, vous n'êtes sans héritiers, n'est-ce pas? Vous n'êtes venus tous deux comme des champignons sur cette terre...

—*Foyons, fenez!* répondit Schmucke (voyons, venez)

Le bon Allemand prit heroïquement madame Cibot par la taille, et l'emmena dans le salon, sans tenir compte de ses cris.

—Vous voudriez *n*'à votre âge, *n*'abuser d'une pauvre femme!... criait la Cibot en se débattant dans les bras de Schmucke.

—*Ne griez bas!* (ne criez pas)

—Vous, le meilleur des deux! répondit la Cibot. Ah! j'ai *n*'eu tort de parler d'amour *n*'à des vieillards qui n'ont jamais connu de femmes! j'ai *n*'allumé vos feux, monstre, s'écria-t-elle en voyant les yeux de Schmucke brillants de colère. *N*'à la garde! *n*'à la garde! on m'enlève.

—*Fus êdes eine pêde!* répondit l'Allemand. *Foyons, qu'a tid le togdeur?...*[a]

—Vous me brutalisez ainsi, dit en pleurant la Cibot rendue à la liberté, moi qui me jetterais dans le feu pour vous deux! Ah bien! *n*'on dit que les hommes se connaissent à l'user... Comme c'est vrai! C'est pas mon pauvre Cibot qui me malmènerait ainsi... Moi qui fais de vous mes enfants; car je n'ai pas d'enfants, et je disais hier, oui, pas plus tard qu'hier, à Cibot: "Mon ami, Dieu savait bien ce qu'il faisait en nous refusant des enfants, car j'ai deux enfants là-haut!" Voilà, par la sainte croix de Dieu, sur l'âme de ma mère, ce que je lui disais...

—*Eh! mais qu'a tid le togdeur?* demanda rageusement Schmucke, qui pour la première fois de sa vie frappa du pied.

—Eh bien, il *n*'a dit, répondit madame Cibot en attirant Schmucke dans la salle à manger, il *n*'a dit que notre cher bien-aimé chéri de *n*'amour de malade

---

[a] Vous êtes une bête. Voyons, qu'a dit le docteur?

serait en danger de mourir, s'il n'était pas bien soigné : mais je suis là, malgré vos brutalités ; car vous *n*'êtes brutal, vous que je croyais si doux. *N*'en avez-vous, de ce tempérament !... *N*'ah ! vous *n*'abuseriez donc
5 *n*'encore *n*'à votre âge d'une femme, gros polisson ?...

—*Bolizon ! moâ ?... Fus ne gombrenez toncques bas que cheu n'ame que Bons !*[a]

—*N*'à la bonne heure,[1] vous me laisserez tranquille, n'est-ce pas ? dit-elle en souriant à Schmucke. Vous
10 ferez bien, car Cibot casserait les os à quiconque *n*'attenterait à son honneur !

—*Zoignes-le pien,*[b] *mon petite montame Zipod,* reprit Schmucke en essayant de prendre la main à madame Cibot.

15 —*N*'ah ! voyez-vous, *n*'encore !

—*Egoudez-moi tonc ! Tud ce que c'haurai zera à fus, zi nus le zauffons...*[c]

—Eh bien, je vais chez l'apothicaire chercher ce qu'il faut... ; car, voyez-vous, monsieur, ça coûtera,
20 cette maladie : et comment ferez-vous ?...

—*Cheu drafaillerai ! Cheu feux que Bons zoid soigné gomme ein brince...*[d]

—Il le sera, mon bon monsieur Schmucke ; et, voyez-vous, ne vous inquiétez de rien. Cibot et moi, nous
25 *n*'avons deux mille francs d'économies, *elles* sont à

---

[a] Polisson, moi. Vous ne comprenez donc pas que je n'aime que Pons.

[b] Soignez-le bien.

[c] Écoutez-moi donc. Tout ce que j'aurai sera à vous, si nous le sauvons.

[d] Je travaillerai. Je veux que Pons soit soigné comme un prince.

vous, et il *n*'y a longtemps que je mets du mien ici, *n*'allez!...

—*Ponne phâmme!* s'écria Schmucke en s'essuyant les yeux, *quel cueir!* (Bonne femme; cœur.)

—Séchez des larmes qui m'honorent, car voilà ma récompense, à moi! dit mélodramatiquement la Cibot. Je suis la plus désintéressée de toutes les créatures; mais n'entrez pas *n*'avec des larmes *n*'aux yeux, car M. Pons croirait qu'il est plus malade qu'il n'est.[1]

Schmucke, ému de cette délicatesse, prit enfin la main de la Cibot et la lui serra.

—*N*'épargnez-moi! dit l'ancienne écaillère en jetant à Schmucke un regard tendre.

—*Bons,* dit le bon Allemand en rentrant, *c'esd ein anche que montame Zibod, c'est ein anche pafard, mais c'esd ein anche.*[d]

— Tu crois?... je suis devenu défiant depuis un mois, répondit le malade en hochant la tête. Après tous mes malheurs, on ne croit plus à rien qu'à Dieu et à toi...

—*Cuéris, et nus fifrons dus troisse gomme tes roisse!*[a] s'écria Schmucke.

—Cibot! s'écria la portière essoufflée en entrant dans sa loge, ah! mon ami, notre fortune *n*'est faite! Mes deux messieurs *n*'ont pas d'héritiers, ni d'enfants naturels, ni rien, quoi!... Oh! j'irai chez mame Fontaine me faire tirer les cartes, pour savoir ce que nous *n*'aurons de rente!...

---

[d] Pons..., c'est un ange que Mme C..., mais c'est un ange bavard.

[a] Guéris, et nous vivrons tous trois comme des rois.

—Ma femme, répondit le petit tailleur, ne comptons pas sur les souliers d'un mort pour être bien chaussés.

—Ah çà! vas-tu m'asticoter, toi? dit-elle en donnant une tape amicale à Cibot. Je sais ce que je sais! M. Poulain *n*'a condamné M. Pons! Et nous serons riches! Je serai sur le testament... Je m'en *sarge!*[1] Tire ton aiguille et veille *n*'à ta loge, tu ne feras plus longtemps ce métier-là! Nous nous retirerons *n*'à la campagne, *n*'à Batignolles.[2] *N*'une belle maison, *n*'un beau jardin, que tu t'amuseras à cultiver, et j'aurai *n*'une servante!...

—*Eh bien, voichine, comment que cha va là-haute?* demanda Rémonencq. *Chavez-vousse cheu queu vautte chette collectchion?...*[b]

—Non, non, pas encore! *N*'on ne va pas comme ça, mon brave homme. Moi, j'ai commencé par me faire dire des choses plus importantes...

—*Pluche impourtantes!* s'écria Rémonencq; *maiche qui este plus impourtant que chette choge?...*[c]

—Allons, gamin! laisse-moi conduire la barque, dit la portière avec autorité.

Et la portière, après être allée chez l'apothicaire pour y prendre les médicaments ordonnés par le docteur Poulain, remit au lendemain sa consultation chez madame Fontaine, en pensant qu'elle trouverait les facultés de l'oracle plus nettes, plus fraîches, en s'y trouvant de bon matin, avant tout le monde; car il y a souvent foule chez madame Fontaine.

---

[b] Voisine..., savez-vous ce que vaut cette collection?
[c] Mais qui est plus important que cette chose.

On ne se figure pas ce que sont les tireuses de cartes pour les classes inférieures parisiennes, ni l'influence immense qu'elles exercent sur les déterminations des personnes sans instruction; car les cuisinières, les portières, les femmes entretenues, les ouvriers, tous ceux qui, dans Paris, vivent d'espérances, consultent les êtres privilégiés qui possèdent l'étrange et inexpliqué pouvoir de lire dans l'avenir. Madame Cibot, pratique fort ancienne, amenait là souvent des jeunes personnes et des commères dévorées de curiosité.

La vieille domestique qui servait de prévôt à la tireuse de cartes ouvrit la porte du sanctuaire, sans prévenir sa maîtresse.

—C'est madame Cibot!... Entrez, ajouta-t-elle, il n'y a personne.

—Eh bien, ma petite, qu'avez-vous donc pour venir de si grand matin? demanda la sorcière.

Madame Fontaine, alors âgée de soixante-dix-huit ans, méritait cette qualification par son extérieur digne d'une Parque.

—J'ai *les sangs tournés,* donnez-moi le grand jeu![1] s'écria la Cibot, il s'agit de ma fortune.

Et elle expliqua la situation dans laquelle elle se trouvait, en demandant une prédiction pour son sordide espoir.

—Vous ne savez pas ce que c'est que le grand jeu? dit solennellement madame Fontaine.

—Non, je ne suis pas *n'*assez riche pour *n'*en avoir jamais vu la farce!... Cent francs! excusez du peu! *n'*où que[2] je les *n'*aurais pris? Mais *n'*aujourd'hui, *n'*il me le faut!

—Je ne le joue pas souvent, ma petite, répondit madame Fontaine, je ne le donne aux riches que dans les grandes occasions, et on me le paye vingt-cinq louis; car, voyez-vous, ça me fatigue, ça m'use! l'*Esprit* me tripote, là, dans l'estomac.

—Mais quand je vous dis, ma bonne *mame*[1] Fontaine, qu'il s'agit de mon avenir...

—Enfin, pour vous, à qui je dois tant de consultations, je vais me livrer à l'Esprit! répondit madame Fontaine en laissant voir sur sa figure décrépite une expression de terreur qui n'était pas jouée.

Elle quitta sa vieille bergère crasseuse, au coin de sa cheminée, alla vers sa table couverte d'un drap vert dont toutes les cordes usées pouvaient se compter, et où dormait à gauche un crapaud d'une dimension extraordinaire, à côté d'une cage ouverte et habitée par une poule noire aux plumes ébouriffées.

—Astaroth! ici, mon fils! dit-elle en donnant un léger coup d'une longue aiguille à tricoter sur le dos du crapaud, qui la regarda d'un air intelligent.—Et vous, mademoiselle Cléopâtre!... attention! reprit-elle en donnant un petit coup sur le bec de la vieille poule.

Madame Fontaine se recueillit, elle demeura pendant quelques instants immobile; elle eut l'air d'une morte, ses yeux tournèrent et devinrent blancs; puis elle se raidit et dit d'une voix caverneuse:

—Me voilà!

Après avoir automatiquement éparpillé du millet pour Cléopâtre, elle prit son grand jeu, le mêla convulsivement, et le fit couper par madame Cibot, mais en soupirant profondément. Quand cette image de la

Mort en turban crasseux, en casaquin sinistre, regarda les grains de millet que la poule noire piquait, et appela son crapaud Astaroth pour qu'il se promenât sur les cartes étalées, madame Cibot eut froid dans le dos, elle tressaillit. Il n'y a que les grandes croyances qui donnent de grandes émotions. Avoir ou n'avoir pas de rentes, telle était la question, a dit Shakspeare.

Après sept ou huit minutes, pendant lesquelles la sorcière ouvrit et lut un grimoire d'une voix sépulcrale, examina les grains qui restaient, le chemin que faisait le crapaud en se retirant, elle déchiffra le sens des cartes en y dirigeant ses yeux blancs.

—Vous réussirez! quoique rien dans cette affaire ne doive aller comme vous le croyez, dit-elle. Vous aurez bien des démarches à faire. Mais vous recueillerez le fruit de vos peines. Vous vous conduirez bien mal, mais ce sera pour vous comme pour tous ceux qui sont auprès des malades, et qui convoitent une part de succession. Vous serez aidée dans cette œuvre de malfaisance par des personnages considérables... Plus tard, vous vous repentirez dans les angoisses de la mort, car vous mourrez assassinée par deux forçats évadés, un petit à cheveux rouges et un vieux tout chauve, à cause de la fortune qu'on vous supposera dans le village où vous vous retirerez avec votre second mari... Allez, ma fille, vous êtes libre d'agir ou de rester tranquille.

L'exaltation intérieure qui venait d'allumer des torches dans les yeux caves de ce squelette, si froid en apparence, cessa. Lorsque l'horoscope fut prononcé, madame Fontaine éprouva comme un éblouissement et fut en tout point semblable aux somnambules quand on les réveille; elle regarda tout d'un air étonné; puis elle reconnut madame Cibot et parut surprise de la voir en proie à l'horreur peinte sur ce visage.

—Eh bien, ma fille, dit-elle d'une voix tout à fait différente de celle qu'elle avait eue en prophétisant, êtes-vous contente?..

Madame Cibot regarda la sorcière d'un air hébété sans pouvoir lui répondre.

—Ah! vous avez voulu le grand jeu! je vous ai traitée comme une vieille connaissance. Donnez-moi cent francs seulement...

—Cibot, mourir? s'écria la portière.

—Je vous ai donc dit des choses bien terribles?... demanda très-ingénument madame Fontaine.

—Mais oui!... dit la Cibot en tirant de sa poche cent francs et les posant au bord de la table; mourir assassinée!...

—Ah! voilà, vous voulez le grand jeu!... Mais consolez-vous, tous les gens assassinés dans les cartes ne meurent pas.

—Mais c'est-il possible,[1] *mame* Fontaine?

—Ah! ma petite belle, moi, je n'en sais rien! Vous avez voulu frapper à la porte de l'avenir, j'ai tiré le cordon, voilà tout, et *il* est venu!

—Qui, *il?* dit madame Cibot.

—Eh bien, l'Esprit, quoi! répliqua la sorcière impatientée.

—Adieu, *mame* Fontaine! s'écria la portière. Je ne connaissais pas le grand jeu, vous m'avez bien effrayée, *n*'allez!...

—Madame ne se met deux fois par mois dans cet

état-là! dit la servante en reconduisant la portière jusque sur le palier. Elle crèverait à la peine, tant ça la lasse. Elle va manger des côtelettes et dormir pendant trois heures...

Quelques jours après, sur les sept heures du matin, en voyant Rémonencq occupé d'ouvrir sa boutique, Mme. Cibot alla chattement à lui.

—Comment faire pour savoir la vérité sur la valeur des choses entassées chez mes messieurs? lui demanda-t-elle.

—Ah! c'est bien facile, répondit le marchand de curiosités dans son affreux charabia, qu'il est inutile de continuer à figurer pour la clarté du récit. Si vous voulez jouer franc jeu avec moi, je vous indiquerai un appréciateur, un bien honnête homme, qui saura la valeur des tableaux, à deux sous près...

—Qui?

—M. Magus, un juif qui ne fait plus d'affaires que pour son plaisir.

Rémonencq consultait Élie Magus toutes les fois qu'il le rencontrait sur les boulevards. Le juif avait, à diverses reprises, fait prêter par Abramko[1] de l'argent à cet ancien commissionnaire, dont la probité lui était connue. La chaussée des Minimes étant à deux pas de la rue de Normandie, les deux complices du *coup à monter* y furent en dix minutes.

—Vous allez voir, dit Rémonencq, le plus riche des anciens marchands de la curiosité, le plus grand connaisseur qu'il y ait à Paris...

Madame Cibot fut stupéfaite en se trouvant en présence d'un petit vieillard vêtu d'une houppelande indigne de passer par les mains de Cibot pour être raccommodée, qui surveillait son restaurateur, un peintre, occupé à réparer des tableaux dans une pièce froide de ce vaste rez-de-chaussée; puis, en recevant un regard de ces yeux pleins d'une malice froide comme ceux des chats, elle trembla.

—Que voulez-vous, Rémonencq? dit-il.

—Il s'agit d'estimer des tableaux; et il n'y a que vous dans Paris qui puissiez dire à un pauvre chaudronnier comme moi ce qu'il en peut donner, quand il n'a pas, comme vous, des mille et des cents!

—Où est-ce? dit Élie Magus.

—Voici la portière de la maison qui fait le ménage du monsieur, et avec qui je me suis arrangé...

—Quel est le nom du propriétaire?

—M. Pons! dit la Cibot.

—Je ne le connais pas, répondit d'un air ingénu Magus en pressant tout doucement de son pied le pied de son restaurateur.

Moret, le peintre, savait la valeur du musée Pons, et il avait levé brusquement la tête. Cette finesse ne pouvait être hasardée qu'avec Rémonencq et la Cibot. Le juif avait évalué moralement cette portière par un regard où les yeux firent l'office des balances d'un peseur d'or. L'un et l'autre devaient ignorer que le bonhomme Pons et Magus avaient mesuré souvent leurs griffes. En effet, ces deux amateurs féroces s'enviaient l'un l'autre. Aussi le vieux juif venait-il[1] d'avoir comme un éblouissement intérieur. Jamais il n'espérait pouvoir entrer dans un sérail si bien gardé. Le musée Pons était le seul à Paris qui pût rivaliser avec le musée Magus. Le juif avait eu, vingt ans plus tard que Pons, la même idée; mais, en sa qualité de marchand amateur, le musée Pons lui resta fermé de même qu'à Dusommerard. Pons et Magus avaient au cœur la même jalousie. Ni l'un ni l'autre, ils n'aimaient cette célébrité que recherchent ordinairement ceux qui possèdent des cabinets. Pouvoir examiner la magnifique collection du pauvre musicien, c'était, pour Élie Magus, le même bonheur que celui d'un amateur de femmes parvenant à se glisser dans le boudoir d'une belle maîtresse que lui cache un ami. Le grand respect que témoignait Rémonencq à ce bizarre personnage et le prestige qu'exerce tout pouvoir réel, même mystérieux, rendirent la portière obéissante et souple. La Cibot perdit le ton autocratique avec lequel elle se conduisait dans sa loge avec les locataires et ses deux messieurs, elle accepta les conditions de Magus et promit de l'introduire dans le musée Pons, le jour même. C'était amener l'ennemi dans le cœur de la place, plonger un poignard au cœur de Pons, qui, depuis dix ans, interdisait à la Cibot de laisser pénétrer qui que ce fût chez lui, qui prenait toujours sur lui ses clefs, et à qui la Cibot avait obéi, tant qu'elle avait partagé les opinions de Schmucke en fait de bric-à-brac. En effet, le bon Schmucke, en traitant ces magnificences de *primporions* et déplorant la manie de Pons, avait inculqué son mépris pour ces antiquailles à la portière et garanti le musée Pons de toute invasion pendant fort longtemps.

Depuis que Pons était alité, Schmucke le remplaçait au théâtre et dans les pensionnats. Le pauvre Allemand, qui ne voyait son ami que le matin et à dîner, tâchait de suffire à tout en conservant leur commune clientèle; mais toutes ses forces étaient absorbées par cette tâche, tant la douleur l'accablait. En voyant ce pauvre homme si triste, les écolières et les gens du théâtre, tous instruits par lui de la maladie de Pons, lui en demandaient des nouvelles, et le chagrin du pianiste était si grand, qu'il obtenait des indifférents la même grimace de sensibilité qu'on accorde à Paris aux plus grandes catastrophes. Le principe même de la vie du bon Allemand était attaqué tout aussi bien que chez Pons. Schmucke souffrait à la fois de sa douleur et de la maladie de son ami. Aussi parlait-il de Pons pendant la moitié de la leçon qu'il donnait; il interrompait si naïvement une démonstration pour se demander à lui-même comment allait son ami, que la jeune écolière l'écoutait expliquant la maladie de Pons. Entre deux leçons, il accourait rue de Normandie pour voir Pons pendant un quart d'heure. Effrayé du vide de la caisse sociale, alarmé par madame Cibot, qui, depuis quinze jours, grossissait de son mieux les dépenses de la maladie, le professeur de piano sentait ses angoisses dominées par un courage dont il ne se serait jamais cru capable. Il voulait pour la première fois de sa vie gagner de l'argent, pour que l'argent ne manquât pas au logis. Quand une écolière, vraiment touchée de la situation des deux amis, demandait à Schmucke comment il pouvait laisser Pons tout seul, il répondait, avec le sublime sourire des dupes :

—*Montemoiselle, nus afons montame Zibod! ein tressor! eine berle! Bons ed zoïcné gomme ein brince!*[a]

[a] Nous avons Mme C..., un trésor, une perle, Pons est soigné comme un prince.

Or, dès que Schmucke trottait par les rues, la Cibot était la maîtresse de l'appartement et du malade. Comment Pons, qui n'avait rien mangé depuis quinze jours, qui gisait sans force, que la Cibot était obligée de lever elle-même et d'asseoir dans une bergère pour faire le lit, aurait-il pu surveiller ce soi-disant ange gardien? Naturellement, la Cibot était allée chez Élie Magus pendant le déjeuner de Schmucke.

Elle revint pour le moment où l'Allemand disait adieu au malade; car, depuis la révélation de la fortune possible de Pons, la Cibot ne quittait plus son célibataire, elle le couvait! Elle s'enfonçait dans une bonne bergère, au pied du lit, et faisait à Pons, pour le distraire, ces commérages auxquels excellent ces sortes de femmes.

—Eh bien, a-t-il bien bu, notre chérubin? va-t-il mieux? dit-elle à Schmucke.

—*Bas pien; mon tchère montame Zipod! bas pien!* répondit l'Allemand en essuyant une larme.

—Bah! vous vous alarmez par trop aussi, mon cher monsieur, il faut en prendre et en laisser... Cibot serait[1] à la mort, je ne serais pas si désolée que vous l'êtes. Allez! notre chérubin est d'une bonne constitution. Et puis, voyez-vous, il paraît qu'il a été sage! vous ne savez pas combien les gens sages vivent vieux! Il est bien malade, c'est vrai, mais *n*'avec les soins que j'ai de lui, je l'en tirerai. Soyez tranquille, allez à vos affaires, je vais lui tenir compagnie, et lui faire boire ses pintes d'eau d'orge.

—*Sans fus, che murrais d'einguiédute,...* dit Schmucke en pressant dans ses mains par un geste de confiance la main de sa bonne ménagère. (mourrais d'inquiétude)

La Cibot entra dans la chambre de Pons en s'essuyant les yeux.

—Qu'avez-vous, madame Cibot? dit Pons.

—C'est M. Schmucke qui me met l'âme à l'envers, il vous pleure comme si vous étiez mort! dit-elle. Quoique vous ne soyez pas bien, vous n'êtes pas encore assez mal pour qu'on vous pleure; mais cela me fait tant d'effet! Mon Dieu, suis-je bête d'aimer comme cela les gens et de m'être attachée à vous plus qu'à Cibot! Car, après tout, vous ne m'êtes de rien, nous ne sommes parents que par la première femme;[1] eh bien, j'ai *les sangs tournés* dès qu'il s'agit de vous, ma parole d'honneur. Je me ferais couper la main, la gauche s'entend, na,[2] devant vous, pour vous voir allant et venant,[3] mangeant et flibustant des marchands, comme *n*'à votre ordinaire... Si j'avais eu *n*'un enfant, je pense que je l'aurais aimé comme je vous aime, quoi! Buvez donc, mon mignon, allons, un plein verre! Voulez-vous boire, monsieur! D'abord, M. Poulain a dit: "S'il ne veut pas aller au Père-Lachaise, M. Pons doit boire dans sa journée autant de voies d'eau[4] qu'un Auvergnat en vend." Ainsi, buvez! allons!...

—Mais je bois, ma bonne Cibot,... tant et tant, que j'ai l'estomac noyé...

—La, c'est bien; dit la portière en prenant le verre vide. Vous vous en sauverez comme ça! M. Poulain avait un malade comme vous, qui n'avait aucuns soins, que ses enfants abandonnaient, et il est mort de cette maladie-là, faute d'avoir bu!... Ainsi faut boire, voyez-vous, mon bichon!... qu'on l'a enterré il y a deux mois... Savez-vous que, si vous mouriez, mon cher monsieur, vous entraîneriez avec vous le bonhomme Schmucke... Il est comme un enfant, ma parole d'honneur. Ah! vous aime-t-il, ce cher agneau d'homme! non, jamais une femme n'aime un homme comme ça!... Il en perd le boire et le manger, il est maigri depuis quinze jours, autant que vous, qui n'avez que la peau et les os... Ça me rend jalouse, car je vous suis bien attachée; mais je n'en suis pas là, je n'ai pas perdu l'appétit, au contraire! Forcée de monter et de descendre sans cesse les étages, j'ai des lassitudes dans les jambes, que, le soir, je tombe comme une masse de plomb. Ne voilà-t-il pas que[1] je néglige mon pauvre Cibot pour vous, que mademoiselle Rémonencq lui fait son vivre, qu'il me bougonne parce que tout est mauvais! Pour lors,[2] je lui dis comme ça qu'il faut savoir souffrir pour les autres, et que vous êtes trop malade pour qu'on vous quitte... D'abord vous n'êtes pas assez bien pour ne pas avoir une garde! Plus souvent que[3] je souffrirais une garde ici, moi qui fais vos affaires et votre ménage depuis dix ans... Et elles sont sur *leux*[4] bouche![5] qu'elles mangent comme dix, qu'elles veulent du vin, du sucre, leurs chaufferettes, leurs aises... Et puis qu'elles volent les malades, quand les malades ne les mettent pas sur leurs testaments... Mettez *n'*une garde ici pour aujourd'hui, mais demain nous *trouvererions n'*un tableau, quelque objet de moins...

—Oh! madame Cibot! s'écria Pons hors de lui, ne me quittez pas!... Qu'on ne touche à rien!...

—Je suis là! dit la Cibot, tant que j'en aurai la force, je serai là,... soyez tranquille! La probité, c'est le trésor des pauvres gens, il faut bien posséder quelque chose! D'abord, vous arriveriez à toute extrémité, par supposition, je serais la première à vous dire que vous devez donner tout ce qui vous appartient à M. Schmucke. C'est là votre devoir, car il est à lui seul toute votre famille! il vous *n*'aime, celui-là, comme un chien aime son maître.

—Ah! oui, dit Pons, je n'ai été aimé dans toute ma vie que par lui...

—Ah! monsieur, dit madame Cibot, vous n'êtes pas gentil; et moi, donc! je ne vous aime donc pas?...

—Je ne dis pas cela, ma chère madame Cibot...

—Bon, allez-vous pas[1] me prendre pour une servante, une cuisinière ordinaire, comme si je n'avais pas *n*'un cœur! Ah! mon Dieu! fendez-vous donc pendant onze ans pour deux vieux garçons! ne soyez donc occupée que de leur bien-être, que je remuais tout chez dix fruitières, à m'y faire dire des sottises, pour vous trouver du bon fromage de Brie, que j'allais jusqu'à la Halle pour vous avoir du beurre frais; et prenez donc garde à tous, qu'en dix ans je ne vous ai rien cassé, rien écorné... Soyez donc comme une mère pour ses enfants! Et vous *n*'entendre dire un *ma chère madame Cibot* qui prouve qu'il n'y a pas un sentiment pour vous dans le cœur du vieux monsieur que vous soignez comme un fils de roi, car le petit roi de Rome[2] n'a pas été soigné comme vous!... à preuve qu'il est mort à la fleur de son âge... Tenez, monsieur, vous n'êtes pas juste... Vous êtes *n*'un ingrat! C'est parce que je ne suis qu'une pauvre portière. Ah! mon Dieu, vous croyez donc aussi, vous, que nous sommes des chiens?...

—Mais, ma chère madame Cibot...

—Enfin, vous qu'êtes[3] un savant, expliquez-moi pourquoi nous sommes traités comme ça, nous autres concierges, qu'on ne nous croit pas des sentiments,[4] qu'on se moque de nous, dans n'un temps où l'on parle d'égalité!... Moi, je ne vaux donc pas une autre femme! moi qui ai été une des plus jolies femmes de Paris, qu'on m'a nommée *la belle écaillère,* et que je recevais des déclarations d'amour sept ou huit fois par jour?... Et que si je voulais encore! Tenez, monsieur, vous connaissez bien ce gringalet de ferrailleur qu'est à la porte?[3] eh bien, si j'étais veuve, une supposition, il m'épouserait les yeux fermés, tant il les a ouverts à mon endroit, qu'il me dit toute la journée: "Oh! les beaux bras que vous avez, *mame Cibot!*... je rêvais, cette nuit, que c'était du pain et que j'étais du beurre, et que je m'étendais là-dessus!..." Tenez, monsieur, en voilà des bras!...

Elle retroussa sa manche et montra le plus magnifique bras du monde, aussi blanc et aussi frais que sa main était rouge et flétrie; un bras potelé, rond, à fossettes, et qui, tiré de son fourreau de mérinos commun, comme une lame est tirée de sa gaîne, devait éblouir Pons, qui n'osa pas le regarder trop longtemps.

—Et, reprit-elle, qui ont ouvert autant de cœurs que mon couteau ouvrait d'huîtres! Eh bien, c'est à Cibot, et j'ai eu le tort de négliger ce pauvre cher homme, qui se jetterait dans un précipice au premier mot que je dirais, pour vous, monsieur, qui m'appelez *ma chère madame Cibot,* quand je ferais l'impossible pour vous...

—Écoutez-moi donc, dit le malade, je ne peux pas vous appeler ma mère, ni ma femme...

—Non, jamais de ma vie ni de mes jours je ne m'attache plus à personne!...

—Mais laissez-moi donc dire! reprit Pons. Voyons, j'ai parlé de Schmucke, d'abord.

—M. Schmucke! en voilà un de cœur, dit-elle. Allez, il m'aime, lui, parce qu'il est pauvre! C'est la richesse qui rend insensible, et vous êtes riche! Eh bien, n'ayez une garde, vous verrez quelle vie elle vous fera! qu'elle vous tourmentera comme un hanneton... Le médecin dira qu'il faut vous faire boire, elle ne vous donnera rien qu'à manger! elle vous enterrera pour vous voler! Vous ne méritez pas d'avoir une madame Cibot!... Allez! quand M. Poulain viendra, vous lui demanderez une garde!

—Mais, sacrebleu! écoutez-moi donc! s'écria le malade en colère. Je ne parlais pas des femmes en parlant de mon ami Schmucke!... Je sais bien que je n'ai pas d'autres cœurs où je suis aimé sincèrement que le vôtre et celui de Schmucke!...

—Voulez-vous bien ne pas vous irriter comme ça! s'écria la Cibot en se précipitant sur Pons et le recouchant de force.

—Mais comment ne vous aimerais-je pas?... dit le pauvre Pons.

—Vous m'aimez, la, bien vrai?... Allons, allons, pardon, monsieur! dit-elle en pleurant et essuyant ses pleurs. Eh bien, oui, vous m'aimez, comme on aime une domestique, voilà...; une domestique à qui l'on jette une viagère de six cents francs, comme un morceau de pain dans la niche d'un chien !...

—Oh ! madame Cibot ! s'écria Pons, pour qui me prenez-vous ? Vous ne me connaissez pas !

—Ah ! vous m'aimerez encore mieux ! reprit-elle en recevant un regard de Pons ; vous aimerez votre bonne grosse Cibot comme une mère ? Eh bien, c'est cela, je suis votre mère, vous êtes tous deux mes enfants !... Ah ! si je connaissais ceux qui vous ont causé du chagrin, je me ferais mener en cour d'assises et même à la correctionnelle, car je *leux* arracherais les yeux !... Ces gens-là méritent d'être fait mourir à la barrière Saint-Jacques![1] et c'est encore trop doux pour de pareils scélérats !... Vous si bon, si tendre, car vous *n'*avez un cœur d'or, vous étiez créé et mis au monde pour rendre une femme heureuse... Oui, vous l'*aureriez*[2] rendue heureuse... ça se voit, vous étiez taillé pour cela... Moi, d'abord, en voyant comment vous êtes avec M. Schmucke, je me disais : "Non, M. Pons a manqué sa vie ! il était fait pour être un bon mari.." Ah ! vous avez bien raison de faire de lui votre héritier ! Allez, c'est toute une famille pour vous, ce digne, ce cher homme-là !... Ne l'oubliez pas ! autrement, Dieu ne vous recevrait pas dans son paradis, où il doit ne laisser entrer que ceux qui ont été reconnaissants envers leurs amis en leur laissant des rentes.

Pons faisait de vains efforts pour répondre, la Cibot parlait comme le vent marche. Si l'on a trouvé le moyen d'arrêter les machines à vapeur, celui de *stoper* la langue d'une portière épuisera le génie des inventeurs.

—Je sais ce que vous allez dire! reprit-elle. Ça ne tue pas, mon cher monsieur, de faire son testament quand on est malade; et, n'à votre place, moi, crainte d'accident, je ne voudrais pas abandonner ce pauvre mouton-là, car c'est la bonne bête du bon Dieu; il ne sait rien de rien; je ne voudrais pas le mettre à la merci des rapiats d'hommes d'affaires, et de parents que c'est tous des canailles! Voyons, y a-t-il quelqu'un qui, depuis vingt jours, soit venu vous voir?... Et vous leur donneriez votre bien! Savez-vous qu'on dit que tout ce qui est ici en vaut la peine?

—Mais oui, dit Pons.

—Rémonencq, qui vous connaît pour un amateur, et qui brocante, dit qu'il vous ferait bien trente mille francs de rente viagère pour avoir vos tableaux après vous... En voilà une affaire! A votre place, je la ferais! Mais j'ai cru qu'il se moquait de moi quand il m'a dit cela... Vous devriez avertir M. Schmucke de la valeur de toutes ces choses-là, car c'est un homme qu'on tromperait comme un enfant; il n'a pas la moindre idée de ce que valent les belles choses que vous avez! Il s'en doute si peu, qu'il les donnerait pour un morceau de pain, si, par amour pour vous, il ne les gardait pas pendant toute sa vie, s'il vit après vous toutefois, car il mourra de votre mort! Mais je suis là, moi! je le défendrai envers et contre tous!... moi et Cibot.

—Chère madame Cibot, répondit Pons attendri par cet effroyable bavardage, où le sentiment paraissait être naïf comme il l'est chez les gens du peuple, que serais-je devenu sans vous et Schmucke?

—Ah! nous sommes bien vos seuls amis sur cette terre! ça, c'est bien vrai! Mais deux bons cœurs valent toutes les familles... Ne me parlez pas de la famille! C'est comme la langue, disait cet ancien acteur, c'est tout ce qu'il y a de meilleur et de pire... Où sont-ils donc, vos parents? En avez-vous, des parents?... je ne les ai jamais vus...

—C'est eux[1] qui m'ont mis sur le grabat!... s'écria Pons avec une profonde amertume.

—Ah! vous avez des parents!... dit la Cibot en se dressant comme si son fauteuil eût été de fer rougi subitement au feu. Ah bien, ils sont gentils, vos parents! Comment! voilà vingt jours, oui, ce matin, il y a vingt jours que vous êtes à la mort, et ils ne sont pas encore venus savoir de vos nouvelles! C'est un peu fort de café, cela!... Mais, à votre place, je laisserais plutôt ma fortune à l'hospice des Enfants trouvés que de leur donner un liard!

—Eh bien, ma chère madame Cibot, je voulais léguer tout ce que je possède à ma petite-cousine, la fille de mon cousin germain, le président Camusot, vous savez, le magistrat qui est venu un matin, il y a bientôt deux mois.

—Ah! un petit gros, qui vous a envoyé ses domestiques vous demander pardon... de la sottise de sa femme,... que la femme de chambre m'a fait des questions sur vous, une vieille mijaurée à qui j'avais envie d'épousseter son crispin en velours avec le manche de mon balai! A-t-on jamais vu n'une femme de chambre porter n'un crispin en velours! Non, ma parole d'honneur, le monde est renversé! pourquoi fait-on des révolutions? Aussi j'ai dit à Cibot: "Tiens, vois-tu, mon homme, une maison où il y des femmes de chambre à crispins en velours, c'est des gens sans entrailles..."

—Sans entrailles! c'est cela, répondit Pons.

Et Pons raconta ses déboires et ses chagrins à madame Cibot, qui se répandit en invectives contre les parents, et témoigna la plus excessive tendresse à chaque phrase de ce triste récit. Enfin, elle pleura!

—Ah! voilà le docteur, dit-elle en entendant des coups de sonnette.

Et elle laissa Pons tout seul, sachant bien que le juif et Rémonencq arrivaient.

—Ne faites pas de bruit, messieurs,... dit-elle; qu'il ne s'aperçoive de rien! car il est comme un crin dès qu'il s'agit de son trésor.

—Une simple promenade suffira, répondit le juif, armé de sa loupe et d'une lorgnette.

Dès que le juif fut dans le sanctuaire, il alla droit à quatre chefs-d'œuvre qu'il reconnut pour les plus beaux de cette collection, et de maîtres qui manquaient à la sienne. C'était pour lui ce que sont pour les naturalistes ces *desiderata* qui font entreprendre des voyages du couchant à l'aurore, aux tropiques, dans les déserts, les pampas, les savanes, les forêts vierges. Le premier tableau était de Sébastien del Piombo,[1] le second de Fra Bortolomeo della Porta, le troisième un paysage d'Hobbéma, et le dernier un portrait de femme par Albert Durer, quatre diamants.

Élie Magus eut des larmes dans les yeux en regardant tour à tour ces quatre chefs-d'œuvre.

—Je vous donne deux mille francs de gratification

par chacun de ces tableaux, si vous me les faites avoir pour quarante mille francs !... dit-il à l'oreille de la Cibot stupéfaite de cette fortune tombée du ciel.

L'admiration, ou, pour être plus exact, le délire du juif, avait produit un tel désarroi dans son intelligence et dans ses habitudes de cupidité, que le juif s'y abîma, comme on voit.

—Et moi ?... dit Rémonencq, qui ne se connaissait pas en tableaux.

—Tout est ici de la même force, répliqua finement le juif à l'oreille de l'Auvergnat, prends dix tableaux au hasard et aux mêmes conditions, ta fortune sera faite !

Ces trois voleurs se regardaient encore, chacun en proie à sa volupté, la plus vive de toutes, la satisfaction du succès en fait de fortune, lorsque la voix du malade retentit et vibra comme des coups de cloche...

—Qui va là ?... criait Pons.

—Monsieur, recouchez-vous donc ! dit la Cibot en s'élançant sur Pons et le forçant à se remettre au lit. Ah çà ! voulez-vous vous tuer ?.. Eh bien, ce n'est pas M. Poulain, c'est ce brave Rémonencq, qui est si inquiet de vous, qu'il vient savoir de vos nouvelles !... Vous êtes si aimé, que toute la maison est en l'air pour vous. De quoi donc avez-vous peur ?

—Mais il me semble que vous êtes là plusieurs, dit le malade.

—Plusieurs ! c'est bon !... Ah çà ! rêvez-vous ?... Vous finirez par devenir fou, ma parole d'honneur !... Tenez, voyez.

La Cibot alla vivement ouvrir la porte, fit signe à Magus de se retirer et à Rémonencq d'avancer.

—Eh bien, mon cher monsieur, dit l'Auvergnat, pour qui la Cibot avait parlé, je viens savoir de vos nouvelles, car toute la maison est dans les transes par rapport à vous... Personne n'aime que la mort se mette dans les maisons!... Et, enfin, le papa Monistrol, que vous connaissez bien, m'a chargé de vous dire que, si vous aviez besoin d'argent, il se mettait à votre service...

—Il vous envoie pour donner un coup d'œil à mes *bibelots!*... dit le vieux collectionneur avec une aigreur pleine de défiance.

Dans les maladies de foie, les sujets contractent presque toujours une antipathie spéciale, momentanée; ils concentrent leur mauvaise humeur sur un objet où sur une personne quelconque. Or, Pons se figurait qu'on en voulait à son trésor, il avait l'idée fixe de le surveiller, et il envoyait de moment en moment Schmucke voir si personne ne s'était glissé dans le sanctuaire.

—Elle est assez belle, votre collection, répondit astucieusement Rémonencq, pour exciter l'attention des *chineurs;*[1] je ne me connais pas en hautes curiosités, mais monsieur passe pour être un si grand connaisseur, que, quoique je ne sois pas bien avancé dans la chose, j'achèterais bien de monsieur, les yeux fermés,... si monsieur avait quelquefois besoin d'argent, car rien ne coûte comme ces sacrées maladies,... que ma sœur,[2] en dix jours, a dépensé trente sous de remèdes, quand elle a eu les *sangs*[3] bouleversés, et qu'elle aurait bien guéri sans cela... Les médecins sont des fripons qui profitent de notre état pour...

—Adieu, merci, monsieur, répondit Pons au ferrailleur en lui jetant des regards inquiets.

—Je vais le reconduire, dit tout bas la Cibot à son malade, crainte qu'il ne touche à quelque chose.

—Oui, oui, répondit le malade en remerciant la Cibot par un regard.

La Cibot ferma la porte de la chambre à coucher, ce qui réveilla la défiance de Pons. Elle trouva Magus immobile devant les quatre tableaux.

—Sauvez-vous sans bruit! dit-elle.

Le juif s'en alla lentement et à reculons, regardant les tableaux comme un amant regarde une maîtresse à laquelle il dit adieu. Quand le juif fut sur le palier, la Cibot, à qui cette contemplation avait donné des idées, frappa sur le bras sec de Magus.

—Vous me donnerez quatre mille francs par tableau! sinon rien de fait...

—Je suis si pauvre!... dit Magus. Si je désire ces toiles, c'est par amour, uniquement par l'amour de l'art, ma belle dame!

—Tu es si sec, mon fiston! dit la portière, que je conçois cet amour-là. Mais, si tu ne me promets pas aujourd'hui seize mille francs devant Rémonencq, demain, ce sera vingt mille.

—Je promets les seize, répondit le juif, effrayé de l'avidité de cette portière.

Le bruit de la chute d'un corps lourd, tombé sur le carreau de la salle à manger, retentit dans le vaste espace de l'escalier.

—Ah! mon Dieu! cria la Cibot, *qué* qu'il arrive?[1] Il me semble que c'est monsieur qui vient de prendre un billet de parterre!...[2]

Elle poussa ses deux complices, qui dégringolèrent avec agilité ; puis elle se retourna, se précipita dans la salle à manger et y vit Pons étalé tout de son long, en chemise, évanoui ! Elle prit le vieux garçon dans ses bras, l'enleva comme une plume et le porta jusque sur son lit. Quand elle eut couché le moribond, elle lui fit respirer des barbes de plume brûlée, elle lui mouilla les tempes d'eau de Cologne, elle le ranima. Puis, lorsqu'elle vit les yeux de Pons ouverts, que[3] la vie fut revenue, elle se posa les poings sur les hanches.

—Sans pantoufles ! en chemise ; il y a de quoi[4] vous tuer ! Et pourquoi vous défiez-vous de moi ?.. Si c'est ainsi, adieu, monsieur. Après dix ans que je vous sers, que je mets du mien dans votre ménage, que mes économies y sont toutes passées, pour éviter des ennuis à ce pauvre M. Schmucke, qui pleure comme un enfant par les escaliers,... voilà ma récompense ! Vous venez m'espionner... Dieu vous a puni... c'est bien fait ! Et moi qui me donne un effort pour vous porter dans mes bras, que je risque d'être blessée pour le reste de mes jours... Ah ! mon Dieu ! et la porte que j'ai laissée ouverte...

—Avec qui causiez-vous ?

—En voilà des idées ! s'écria la Cibot. Ah çà ! suis-je votre esclave ? ai-je des comptes à vous rendre ? Savez-vous que, si vous m'ennuyez ainsi, je plante tout là ! Vous prendrez *n*'une garde !

—C'est ma maladie ! dit Pons.

—A la bonne heure ! répliqua la Cibot rudement...

Elle laissa Pons confus, en proie à des remords, admirant le dévouement criard de sa garde-malade, se faisant des reproches, et ne sentant pas le mal horrible par lequel il venait d'aggraver sa maladie en tombant ainsi sur les dalles de la salle à manger. La Cibot aperçut Schmucke qui montait l'escalier.

—Venez, monsieur... Il y a de tristes nouvelles, allez! M. Pons devient fou!... Figurez-vous qu'il s'est levé tout nu, qu'il m'a suivie,... non, il s'est étendu là, tout de son long... Demandez-lui pourquoi, il n'en sait rien... Il va mal. Je n'ai rien fait pour le provoquer à des violences pareilles, à moins de lui avoir réveillé les idées en lui parlant de ses premières amours... Qui est-ce qui connaît les hommes? C'est tous vieux libertins... J'ai eu tort de lui montrer mes bras, que ses yeux en brillaient comme des *escarbouques*...

Schmucke écoutait madame Cibot, comme s'il l'entendait parlant hébreu.

—Je me suis donné un effort que j'en serai blessée pour jusqu'à la fin de mes jours!... ajouta la Cibot, en paraissant éprouver de vives douleurs et pensant à mettre à profit l'idée qu'elle avait eue, par hasard, en sentant une petite fatigue dans les muscles. Je suis si bête! Quand je l'ai vu là, par terre, je l'ai pris dans mes bras et je l'ai porté jusqu'à son lit, comme un enfant, quoi! Mais, maintenant, je sens un effort! Ah! je me trouve mal!... je descends chez moi, gardez notre malade. Je vais envoyer Cibot chercher M. Poulain pour moi! J'aimerais mieux mourir que de me voir infirme...

La Cibot accrocha la rampe et roula par les escaliers en faisant mille contorsions et des gémissements si plaintifs, que tous les locataires, effrayés, sortirent sur les paliers de leurs appartements. Schmucke soutenait la malade en versant des larmes, et il expliquait le dévouement de la portière. Toute la maison, tout le quartier, surent bientôt le trait sublime de madame Cibot, qui s'était donné un effort mortel, disait-on, en enlevant un des casse-noisettes dans ses bras. Schmucke, revenu près de Pons, lui révéla l'état affreux de leur factotum, et tous deux ils se regardèrent en disant: "Qu'allons-nous devenir sans elle?..." Schmucke, en voyant le changement produit chez Pons par son escapade, n'osa pas le gronder.

—*Vichis pric-à-prac! c'haimerais mieux les priler que de bertre mon hâmi!...* s'écria-t-il en apprenant de Pons la cause de l'accident. *Se têvier de montame Zibod, qui nous brede ses igonomies! C'esdre bas pien; mais c'ed la malatie...*[a]

—Ah! quelle maladie! Je suis changé, je le sens, dit Pons. Je ne voudrais pas te faire souffrir, mon bon Schmucke.

—*Cronte-moi!* dit Schmucke, *et laisse montame Zibod dranquille...* (Gronde)

Le docteur Poulain fit disparaître en quelques jours l'infirmité dont se disait menacée madame Cibot, et sa réputation reçut dans le quartier du Marais un lustre extraordinaire de cette guérison, qui tenait du miracle. Il attribua chez Pons ce succès à l'excellente constitution de la malade, qui reprit son service auprès de ses

---

[a] Fichu,[1] bric-à-brac, j'aimerais mieux les brûler que de perdre mon ami... Se défier de..., qui nous prête ses économies. C'est pas bien; mais c'est la maladie.

deux messieurs le septième jour, à leur grande satisfaction. Cet évènement augmenta de cent pour cent l'influence, la tyrannie de la portière sur le ménage des deux casse-noisettes, qui, pendant cette semaine, s'étaient endettés, mais dont les dettes furent payées par elle. La Cibot profita de la circonstance pour obtenir (et avec quelle facilité !) de Schmucke une reconnaissance des deux mille francs qu'elle disait avoir prêtés aux deux amis.

—Ah ! quel médecin que M. Poulain ! dit la Cibot à Pons. Il vous sauvera, mon cher monsieur, car il m'a tirée du cercueil ! Mon pauvre Cibot me regardait comme morte !... Eh bien, M. Poulain a dû vous le dire, pendant que j'étais sur mon lit, je ne pensais qu'à vous. "Mon Dieu, que je disais, prenez-moi, et laissez vivre mon cher M. Pons..."

—Pauvre chère madame Cibot, vous avez manqué avoir une infirmité pour moi !...

—Ah ! sans M. Poulain, je serais dans la chemise de sapin qui nous attend tous. Eh bien, *n'*au bout du fossé la culbute,[1] comme disait cet ancien acteur ! Faut de la philosophie. Comment avez-vous fait sans moi ?...

—Schmucke m'a gardé, répondit le malade ; mais notre pauvre caisse et notre clientèle en ont souffert... Je ne sais pas comment il a fait.

—*Ti galme, Bons !* s'écria Schmucke, *nus afons i tans le bère Zibod ein panquier...*[a]

—Ne parlez pas de cela, mon cher mouton ! Vous

---

[a] Tu calmes (calme-toi) nous avons eu dans le père Cibot un banquier.

êtes tous deux nos enfants, s'écria la Cibot. Nos économies sont bien placées chez vous, allez! vous êtes plus solides que la Banque. Tant que nous aurons un morceau de pain, vous en aurez la moitié,... ça ne vaut pas la peine d'en parler...

—*Baufre montame Zibod!* dit Schmucke en s'en allant.

Pons gardait le silence.

—*Croireriez*-vous, mon chérubin, dit la Cibot au malade en le voyant inquiet, que, dans mon agonie, car j'ai vu la camarde[1] de bien près!... ce qui me tourmentait le plus, c'était de vous laisser seuls, livrés à vous-mêmes, et de laisser mon pauvre Cibot sans un liard... C'est si peu de chose que mes économies,[2] que je ne vous parle que rapport à ma mort et à Cibot, qu'est[3] un ange! Non, cet être-là m'a soignée comme une reine, en me pleurant comme un veau!... Mais je comptais sur vous, foi d'honnête femme. Je lui disais: "Va, Cibot, mes messieurs ne te laisseront jamais sans pain..."

Pons ne répondit rien à cette attaque *ad testamentum,* et la portière garda le silence en attendant un mot.

—Je vous recommanderai à Schmucke, dit enfin le malade.

—Ah! s'écria la portière, tout ce que vous ferez sera bien fait! je m'en rapporte à vous, à votre cœur... Ne parlons jamais de cela, car vous m'humiliez, mon cher chérubin; penser à vous guérir! vous vivrez plus que nous..

Une profonde inquiétude s'empara du cœur de madame Cibot; elle résolut de faire expliquer son mon-

sieur sur le legs qu'il entendait lui laisser ; et, de prime
abord, elle sortit pour aller trouver le docteur Poulain
chez lui, le soir, après le dîner de Schmucke, qui mangeait
auprès du lit de Pons depuis que son ami était
malade.

En entrant avec sa brusquerie habituelle, madame
Cibot surprit le docteur à table avec sa vieille mère,
mangeant une salade de mâches, la moins chère de
toutes les salades, et n'ayant pour dessert qu'un angle
aigu de fromage de Brie, entre une assiette peu garnie
par les fruits dits les quatre-mendiants,[1] où se voyait[2]
beaucoup de râpes de raisin, et une assiette de mauvaises
pommes de bateau.[3]

—Ma mère, vous pouvez rester, dit le médecin en
retenant madame Poulain par le bras ; c'est madame
Cibot, de qui je vous ai parlé.

—Mes respects, madame ; mes devoirs, monsieur, dit
la Cibot en acceptant la chaise que lui présenta le docteur.
Ah ! c'est madame votre mère ? elle est bien
heureuse d'avoir un fils qui a tant de talent ; car c'est
mon sauveur, madame, il m'a tiré de l'abîme.

La veuve Poulain trouva madame Cibot charmante,
en l'entendant faire ainsi l'éloge de son fils.

—C'est donc pour vous dire, mon cher monsieur Poulain,
entre nous, que le pauvre M. Pons va bien mal, et
que j'ai à vous parler, rapport à lui..

—Passons au salon, dit le docteur Poulain en montrant
la domestique à madame Cibot par un geste significatif.

Une fois au salon, la Cibot expliqua longuement sa
position avec les deux casse-noisettes, elle répéta

l'histoire de son prêt en l'enjolivant, et raconta les immenses services qu'elle rendait depuis dix ans à MM. Pons et Schmucke. A l'entendre, ces deux vieillards n'existeraient plus, sans ses soins maternels. Elle se posa comme un ange et dit tant et tant de mensonges arrosés de larmes, qu'elle finit par attendrir la vieille madame Poulain.

—Vous comprenez, mon cher monsieur, dit-elle en terminant, qu'il faudrait bien savoir à quoi s'en tenir sur ce que M. Pons compte faire pour moi, dans le cas où il viendrait à mourir; c'est ce que je ne souhaite guère, car ces deux innocents à soigner, voyez-vous, madame, c'est ma vie; mais, si l'un d'eux me manque, je soignerai l'autre. Moi, la nature m'a bâtie pour être la rivale de la maternité. Sans quelqu'un à qui je m'intéresse, de qui je me fais un enfant, je ne saurais que devenir... Donc, si M. Poulain le voulait, il me rendrait un service que je saurais bien reconnaître, ce serait de parler de moi à M. Pons. Mon Dieu! mille francs de viager, est-ce trop, je vous le demande?... C'est autant de gagné pour M. Schmucke... Pour lors, notre cher malade m'a donc dit qu'il me recommanderait à ce pauvre Allemand, qui serait donc, dans son idée, son héritier... Mais qu'est-ce qu'un homme qui ne sait pas coudre deux idées en français, et qui, d'ailleurs, est capable de s'en aller en Allemagne, tant il sera désespéré de la mort de son ami?...

—Ma chère madame Cibot, répondit le docteur, devenu grave, ces sortes d'affaires ne concernent point les médecins, et l'exercice de ma profession me serait interdit si l'on savait que je me suis mêlé des dispositions testamentaires d'un de mes clients. La loi ne permet pas à un médecin d'accepter un legs de son malade...

— Quelle bête de loi! car qu'est-ce qui m'empêche de partager mon legs avec vous ? répondit sur-le-champ la Cibot.

— J'irai plus loin, dit le docteur, ma conscience de médecin m'interdit de parler à M. Pons de sa mort. D'abord, il n'est pas assez en danger pour cela ; puis cette conversation de ma part lui causerait un saisissement qui pourrait lui faire un mal réel, et rendre alors sa maladie mortelle...

— Mais je ne prends pas de mitaines, s'écria madame Cibot, pour lui dire de mettre ses affaires en ordre, et il ne s'en porte pas plus mal... Il est fait à cela![1]... ne craignez rien.

— Ne me dites rien de plus, ma chère madame Cibot!... Ces choses ne sont pas du domaine de la médecine, elles regardent les notaires...

— Mais, mon cher monsieur Poulain, si M. Pons vous demandait de lui-même où il en est, et s'il ferait bien de prendre ses précautions, la,[2] refuseriez-vous de lui dire que c'est une excellente chose pour recouvrer la santé que d'avoir tout bâclé[3]... Puis vous glisseriez un petit mot de moi...

— Ah! s'il me parle de faire son testament, je ne l'en détournerai point, dit le docteur Poulain.

— Eh bien, voilà qui est dit! s'écria madame Cibot. Je venais vous remercier de vos soins, ajouta-t-elle en glissant dans la main du docteur une papillote qui contenait trois pièces d'or. C'est tout ce que je puis faire pour le moment. Ah! si j'étais riche, vous le seriez, mon cher monsieur Poulain, vous qui êtes l'image du bon Dieu sur la terre...—Vous avez là, madame, pour fils, un ange!

La Cibot se leva, madame Poulain la salua d'un air aimable, et le docteur la reconduisit jusque sur le palier. Là, cette affreuse lady Macbeth de la rue fut éclairée d'une lueur infernale: elle comprit que le médecin devait être son complice, puisqu'il acceptait des honoraires pour une fausse maladie.

—Comment, mon bon monsieur Poulain, lui dit-elle, après m'avoir tiré d'affaire pour mon accident, vous refuseriez de me sauver de la misère en disant quelques paroles?...

Le médecin sentit qu'il avait laissé le diable le prendre par un de ses cheveux, et que ce cheveu s'enroulait[1] sur la corne impitoyable de la griffe rouge. Effrayé de perdre son honnêteté pour si peu de chose, il répondit à cette idée diabolique par une idée non moins diabolique.

—Écoutez, ma chère madame Cibot, dit-il en la faisant rentrer et l'emmenant dans son cabinet, je vais vous payer la dette de reconnaissance que j'ai contractée envers vous, à qui je dois ma place de la mairie...

—Nous partagerons, dit-elle vivement.

—Quoi? demanda le docteur.

—La succession, répondit la portière.

—Vous ne me connaissez pas, répliqua le docteur en se posant en Valérius Publicola.[2] Ne parlons plus de cela. J'ai pour ami de collège un garçon fort intelligent, et nous sommes d'autant plus liés, que nous avons eu les mêmes chances dans la vie. Pendant que j'étudiais la médecine, il faisait son droit ; pendant que j'étais interne, il grossoyait chez un avoué, maître Couture. Fils d'un cordonnier, comme je suis celui d'un culottier, il n'a pas trouvé de sympathies bien vives autour de lui, mais il n'a pas trouvé non plus de capitaux ; car, après tout, les capitaux ne s'obtiennent que par sympathie. Il n'a pu traiter d'une étude[1] qu'en province, à Mantes... Or, les gens de province comprennent si peu les intelligences parisiennes, que l'on a fait mille chicanes à mon ami.

— Des canailles ! s'écria la Cibot.

— Oui, reprit le docteur, car on s'est coalisé contre lui si bien, qu'il a été forcé de revendre son étude pour des faits où l'on a su lui donner l'apparence d'un tort ; le procureur du roi s'en est mêlé ; ce magistrat était du pays, il a pris fait et cause pour les gens du pays. Ce pauvre garçon, encore plus sec et plus râpé que je ne le suis, logé comme moi, nommé Fraisier, s'est réfugié dans notre arrondissement ; il en est réduit à plaider, car il est avocat devant la justice de paix et le tribunal de police ordinaire. Il demeure ici près, rue de la Perle. Allez au numéro 9, vous monterez trois étages, et, sur le palier, vous verrez imprimé en lettres d'or : CABINET DE M. FRAISIER, sur un petit carré de maroquin rouge. Fraisier se charge spécialement des affaires contentieuses de MM. les concierges, des ouvriers et de tous les pauvres de notre arrondissement à des prix modérés. C'est un honnête homme, car je n'ai pas besoin de vous dire qu'avec ses moyens, s'il était fripon, il roulerait carrosse. Je verrai mon ami Fraisier ce soir. Allez chez lui demain, de bonne heure; il connaît M. Louchard, le garde de commerce; M. Tabareau, l'huissier de la justice de paix; M. Vitel, le juge de paix, et M. Trognon, notaire; il est lancé déjà parmi les gens d'affaires les plus considérés du quartier. S'il se charge de vos intérêts, si vous pouvez le donner comme conseil à M. Pons, vous aurez en lui, voyez-vous, un autre vous-même. Seulement, n'allez pas, comme avec moi, lui proposer des compromis qui blessent l'honneur; mais il a de l'esprit, vous vous entendrez. Puis, quant à reconnaître ses services, je serai votre intermédiaire...

Madame Cibot regarda le docteur malignement.

—N'est-ce pas l'homme de loi, dit-elle, qui a tiré la mercière de la rue Vieille-du-Temple, madame Florimond, de la mauvaise passe où elle était, rapport à cet héritage de son bon ami?...

—C'est lui-même, dit le docteur.

—N'est-ce pas une horreur, s'écria la Cibot, qu'après lui avoir obtenu deux mille francs de rente, elle lui a refusé sa main, qu'il lui demandait, et qu'elle a cru, dit-on, être quitte en lui donnant douze chemises de toile de Hollande, vingt-quatre mouchoirs, enfin tout un trousseau!

—Ma chère madame Cibot, dit le docteur, le trousseau valait mille francs, et Fraisier, qui débutait alors dans le quartier, en avait bien besoin. Elle a, d'ailleurs, payé le mémoire de frais sans observation... Cette affaire-là en a valu d'autres à Fraisier, qui maintenant est très-occupé; mais, dans mon genre, nos clientèles se valent...

—Il n'y a que les justes qui pâtissent ici-bas! répondit la portière. Eh bien, adieu et merci, mon bon monsieur Poulain.

Ici commence le drame, ou, si vous voulez, la comédie terrible de la mort d'un célibataire livré par la force des choses à la rapacité des natures cupides qui se groupent à son lit, et qui, dans ce cas, eurent pour auxiliaires la passion la plus vive, celle d'un tableaumane; l'avidité du sieur Fraisier, qui, vu dans sa caverne, va vous faire frémir; et la soif d'un Auvergnat capable de tout, même d'un crime, pour se faire un capital. Cette comédie, à laquelle cette partie du récit sert en quelque sorte d'avant-scène, a d'ailleurs pour acteurs tous les personnages qui jusqu'à présent ont occupé la scène.

Le lendemain, à six heures du matin, madame Cibot examinait, rue de la Perle, la maison où demeurait son futur conseiller, le sieur Fraisier, homme de loi. C'était une de ces vieilles maisons habitées par la petite bourgeoise d'autrefois. On y entrait par une allée. Une maison qui semblait attaquée de la lèpre.

Madame Cibot alla droit à la loge, elle y trouva l'un des confrères de Cibot, un cordonnier, sa femme et deux enfants en bas âge, logés dans un espace de dix pieds carrés, éclairé sur la petite cour. La plus cordiale entente régna bientôt entre les deux femmes, une fois que la Cibot eut déclaré sa profession, se fut nommée et eut parlé de sa maison de la rue de Normandie. Après un quart d'heure employé par les commérages et pendant lequel la portière de M. Fraisier faisait le déjeuner du cordonnier et des deux enfants, madame

Cibot amena la conversation sur les locataires et parla de l'homme de loi.

—Je viens le consulter, dit-elle, pour des affaires; un de ses amis, M. le docteur Poulain, a dû me recommander à lui. Vous connaissez M. Poulain?

—Je le crois bien! dit la portière de la rue de la Perle. Il a sauvé ma petite, qu'avait le croup.

—Il m'a sauvée aussi, moi, madame... Quel homme est-ce, ce M. Fraisier?

—C'est un homme, ma chère dame, dit la portière, de qui l'on arrache bien difficilement l'argent de ses ports de lettres à la fin du mois.

Cette réponse suffit à l'intelligente Cibot.

—On peut être pauvre et honnête, observa-t-elle.

—Je l'espère bien, reprit la portière de Fraisier; nous ne roulons pas sur l'or ni sur l'argent, pas même sur les sous, mais nous n'avons pas un liard à qui que ce soit.

La Cibot se reconnut dans ce langage.

—Enfin, ma petite, reprit-elle, on peut se fier à lui, n'est-ce pas?

—Ah! dame, quand M. Fraisier veut du bien à quelqu'un, j'ai entendu dire à madame Florimond qu'il n'a pas son pareil.

—Et pourquoi ne l'a-t-elle pas épousé, demanda vivement la Cibot, puisqu'elle lui devait sa fortune? C'est quelque chose, pour une petite mercière, que de devenir la femme d'un avocat...

—Pourquoi? dit la portière en entraînant madame Cibot dans l'allée; vous montez chez lui, n'est-ce pas, madame?... eh bien, quand vous serez dans son cabinet, vous saurez pourquoi.

L'escalier, éclairé sur une petite cour par des fenêtres à coulisse, annonçait qu'excepté le propriétaire et le sieur Fraisier, les autres locataires exerçaient des professions mécaniques. Les marches boueuses portaient l'enseigne de chaque métier en offrant aux regards des découpures de cuivre, des boutons cassés, des brimborions de gaze, de sparterie. Les apprentis des étages supérieurs y dessinaient des caricatures obscènes. Le dernier mot de la portière, en excitant la curiosité de madame Cibot, la décida naturellement à consulter l'ami du docteur Poulain, mais en se réservant de l'employer à ses affaires d'après ses impressions.

—Je me demande quelquefois comment madame Sauvage peut tenir à son service, dit en forme de commentaire la portière, qui suivait madame Cibot. Je vous accompagne, madame, ajouta-t-elle, car je monte le lait et le journal à mon propriétaire.

Arrivée au second étage au-dessus de l'entre-sol, la Cibot se trouva devant une porte du plus vilain caractère. Le cordon de tirage, au bout duquel pendait une olive[1] crasseuse, fit résonner une petite sonnette dont l'organe faible dévoilait une cassure dans le métal. Chaque objet était un trait en harmonie avec l'ensemble de ce hideux tableau. La Cibot entendit le bruit d'un pas pesant et la respiration asthmatique d'une femme puissante, et madame Sauvage se manifesta.

—*Qué* qu'il y a pour votre service, *médème?* demanda madame Sauvage.

Et, d'un air menaçant, elle jeta sur la Cibot, qu'elle trouva sans doute trop bien vêtue, un regard d'autant plus meurtrier, que ses yeux étaient naturellement sanguinolents.

—Je viens voir M. Fraisier de la part de son ami le docteur Poulain.

—Entrez, *médème,* répondit la Sauvage d'un air devenu soudain très-aimable et qui prouvait qu'elle était avertie de cette visite matinale.

Et, après avoir fait une révérence de théâtre, la domestique à moitié mâle du sieur Fraisier ouvrit brusquement la porte du cabinet qui donnait sur la rue, et où se trouvait l'ancien avoué de Mantes. M. Fraisier, petit homme sec et maladif, à figure rouge, dont les bourgeons annonçaient un sang très-vicié, mais qui d'ailleurs se grattait incessamment le bras droit, et dont la perruque, mise fort en arrière, laissait voir un crâne couleur de brique et d'une expression sinistre, se leva de dessus un fauteuil de canne où il siégeait sur un rond en maroquin vert. Il prit un air agréable et une voix flûtée pour dire, en avançant une chaise:

—Madame Cibot, je pense?...

—Oui, monsieur, répondit la portière, qui perdit son assurance habituelle.

Madame Cibot fut effrayée par cette voix, qui ressemblait assez à celle de la sonnette, et par un regard encore plus vert que les yeux verdâtres de son futur conseil. Le cabinet sentait si bien son Fraisier, qu'on devait croire que l'air y était pestilentiel. Madame Cibot comprit alors pourquoi madame Florimond n'était pas devenue madame Fraisier.

—Poulain m'a parlé de vous, ma chère dame, dit l'homme de loi, de cette voix d'emprunt qu'on appelle vulgairement *petite voix,* mais qui restait aigre et clairette comme un vin de pays.

—Madame Sauvage! cria-t-il.

—Après?[1]

—Je n'y suis pour personne.

—Eh! *parbleur!*[2] on le sait, répondit la virago d'une maîtresse voix.

—C'est ma vieille nourrice, dit l'homme de loi d'un air confus à la Cibot.

—Elle a encore beaucoup de laid,[3] répliqua l'ancienne héroïne des Halles.

Fraisier rit du calembour et mit le verrou, pour que sa ménagère ne vînt pas interrompre les confidences de la Cibot.

—Eh bien, madame, expliquez-moi votre affaire, dit-il en s'asseyant et tâchant toujours de draper sa robe de chambre. Une personne qui m'est recommandée par le seul ami que j'aie au monde peut compter sur moi,... mais... absolument!

Madame Cibot parla pendant une demi-heure sans que l'agent d'affaires se permît la moindre interruption; il avait l'air curieux d'un jeune soldat écoutant un *vieux de la vieille*. Ce silence et la soumission de Fraisier, l'attention qu'il paraissait prêter à ce bavardage à cascades, dont on a vu des échantillons dans les scènes entre la Cibot et le pauvre Pons, firent abandonner à la défiante portière quelques-unes des préventions que tant de détails ignobles venaient de lui inspirer. Quand la Cibot se fut arrêtée, et qu'elle attendit un conseil, le petit homme de loi, dont les yeux verts à points noirs avaient étudié sa future cliente, fut pris d'une toux dite de cercueil et eut recours à un bol en faïence à demi plein de jus d'herbes, qu'il vida.

— Sans Poulain, je serais déjà mort, ma chère madame Cibot, répondit Fraisier à des regards maternels que lui jeta la portière ; mais il me rendra, dit-il, la santé...

Il paraissait avoir perdu la mémoire des confidences de sa cliente, qui pensait à quitter un pareil moribond.

— Madame, en matière de succession, avant de s'avancer, il faut savoir deux choses, reprit l'ancien avoué de Mantes en devenant grave. Premièrement, si la succession vaut la peine qu'on se donne, et, deuxièmement, quels sont les héritiers ; car, si la succession est le butin, les héritiers sont l'ennemi.

La Cibot parla de Rémonencq et d'Élie Magus, et dit que les deux fins compères évaluaient la collection de tableaux à six cent mille francs...

— La prendraient-ils à ce prix-là ?... demanda l'ancien avoué de Mantes ; car, voyez-vous, madame, les gens d'affaires ne croient pas aux tableaux. Un tableau, c'est quarante sous de toile ou cent mille francs de peinture ! Or, les peintures de cent mille francs sont bien connues, et quelles erreurs dans toutes ces valeurs-là, même les plus célèbres ! Un grand financier, dont la galerie était vantée, visitée et gravée passait pour avoir dépensé des millions... Il meurt, car on meurt ; eh bien, ses *vrais* tableaux n'ont pas produit plus de deux cent mille francs ! Il faudrait m'amener ces messieurs... Passons aux héritiers.

Et Fraisier se remit dans son attitude d'écouteur. En entendant le nom du président Camusot, il fit un hochement de tête, accompagné d'une grimace qui rendit la Cibot excessivement attentive ; elle essaya de lire sur ce front, sur cette atroce physionomie, et trouva ce qu'en affaires on nomme *une tête de bois.*

Oui, mon cher monsieur, répéta la Cibot, mon M. Pons est le propre cousin du président Camusot de Marville, il me rabâche sa parenté dix fois par jour. La première femme de M. Camusot, le marchand de soieries...

—Qui vient d'être nommé pair de France...

—Était une demoiselle Pons, cousine germaine de M. Pons.

—Ils sont cousins issus de germains...[1]

—Ils ne sont plus rien du tout, ils sont brouillés.

M. Camusot de Marville avait été, pendant cinq ans, président du tribunal de Mantes, avant de venir à Paris. Non-seulement il y avait laissé des souvenirs, mais encore il y avait conservé des relations ; car son successeur, celui de ses juges avec lequel il s'était le plus lié pendant son séjour, présidait encore le tribunal et conséquemment connaissait Fraisier à fond.

—Savez-vous, madame, dit-il, lorsque la Cibot eut arrêté les rouges écluses de sa bouche torrentielle, savez-vous que vous auriez pour ennemi capital un homme qui peut envoyer les gens à l'échafaud ?

La portière exécuta sur sa chaise un bond qui la fit ressembler à la poupée de ce joujou nommé *une surprise.*[2]

—Calmez-vous, ma chère dame, reprit Fraisier. Que vous ignoriez ce qu'est le président de la chambre des mises en accusation[3] de la cour royale de Paris, rien de plus concevable, mais vous deviez savoir que M. Pons avait un héritier légal naturel. M. le président de

Marville est le seul et unique héritier de votre malade, mais il est collatéral au troisième degré; donc, M. Pons peut, aux termes de la loi, faire ce qu'il veut de sa fortune. Vous ignorez encore que la fille de M. le président a épousé, depuis six semaines au moins, le fils aîné de M. le comte Popinot, pair de France, ancien ministre de l'agriculture et du commerce, un des hommes les plus influents de la politique actuelle. Cette alliance rend le président encore plus redoutable qu'il ne l'est comme souverain de la cour d'assises.

La Cibot tressaillit encore à ce mot.

—Écoutez, ma chère madame Cibot... Que vous tiriez de cette affaire une trentaine de mille francs, c'est possible; mais la succession, il n'y faut pas songer... Nous avons causé de vous et de votre affaire, le docteur Poulain et moi, hier au soir...

Là, madame Cibot fit encore un bond sur sa chaise.

—Eh bien, qu'avez-vous?

—Mais, si vous connaissiez mon affaire, pourquoi m'avez-vous laissée jaser comme une pie?

—Madame Cibot, je connaissais votre affaire, mais je ne savais rien de madame Cibot! Autant de clients, autant de caractères...

Là, madame Cibot jeta sur son futur conseil un singulier regard, où toute sa défiance éclata et que Fraisier surprit.

—Écoutez, ma chère madame Cibot, il faudrait, pour que j'eusse des opinions arrêtées, pour concevoir un plan, que je connusse M. Schmucke, que je visse les objets dont se compose la succession, que j'eusse une conférence avec ce juif de qui vous me parlez; et, alors, laissez-moi vous diriger..

—Nous verrons, mon bon monsieur Fraisier.

—Comment, nous verrons! dit Fraisier en jetant un regard de vipère à la Cibot et parlant avec sa voix naturelle. Ah çà! suis-je ou ne suis-je pas votre conseil? Entendons-nous bien.

La Cibot se sentit devinée, elle eut froid dans le dos.

—Vous avez toute ma confiance, répondit-elle en se voyant à la merci d'un tigre.

—Nous autres avoués, nous sommes habitués aux trahisons de nos clients. Examinez bien votre position : elle est superbe. Si vous suivez mes conseils de point en point, vous aurez, je vous le garantis, trente ou quarante mille francs de cette succession-là... Mais cette belle médaille a un revers. Supposez que la présidente apprenne que la succession de M. Pons vaut un million, et que vous voulez l'écorner, car il y a toujours des gens qui se chargent de dire ces choses-là!... fit-il en parenthèse.

Cette parenthèse, ouverte et fermée par deux pauses, fit frémir la Cibot, qui pensa sur-le-champ que Fraisier se chargerait de la dénonciation.

—Ma chère cliente, en dix minutes on obtiendra du bonhomme Pillerault votre renvoi de la loge, et l'on vous donnera deux heures pour déménager...

—*Qué* que ça me ferait!... dit la Cibot en se dressant sur ses pieds en Bellone,[1] je resterais chez ces messieurs comme leur femme de confiance.

—Et, voyant cela, l'on vous tendrait un piège, et vous vous réveilleriez un beau matin dans un cachot, vous et votre mari, sous une accusation capitale...

—Moi!... s'écria la Cibot, moi qui n'ai pas *n'*une centime à autrui!... Moi!... moi!...

Elle parla pendant cinq minutes, et Fraisier examina cette grande artiste exécutant son concerto de louanges sur elle-même. Il était froid, railleur, son œil perçait la Cibot comme d'un stylet, il riait en dedans, sa perruque sèche se remuait.

—Et comment? et pourquoi? et sous quel prétexte? demanda-t-elle en terminant.

—Voulez-vous savoir comment vous pourriez être guillotinée?...

La Cibot devint pâle comme une morte, car cette phrase lui tomba sur le cou comme le couteau de la loi. Elle regarda Fraisier d'un air égaré.

—Écoutez-moi bien, ma chère enfant, reprit Fraisier en réprimant un mouvement de satisfaction que lui causa l'effroi de sa cliente.

—J'aimerais mieux tout laisser là,.. dit en murmurant la Cibot.

Et elle voulut se lever.

—Restez, car vous devez connaître votre danger, je vous dois mes lumières, dit impérieusement Fraisier. Vous êtes renvoyée par M. Pillerault, ça ne fait pas de doute, n'est-ce pas? Vous devenez la domestique de ces deux messieurs, très-bien! C'est une déclaration de guerre entre la présidente et vous. Vous voulez tout faire, vous, pour vous emparer de cette succession, en tirer pied ou aile...

La Cibot fit un geste.

—Je ne vous blâme pas, ce n'est pas mon rôle, dit Fraisier en répondant au geste de sa cliente. C'est une bataille que[1] cette entreprise, et vous irez plus loin que vous ne pensez! On se grise de son idée, on tape dur...

Autre geste de dénégation de la part de madame Cibot, qui se rengorgea.

—Allons, allons, ma petite mère, reprit Fraisier avec une horrible familiarité, vous iriez bien loin...

—Ah çà! me prenez-vous pour une voleuse?

—Allons, maman, vous avez un reçu de M. Schmucke qui vous a peu coûté... Ah! vous êtes ici à confesse, ma belle dame... Ne trompez pas votre confesseur, surtout quand ce confesseur a le pouvoir de lire dans votre cœur...

La Cibot fut effrayée de la perspicacité de cet homme et comprit la raison de la profonde attention avec laquelle il l'avait écoutée.

—Eh bien, reprit Fraisier, vous pouvez bien admettre que la présidente ne se laissera pas dépasser par vous dans cette course à la succession... On vous observera, on vous espionnera... Vous obtenez d'être mise sur le testament de M. Pons... C'est parfait. Un beau jour, la justice arrive, on saisit une tisane, on y trouve de l'arsenic au fond; vous et votre mari, vous êtes arrêtés, jugés, condamnés, comme ayant voulu tuer le sieur Pons, afin de toucher votre legs... J'ai défendu à Versailles une pauvre femme, aussi vraiment innocente que vous le seriez en pareil cas; les choses étaient comme je vous le dis, et tout ce que j'ai pu faire alors, ç'a été de lui sauver la vie. La malheureuse a eu vingt ans de travaux forcés et les fait à Saint-Lazare.[1]

—Vous dites donc, mon bon monsieur Fraisier, qu'en vous laissant faire, vous confiant le soin de mes intérêts, j'aurais quelque chose, sans rien craindre?

—Je vous garantis trente mille francs, dit Fraisier en homme sûr de son fait.

—Ma foi, non, merci,.. dit la Cibot, je renonce à tout! J'aurai fait un ingrat... Je ne veux que mon dû! J'ai trente ans de probité, monsieur. Mon M. Pons dit qu'il me recommandera sur son testament à son ami Schmucke; eh bien, je finirai mes jours en paix chez ce brave Allemand...

Fraisier dépassait le but, il avait découragé la Cibot, et il fut obligé d'effacer les tristes impressions qu'elle avait reçues.

—Ne désespérons de rien, dit-il, allez-vous-en chez vous tout tranquillement. Allez, nous conduirons l'affaire à bon port.

—Mais que faut-il que je fasse alors, mon bon monsieur Fraisier, pour avoir des rentes, et...?

—Et n'avoir aucun remords? dit-il vivement en coupant la parole à la Cibot. Eh! mais c'est précisément pour ce résultat que les gens d'affaires son inventés; on ne peut rien avoir dans ces cas-là sans se tenir dans les termes de la loi... Vous ne connaissez pas les lois; moi, je les connais... Avec moi, vous serez du côté de la légalité, vous posséderez en paix vis-à-vis des hommes, car la conscience, c'est votre affaire.

—Eh bien, dites, reprit la Cibot, que ces paroles rendirent curieuse et heureuse.

—Je ne sais pas, je n'ai pas étudié l'affaire dans ses moyens, je ne me suis occupé que des obstacles. D'abord, il faut, voyez-vous, pousser au testament, et vous ne ferez pas fausse route; mais, avant tout, sachons en faveur de qui Pons disposera de sa fortune, car, si vous étiez son héritière...

—Non, non, il ne m'aime pas ! Ah ! si j'avais connu la valeur de ses *bibelots,* et, si j'avais su ce qu'il m'a dit de ses amours, je serais sans inquiétude aujourd'hui...

—Enfin, reprit Fraisier, allez toujours ! Les moribonds ont de singulières fantaisies, ma chère madame Cibot, ils trompent bien des espérances. Qu'il teste,[1] et nous verrons après. Mais, avant tout, il s'agit d'évaluer les objets dont se compose la succession. Ainsi, mettez-moi en rapport avec le juif, avec ce Rémonencq, ils nous seront très-utiles... Ayez toute confiance en moi, je suis tout à vous. Je suis l'ami de mon client, à pendre et à dépendre, quand il est le mien. Ami ou ennemi, tel est mon caractère.

—Eh bien, je serai toute à vous, dit la Cibot, et, quant aux honoraires, M. Poulain...

—Ne parlons pas de cela, dit Fraisier. Songez à maintenir Poulain au chevet du malade ; le docteur est un des cœurs les plus honnêtes, les plus purs que je connaisse, et il nous faut là, voyez-vous, un homme sûr... Poulain vaut mieux que moi, je suis devenu méchant.

—Vous en avez l'air, dit la Cibot ; mais, moi, je me fierais à vous...

—Et vous auriez raison ! dit-il !... Venez me voir à chaque incident, et allez... Vous êtes une femme d'esprit, tout ira bien.

—Adieu, mon cher monsieur Fraisier ; bonne santé... Votre servante.

Fraisier reconduisit la cliente jusqu'à la porte, et, là, comme elle la veille avec le docteur, il lui dit son dernier mot :

—Si vous pouviez faire réclamer mes conseils par M. Pons, ce serait un grand pas de fait.

—Je tâcherai, répondit la Cibot.

—Ma grosse mère, reprit Fraisier en faisant rentrer la Cibot jusque dans son cabinet, je connais beaucoup M. Trognon, notaire, c'est le notaire du quartier. Si M. Pons n'a pas de notaire, parlez-lui de celui-là... faites-le-lui prendre.

—Compris, répondit la Cibot.

En se retirant, la portière entendit le frôlement d'une robe et le bruit d'un pas pesant qui voulait se rendre léger. Une fois seule et dans la rue, la portière, après avoir marché pendant un certain temps, recouvra sa liberté d'esprit. Quoiqu'elle restât sous l'influence de cette conférence, et qu'elle eût toujours une grande frayeur de l'échafaud, de la justice, des juges, elle prit une résolution très-naturelle et qui l'allait mettre en lutte sourde avec son terrible conseiller.

—Eh! qu'ai-je besoin, se dit-elle, de me donner des associés? Faisons ma pelote, et, après, je prendrai tout ce qu'ils m'offriront pour servir leurs intérêts...

Cette pensée devait hâter, comme on va le voir, la fin du malheureux musicien.

—Eh bien, mon cher monsieur Schmucke, dit la Cibot en entrant dans l'appartement, comment va notre cher adoré de malade?

—*Bas pien,* répondit l'Allemand. *Bons hâ paddi* (battu) *la gambagne bentant didde la nouitte.*[a]

—*Qué* qu'il disait donc?

---

[a] La campagne pendant toute la nuit.

—*Tes pêtisses! qu'il foulait que c'husse tidde sa vordine* (fortune), *à la gondission te na rien fendre... Et il bleurait! Baufre homme! Ça m'a vait pien ti mâle!*[b]

—Ça passera, mon cher bichon! reprit la portière. Je vous ai fait attendre votre déjeuner, vu qu'il[1] s'en va de neuf heures; mais ne me grondez pas... Voyez-vous, j'ai eu bien des affaires... rapport à vous. V'là que nous n'avons plus rien, et je me suis procuré de l'argent!...

—*Et gomment?* dit le pianiste.

—Et ma tante!

—*Guèle dande?* (Quelle tante)

—Le plan!

—*Le bland?*

—Oh! cher homme! est-il simple! Non, vous êtes un saint, n'un amour, un archevêque d'innocence, un homme à empailler, comme disait cet ancien acteur. Comment! vous êtes à Paris depuis vingt-neuf ans, vous avez vu, quoi... la révolution de Juillet, et vous ne connaissez pas le *monde-piété*...[2] les commissionnaires où l'on vous prête sur vos hardes!... J'y ai mis tous nos couverts d'argent.

—*Ponne phâmme! cueir ziblime!*[a] dit le pauvre musicien en prenant la main de la Cibot et la mettant sur son cœur avec une expression d'attendrissement.

Cet ange leva les yeux au ciel, les montra pleins de larmes.

---

[b] Des bêtises! qu'il voulait que j'eusse toute sa fortune à la condition de ne rien vendre. Et il pleurait, ça m'a fait bien du mal.

[a] Bonne femme, coeur sublime.

—Finissez donc, papa Schmucke, vous êtes drôle.
V'là-t-il pas quelque chose de fort![2] Je suis n'une
vieille fille du peuple, j'ai le cœur sur la main. J'ai de
ça, voyez-vous, dit-elle en se frappant le sein, autant
que vous deux, qui êtes des âmes d'or...

—*Baba Schmucke?*... reprit le musicien. *Non, t'aller
au fond di chagrin, t'y bleurer tes larmes de sang, et te
monder tans le ciel, ça me prise! che ne sirfifrai pas à
Bons...*[b]

—Parbleu! je le crois bien, vous vous tuez... Écoutez, mon bichon...

—*Pigeon!*

—Eh bien, mon fiston...

—*Visdon?*

—Mon chou, na! si vous aimez mieux.

—*Ça n'esde bas blis glair*... (Ça n'est pas plus clair.)

—Eh bien, laissez-moi vous soigner et vous diriger,
ou, si vous continuez ainsi, voyez-vous, j'aurai deux
malades sur les bras... Selon ma petite entendement,[3]
il faut nous partager la besogne ici. Vous ne pouvez
plus aller donner des leçons dans Paris, que ça vous
fatigue et que vous n'êtes plus propre à rien ici, où il
va falloir passer les nuits, puisque M. Pons devient de
plus en plus malade. Je vais courir aujourd'hui chez
toutes vos pratiques et leur dire que vous êtes malade,
pas vrai... Et que deviendriez-vous, si je tombais malade?... Et vous aussi, c'est à faire frémir, voyez comme
vous êtes, pour avoir veillé monsieur cette nuit...

---

[b] D'y pleurer des larmes de sang, et de monter dans le ciel,
ça me brise, je ne survivrai pas.

Elle amena Schmucke devant la glace, et Schmucke se trouva fort changé.

—Donc, si vous êtes de mon avis, je vas vous servir *dare dare* votre déjeuner. Puis vous garderez encore notre amour jusqu'à deux heures. Mais vous allez me donner la liste de vos pratiques, et j'aurai bientôt fait, vous serez libre pour quinze jours. Vous vous coucherez à mon arrivée, et vous vous reposerez jusqu'à ce soir.

Cette proposition était si sage, que Schmucke y adhéra sur-le-champ.

Une heure après, la Cibot s'endimancha, partit en milord au grand étonnement de Rémonencq, et se promit de représenter dignement la femme de confiance des deux casse-noisettes dans tous les pensionnats, chez toutes les personnes où se trouvaient les écolières des deux musiciens.

Il est inutile de rapporter les différents commérages, exécutés comme les variations d'un thème, auxquels la Cibot se livra chez les maîtresses de pension et au sein des familles, il suffira de la scène qui se passa dans le cabinet directorial de L'ILLUSTRE GAUDISSART, où la portière pénétra, non sans des difficultés inouïes. Les directeurs de spectacle, à Paris, sont mieux gardés que les rois et les ministres. La Cibot franchit toutes les distances par l'intimité subite qui s'établit entre elle et le concierge. Les portiers se reconnaissent entre eux, comme tous les gens de même profession. Chaque état a ses *shiboleth*,[1] comme il a son injure et ses stigmates.

Gaudissart venait d'arriver pour une répétition.

Le hasard voulut que personne n'eût à lui parler, que les auteurs de la pièce et les acteurs fussent en retard ; il fut charmé d'avoir des nouvelles de son chef d'orchestre, il fit un geste napoléonien, et la Cibot entra.

—A qui ai-je l'honneur de parler ? dit Gaudissart en arrêtant sur la Cibot un regard directorial.

—Je suis, monsieur, la femme de confiance de M. Pons.

—Eh bien, comment va-t-il, ce cher garçon ?

—Mal, très-mal, monsieur.

—Diable ! diable ! j'en suis fâché... Je l'irai voir,[1] car c'est un de ces hommes rares...

—Ah ! oui, monsieur, un vrai chérubin... Je me demande encore comment cet homme-là se trouvait dans un théâtre...

—Mais, madame, le théâtre est un lieu de correction pour les mœurs,... dit Gaudissart. Pauvre Pons !... ma parole d'honneur, on devrait avoir de la graine pour entretenir cette espèce-là... c'est un homme modèle, et du talent !... Quand croyez-vous qu'il pourra reprendre son service ? Car le théâtre, malheureusement, ressemble aux diligences qui, vides ou pleines, partent à l'heure : la toile se lève ici tous les jours à six heures... et nous aurions beau nous apitoyer, ça ne ferait pas de bonne musique... Voyons, où en est-il ?

—Hélas, mon bon monsieur, dit la Cibot en tirant son mouchoir et en se le mettant sur les yeux, c'est bien terrible à dire,[2] mais je crois que nous aurons le malheur de le perdre, quoique nous le soignions comme la prunelle de nos yeux,... M. Schmucke et moi ;... même que je viens vous dire que vous ne devez plus compter sur ce digne M. Schmucke, qui va passer toutes les nuits... On ne peut pas s'empêcher de faire comme s'il y avait de l'espoir, et d'essayer d'arracher ce digne et cher homme à la mort... Le médecin n'a plus d'espoir...

—Et de quoi meurt-il?

—De chagrin, de jaunisse, du foie, et tout cela compliqué de bien des choses de famille.

—Et d'un médecin, dit Gaudissart. Il aurait dû prendre le docteur Lebrun, notre médecin, ça n'aurait rien coûté...

—Monsieur en a un qu'est un dieu,... mais que peut faire un médecin, malgré son talent, contre tant de causes?

—J'avais bien besoin de ces deux braves casse-noisettes pour la musique de ma nouvelle féerie..

—Est-ce quelque chose que je puisse faire pour eux?... dit la Cibot d'un air digne de Jocrisse.[1]

Gaudissart éclata de rire.

Monsieur, je suis leur femme de confiance, et il y a bien des choses que ces messieurs...

Aux éclats de rire de Gaudissart, une femme s'écria:

—Si tu ris, on peut entrer, mon vieux.

Et le premier sujet de la danse fit irruption dans le cabinet en se jetant sur le seul canapé qui s'y trouvât. C'était Héloïse Brisetout, enveloppée d'une magnifique écharpe dite *algérienne*...

—Allons, je suis pressé, dit Gaudissart. Héloïse, madame est la femme de confiance de notre pauvre chef d'orchestre qui se meurt; elle vient me dire de ne plus compter sur lui; je suis dans l'embarras.

—Ah! le pauvre homme! mais il faut donner une représentation à son bénéfice.

—Ça le ruinerait! dit Gaudissart, il pourrait le lendemain devoir cinq cents francs aux hospices, qui ne reconnaissent pas d'autres malheureux à Paris que les leurs. Non, tenez, ma bonne femme, puisque vous concourez pour le prix Montyon...

Gaudissart sonna, le garçon de théâtre se présenta soudain.

—Dites au caissier de m'envoyer un billet de mille francs. Asseyez-vous, madame.

—Ah! pauvre femme, voilà qu'elle pleure!... s'écria la danseuse. C'est bête... Allons, ma chère, nous irons le voir, consolez-vous.

Un instant après le caissier entra, tenant à la main un billet de mille francs.

—Donnez cela à madame, dit Gaudissart.—Adieu, ma brave femme; soignez bien ce cher homme, et dites-lui que j'irai le voir,[1] demain ou après,... dès que je le pourrai.

—Ah! monsieur, des cœurs comme le vôtre ne se trouvent qu'au théâtre. Que Dieu vous bénisse!

La portière, mieux récompensée pour avoir causé tant de mal que si elle avait fait une bonne action, supprima toutes les recettes des deux amis, et les priva de leurs moyens d'existence, dans le cas où Pons recouvrerait la santé. Cette perfide manœuvre devait amener en quelques jours le résultat désiré par la Cibot, l'aliénation des tableaux convoités par Élie Magus. Pour réaliser cette première spoliation, la Cibot devait endormir le terrible collaborateur qu'elle s'était donné, l'avocat Fraisier, et obtenir une entière discrétion d'Élie Magus et de Rémonencq.

Un matin, la Cibot, à son lever, examina Rémonencq d'un air rêveur au moment où il arrangeait les bagatelles de son étalage, et voulut savoir jusqu'où pourrait aller son amour.

—Eh bien, vint lui dire l'Auvergnat, les choses vont-elles comme vous le voulez?

—C'est vous qui m'inquiétez, lui répondit la Cibot. Vous me compromettez, ajouta-t-elle, les voisins finiront par apercevoir vos yeux en manches de veste.[1]

Elle quitta la porte et s'enfonça dans les profondeurs de la boutique de l'Auvergnat.

—En voilà une idée! dit Rémonencq.

—Venez, que je vous parle, dit la Cibot. Les héritiers de M. Pons vont se remuer, et ils sont capables de nous faire bien de la peine. Dieu sait ce qui nous arriverait, s'ils envoyaient des gens d'affaires qui fourreraient leur nez partout, comme des chiens de chasse. Je ne peux décider M. Schmucke à vendre quelques tableaux que si vous m'aimez assez pour en garder le secret,... oh! mais un secret! que la tête sur le billot vous ne diriez rien,... ni d'où viennent les tableaux, ni qui les a vendus. Vous comprenez, M. Pons une fois mort et enterré, qu'on trouve cinquante-trois tableaux au lieu de soixante-sept, personne n'en saura le compte! D'ailleurs, si M. Pons en a vendu de son vivant, on n'a rien à dire.

—Oui, répondit Rémonencq, pour moi ça m'est égal; mais M. Élie Magus voudra des quittances bien en règle.

—Vous aurez aussi votre quittance, pardine! Croyez-vous que ce sera moi qui vous écrirai cela!... Ce sera

M. Schmucke! Mais vous direz à votre juif, reprit la portière, qu'il soit aussi discret que vous.

—Nous serons muets comme des poissons. C'est dans notre état. Moi, je sais lire, mais je ne sais pas écrire, voilà pourquoi j'ai besoin d'une femme instruite et capable comme vous!... Moi qui n'ai jamais pensé qu'à gagner du pain pour mes vieux jours, je voudrais des petits Rémonencq... Laissez-moi là votre Cibot!

—Mais voilà votre juif, dit la portière, nous pouvons arranger les affaires.

—Eh bien, ma chère dame, dit Élie Magus, qui venait tous les trois jours, de très-grand matin, savoir quand il pourrait acheter ses tableaux, où en sommes-nous?

—N'avez-vous personne qui vous ait parlé[1] de M. Pons et de ses *bibelots?* lui demanda la Cibot.

J'ai reçu, répondit Élie Magus, une lettre d'un avocat; mais, comme c'est un drôle qui me paraît être un petit coureur d'affaires, et que[2] je me défie de ces gens-là, je n'ai rien répondu. Au bout de trois jours, il est venu me voir, et il a laissé une carte; j'ai dit à mon concierge que je serais toujours absent quand il viendrait...

—Vous êtes un amour de juif, dit la Cibot, à qui la prudence d'Élie Magus était peu connue. Eh bien, mes fistons, d'ici à quelques jours, j'amènerai M. Schmucke à vous vendre sept ou huit tableaux, dix au plus; mais à deux conditions. La première, un secret absolu. Ce sera M. Schmucke qui vous aura fait venir, pas vrai, monsieur? Ce sera M. Rémonencq qui vous aura proposé à M. Schmucke pour acquéreur. Enfin, quoi qu'il en soit, je n'y serai pour rien. Vous donnez quarante-six mille francs des quatre tableaux ?

—Soit, répondit le juif en soupirant.

—Très-bien, reprit la portière. La deuxième condition est que vous m'en remettrez quarante-trois mille, et que vous ne les achèterez que trois mille à M. Schmucke; Rémonencq en achètera quatre pour deux mille francs, et me remettra le surplus... Mais aussi, voyez-vous, mon cher monsieur Magus, après cela, je vous fais faire, à vous et à Rémonencq, une fameuse affaire, à condition de partager les bénéfices entre nous trois. Je vous mènerai chez cet avocat, ou cet avocat viendra sans doute ici. Vous estimerez tout ce qu'il y a chez M. Pons au prix que vous pouvez en donner, afin que M. Fraisier ait une certitude de la valeur de la succession. Seulement, il ne faut pas qu'il vienne avant notre vente, entendez-vous ?...

—C'est compris, dit le juif; mais il faut du temps pour voir les choses et en dire le prix.

—Vous aurez une demi-journée. Allez, ça me regarde... Causez de cela, mes enfants, entre vous; pour lors, après-demain, l'affaire se fera. Je vais chez ce Fraisier lui parler, car il sait tout ce qui se passe ici par le docteur Poulain, et c'est une fameuse scie que de le faire tenir tranquille, ce coco-là.

A moitié chemin de la rue de Normandie à la rue de la Perle, la Cibot trouva Fraisier qui venait chez elle, tant il était impatient d'avoir, selon son expression, les éléments de l'affaire.

—Tiens! j'allais chez vous, dit-elle.

Fraisier se plaignit de n'avoir pas été[1] reçu par Élie

Magus; mais la portière éteignit l'éclair de défiance
qui pointait dans les yeux de l'homme de loi en lui
disant que Magus revenait de voyage, et qu'au plus
tard le surlendemain, elle lui procurerait une entrevue
5 avec lui dans l'appartement de Pons, pour fixer la
valeur de la collection.

—Agissez franchement avec moi, lui répondit Fraisier. Il est plus que probable[2] que je serai chargé des
intérêts des héritiers de M. Pons. Dans cette position,
10 je serai bien plus à même de vous servir.[3]

Cela fut dit si sèchement, que la Cibot trembla. Cet
homme d'affaires famélique devait manœuvrer de son
côté, comme elle manœuvrait du sien; elle résolut donc
de hâter la vente des tableaux. La Cibot ne se trom-
15 pait pas dans ses conjectures. L'avocat et le médecin
avaient fait la dépense d'un habillement tout neuf pour
Fraisier, afin qu'il pût se présenter, mis décemment,
chez madame la présidente Camusot de Marville. Le
temps voulu pour la confection des habits était la seule
20 cause du retard apporté à cette entrevue, de laquelle
dépendait le sort des deux amis. Après sa visite à
madame Cibot, Fraisier se proposait d'aller essayer son
habit, son gilet et son pantalon. Il trouva ses habillements prêts et finis. Il revint chez lui, mit une perruque
25 neuve, et partit en cabriolet de remise, sur les dix heures
du matin, pour la rue de Hanovre, où il espérait pouvoir obtenir une audience de la présidente. Fraisier,
en cravate blanche, en gants jaunes, en perruque neuve,
parfumé d'eau de Portugal, ressemblait à ces poisons
mis dans du cristal et bouchés d'une peau blanche, dont
l'étiquette, tout, jusqu'au fil, est coquet, mais qui n'en

paraissent que plus dangereux. Son air tranchant, sa figure bourgeonnée, sa maladie cutanée, ses yeux verts, sa saveur de méchanceté, frappaient comme des nuages sur un ciel bleu. Dans son cabinet, tel qu'il s'était montré aux yeux de la Cibot, c'était le vulgaire couteau avec lequel un assassin a commis un crime ; mais, à la porte de la présidente, c'était le poignard élégant qu'une jeune femme met dans son petit dunkerque.

Fraisier parvint sans peine jusqu'à Madeleine Vivet. Ces deux natures de vipère se reconnurent pour être sorties du même œuf.

—Mademoiselle, dit doucereusement Fraisier, je désirerais obtenir un moment d'audience de madame la présidente pour une affaire qui lui est personnelle et qui concerne sa fortune ; il s'agit, dites-le-lui bien, d'une succession... Je n'ai pas l'honneur d'être connu de madame la présidente, ainsi mon nom ne signifierait rien pour elle... Je n'ai pas l'habitude de quitter mon cabinet, mais je sais quels égards sont dus à la femme d'un président, et j'ai pris la peine de venir moi-même, d'autant plus que l'affaire ne souffre pas le plus léger retard.

La question posée dans ces termes-là, répétée et amplifiée par la femme de chambre, amena naturellement une réponse favorable. Ce moment était décisif pour les deux ambitions contenues en Fraisier. Aussi, malgré son intrépidité de petit avoué de province, cassant, âpre et incisif, il éprouva ce qu'éprouvent les capitaines au début d'une bataille d'où dépend le succès de la campagne. En passant dans le petit salon où l'attendait Amélie, il eut ce qu'aucun sudorifique, quelque puissant qu'il fût,[1] n'avait pu produire encore sur cette peau réfractaire et bouchée par d'affreuses maladies, il sentit une légère sueur dans le dos et au front.

—Madame la présidente, si j'ai pris la liberté de m'adresser à vous pour une affaire d'intérêt qui concerne M. le président, c'est que j'ai la certitude que M. de Marville, dans la haute position qu'il occupe, laisserait peut-être les choses dans leur état naturel, et qu'il perdrait sept à huit cent mille francs que les dames, qui s'entendent, selon moi, beaucoup mieux aux affaires privées que les meilleurs magistrats, ne dédaignent point...

—Vous avez parlé d'une succession..., dit la présidente en interrompant.

—Oui, madame, d'une succession perdue pour vous, oh! bien entièrement perdue, mais que je puis, que je saurai vous faire avoir...

—Parlez, monsieur! dit froidement madame de Marville, qui toisa Fraisier et l'examina d'un œil sagace.

—Madame, je connais vos éminentes capacités, je suis de Mantes. M. Lebœuf, le président du tribunal, l'ami de M. de Marville, pourra lui donner des renseignements sur moi...

La présidente fit un haut-le-corps si cruellement significatif, que Fraisier fut forcé d'ouvrir et de fermer rapidement une parenthèse dans son discours:

—Une femme aussi distinguée que vous va comprendre sur-le-champ pourquoi je lui parle d'abord de moi. C'est le chemin le plus court pour arriver à la succession.

La présidente répondit, sans parler, à cette fine observation, par un geste.

Fraisier relates some of his history to la Présidente and puts two conditions for bringing the inheritance of Pons to her: 1. to be appointed "juge de paix." 2. Dr. Poulain to be "nommé médecin en chef d'un hôpital ou des collèges royaux." She consents.

Je vous promets les deux places, en cas de succès, bien entendu...
—J'en réponds, madame. Seulement, vous aurez la bonté de faire venir ici votre notaire, votre avoué, lorsque j'aurai besoin d'eux, de me donner une procuration pour agir au nom de M. le président, et dire à ces messieurs de suivre mes instructions, de ne rien entreprendre de leur chef.
—Vous avez la responsabilité, dit solennellement la présidente, vous devez avoir l'omnipotence. Mais M. Pons est-il bien malade? demanda-t-elle en souriant.
Ma foi, madame, il s'en tirerait, surtout soigné par un homme aussi consciencieux que le docteur Poulain, car mon ami, madame, n'est qu'un innocent espion dirigé par moi dans vos intérêts, il est capable de sauver ce vieux musicien; mais il y a là, près du malade, une portière qui, pour avoir trente mille francs, le pousserait dans la fosse... Elle ne le tuerait pas, elle ne lui donnera pas d'arsenic, elle ne sera pas si charitable, elle fera pis, elle l'assassinera moralement, elle lui donnera mille impatiences par jour. Le pauvre vieillard, dans une sphère de silence, de tranquillité, bien soigné,

caressé par des amis, à la campagne, se rétablirait ; mais, tracassé par une madame Évrard qui, dans sa jeunesse, était une des trente belles écaillères que Paris a célébrées, avide, bavarde, brutale, tourmenté par elle pour faire un testament où elle soit richement partagée, le malade sera conduit fatalement jusqu'à l'induration du foie, il s'y forme peut-être en ce moment des calculs, et il faudra recourir pour les extraire à une opération qu'il ne supportera pas... Le docteur, une belle âme !... est dans une affreuse situation. Il devrait faire renvoyer cette femme...

—Mais cette mégère est un monstre ! s'écria la présidente en faisant sa petite voix flûtée.

Je ne voudrais pas d'un million, dit-elle, au prix d'une indélicatesse... Votre ami doit éclairer M. Pons, et faire renvoyer cette portière.

—D'abord, madame, MM. Schmucke et Pons croient que cette femme est un ange, et renverraient mon ami. Puis cette atroce écaillère est la bienfaitrice du docteur, elle l'a introduit chez M. Pillerault. Il recommande à cette femme la plus grande douceur avec le malade, mais ses recommandations indiquent à cette créature les moyens d'empirer la maladie.

—Que pense votre ami de l'état de *mon* cousin ? demanda la présidente.

Fraisier fit trembler madame de Marville par la justesse de sa réponse et par la lucidité avec laquelle il pénétra dans ce cœur, aussi avide que celui de la Cibot.

—Dans six semaines, la succession sera ouverte.

La présidente baissa les yeux.

Pauvre homme ! dit-elle en essayant, mais en vain, de prendre une physionomie attristée.

—Eh bien, dit la présidente, je vous somme de répondre avec candeur à cette question : M. de Marville ou moi, devons-nous être compromis par suite de vos démarches ?...

—Je ne serais pas venu vous trouver, madame, si je pouvais un jour me reprocher d'avoir jeté de la boue sur vous, n'y en eût-il que gros comme la tête d'une épingle, car alors la tache paraît grande comme la lune. Vous oubliez, madame, que, pour devenir juge de paix à Paris, je dois vous avoir satisfaits.[1] J'ai reçu, dans ma vie, une première leçon, elle a été trop dure pour que je m'expose à recevoir encore de pareilles étrivières. Enfin, un dernier mot, madame. Toutes mes démarches, quand il s'agira de vous, vous seront préalablement soumises...

—Très-bien. J'attends maintenant les renseignements sur la valeur de la succession.

—Quelle providence ! se dit madame Camusot de Marville. Ah ! je serai donc riche ! Camusot sera député, car, en lâchant ce Fraisier dans l'arrondissement de Bolbec, il nous obtiendra la majorité. Quel instrument !

—Quelle providence ! se disait Fraisier en descendant l'escalier, et quelle commère que madame Camusot ! Il me faudrait une femme dans ces conditions-là ! Maintenant, à l'œuvre !

La Cibot, pour arriver à une brouille momentanée nécessaire à la réalisation de ses bénéfices immédiats, raconta sa visite au directeur du théâtre.

—Mais qu'allez-vous faire là ? lui demanda pour la troisième fois le malade, qui ne pouvait arrêter la Cibot dès qu'elle était en paroles.

—Mais j'y suis allée pour tirer d'embarras votre M. Gaudissart ; il a besoin d'une musique pour un ballet, et vous n'êtes guère en état, mon chéri, de gribouiller du papier et de remplir votre devoir... J'ai donc entendu, comme ça, qu'on appellerait un M. Garangeot pour arranger *les Mohicans* en musique...

—Garangeot ! s'écria Pons en fureur, Garangeot, un homme sans aucun talent, je n'ai pas voulu de lui pour premier violon ! C'est un homme de beaucoup d'esprit, qui fait très-bien des feuilletons sur la musique ; mais, pour composer un air, je l'en défie !... Et où diable avez-vous pris l'idée d'aller au théâtre ?

—Mais est-il *ostiné,* ce démon-là !... Voyons, mon chat, ne nous emportons pas comme une soupe au lait... Pouvez-vous écrire de la musique dans l'état où vous êtes ? Mais vous ne vous êtes donc pas regardé au miroir ? Voulez-vous un miroir ? Vous n'avez plus que la peau sur les os,... vous êtes faible comme un moineau,... et vous vous croyez capable de faire vos notes,... mais vous ne feriez pas seulement les miennes... Ça me fait penser que je dois monter chez celle du troisième, qui nous doit dix-sept francs,... et c'est bon à ramasser, dix-sept francs ; car, l'apothicaire payé, il ne nous reste pas vingt francs... Fallait donc dire à cet homme, qui a l'air d'être un bon homme, à M. Gaudissart... J'aime ce nom-là,... c'est un vrai Roger Bontemps[1] qui m'irait bien... Il n'aura jamais mal au foie, celui-là !... Donc, il fallait lui dire où vous en étiez... Dame ! vous n'êtes pas bien, et il vous a momentanément remplacé...

—Remplacé! s'écria Pons d'une voix formidable en se dressant sur son séant.

En général, les malades, surtout ceux qui sont dans l'envergure de la faux de la Mort, s'accrochent à leurs places avec la fureur que déploient les débutants pour les obtenir. Aussi son remplacement parut-il être au pauvre moribond une première mort.

—Mais le docteur me dit, reprit-il, que je vas[2] parfaitement bien! que je reprendrai bientôt ma vie ordinaire. Vous m'avez tué, ruiné, assassiné!...

—Ta ta ta ta! s'écria la Cibot, vous voilà parti![3] allez, je suis votre bourreau, vous dites ces douceurs-là, toujours, parbleu! à M. Schmucke, quand j'ai le dos tourné. J'entends bien ce que vous dites, allez!... Vous êtes un monstre d'ingratitude.

—Mais vous ne savez pas que, si ma convalescence tarde seulement de quinze jours, on me dira, quand je reviendrai, que je suis une perruque, un vieux, que mon temps est fini, que je suis Empire, rococo![4] s'écria le malade qui voulait vivre. Garangeot se sera fait des amis, dans le théâtre, depuis le contrôle jusqu'au cintre! Il aura baissé le diapason pour une actrice qui n'a pas de voix, il aura léché les bottes de M. Gaudissart; il aura, par ses amis, publié les louanges de tout le monde dans les feuilletons; et, alors, dans une boutique comme celle-là, Madame Cibot, on sait trouver des poux à la tête d'un chauve!... Quel démon vous a poussée là?...

Mais, parbleu! M. Schmucke a discuté la chose avec moi pendant huit jours. Que voulez-vous! vous ne voyez rien que vous! vous êtes un égoïste à tuer les gens pour vous guérir!.. Mais ce pauvre M. Schmucke est depuis un mois sur les dents, il marche sur ses boulets,[1] il ne peut plus aller nulle part, ni donner des leçons, ni faire de service au théâtre, car vous ne voyez donc rien? il vous garde la nuit, et je vous garde le jour. Au jour d'aujourd'hui,[2] si je passais les nuits comme j'ai tâché de le faire d'abord, en croyant que vous n'auriez rien, il me faudrait dormir pendant la journée! Et *qué* qui[3] veillerait au ménage et au grain?... Et que voulez-vous, la maladie est la maladie!... et voilà!...

La Cibot pouvait parler à son aise, la colère empêchait Pons de dire un mot, il se roulait dans son lit, articulait péniblement des interjections, il se mourait. Comme toujours, arrivée à cette période, la querelle tournait subitement au tendre. La garde se précipita sur le malade, le prit par la tête, le força de se coucher, ramena sur lui la couverture.

La Cibot, cette atroce comédienne, se mit son mouchoir sur les yeux. Cette muette réponse fit tomber le malade dans une sombre rêverie. Abattu par ces deux coups portés dans des endroits si sensibles, la vie sociale et la santé, la perte de son état et la perspective de la mort, il s'affaissa tant, qu'il n'eut plus la force de se mettre en colère. Et il resta morne comme un poitrinaire après son agonie.

—Voyez-vous, dans l'intérêt de M. Schmucke, dit la Cibot en voyant sa victime tout à fait matée, vous feriez bien d'envoyer chercher le notaire du quartier, M. Trognon, un bien brave homme.

—Vous me parlez toujours de ce Trognon,... dit le malade.

—Ah! ça m'est bien égal, lui ou un autre, pour ce que vous me donnerez![1]

Et elle hocha la tête en signe de mépris des richesses. Le silence se rétablit.

En ce moment, Schmucke, qui dormait depuis plus de six heures, réveillé par la faim, se leva, vint dans la chambre de Pons et le contempla pendant quelques instants sans mot dire, car madame Cibot s'était mis un doigt sur les lèvres en faisant:

—Chut!

Puis elle se leva, s'approcha de l'Allemand pour lui parler à l'oreille et lui dit:

—Dieu merci! le voilà qui va s'endormir, il est méchant comme un âne rouge!... Que voulez-vous! il se défend contre la maladie...

—Non, je suis, au contraire, très-patient, répondit la victime d'un ton dolent qui accusait un effroyable abattement; mais, mon cher Schmucke, elle est allée au théâtre me faire renvoyer.

Il fit une pause, il n'eut pas la force d'achever. La Cibot profita de cet intervalle pour peindre par un signe à Schmucke l'état d'une tête d'où la raison déménage, et dit:

—Ne le contrariez pas, il mourrait...

—Et, reprit Pons en regardant l'honnête Schmucke, elle prétend que c'est toi qui l'as envoyée...

—*Ui*, répondit Schmucke héroïquement, *il le vallait. Dais-doi!... laisse-nus de saufer!... C'esde tes bêdises que te d'ébuiser à drafailler quand du as ein dressor... Rédablis-doi, nus fentrons quelque pric-à-prac ed nus viniron nos churs dranquillement dans ein going, afec cesde ponne montame Zibod...*[a]

—Elle m'assassine! ajouta-t-il.

—Comment, je vous assassine?... dit-elle en se montrant l'œil enflammé, ses poings sur les hanches. Voilà donc la récompense d'un dévouement de chien caniche?... Dieu de Dieu!

Elle fondit en larmes, se laissa tomber sur un fauteuil, et ce mouvement tragique causa la plus funeste révolution à Pons.

—Eh bien, dit-elle en se relevant et montrant aux deux amis ces regards de femme haineuse qui lancent à la fois des coups de pistolet et du venin, je suis lasse de ne rien faire de bien ici en m'exterminant le tempérament. Vous prendrez une garde!

Les deux amis se regardèrent effrayés.

—Oh! quand vous vous regarderez comme des acteurs! C'est dit! Je vas prier le docteur Poulain de vous chercher une garde! Et nous allons faire nos comptes. Vous me rendrez l'argent que j'ai mis ici... et que je ne vous aurais jamais redemandé,... moi qui suis allée chez M. Pillerault lui emprunter encore cinq cents francs...

—*C'esde sa malatie!* dit Schmucke en se précipitant sur madame Cibot et l'embrassant par la taille, *ayez te la badience!* (patience)

---

[a] Oui, il le fallait. Tais-toi. Laisse-nous te sauver. C'est des bêtises que de t'épuiser à travailler quand tu as un trésor. Rétablis-toi, nous vendrons quelque bric-à-brac et nous finirons nos jours tranquillement dans un coin, avec cette bonne—.

—Vous, vous êtes un ange, que je baiserais la marque de vos pas, dit-elle. Mais M. Pons ne m'a jamais aimée, i! m'a toujours z'haïe!...[1] D'ailleurs, il peut croire que je veux être mise sur son testament...

—*Chit! fus allez le duer!* s'écria Schmucke. (chut)

—Adieu, monsieur, vint-elle dire à Pons en le foudroyant par un regard. Pour le mal que je vous veux, portez-vous bien. Quand vous serez aimable pour moi, quand vous croirez que ce que je fais est bien fait, je reviendrai! Jusque-là, je reste chez moi... Vous étiez mon enfant, depuis quand a-t-on vu[2] les enfants se révolter contre leurs mères?... — Non, non, monsieur Schmucke, je ne veux rien entendre... Je vous apporterai votre dîner, je vous servirai; mais prenez une garde, demandez-en une à M. Poulain.

Et elle sortit en fermant les portes avec tant de violence que les objets frêles et précieux tremblèrent.

Une heure après, la Cibot, au lieu d'entrer chez Pons, vint appeler Schmucke à travers la porte de la chambre à coucher, en lui disant que son dîner l'attendait dans la salle à manger. Le pauvre Allemand y vint le visage blême et couvert de larmes.

—*Mon baufre Bons exdrafaque,* dit-il, *gar il bredend que fus êdes eine şcélérade. C'esde sa malatie,*[a] dit-il pour attendrir la Cibot sans accuser Pons.

—Oh! j'en ai assez, de sa maladie! Écoutez, ce n'est ni mon père, ni mon mari, ni mon frère, ni mon enfant. Il m'a prise en grippe, eh bien, en voilà assez! Vous, voyez-vous, je vous suivrais au bout du monde ; mais,

---

[a] Extravague... car il prétend que vous êtes une scélérate.

quand on donne sa vie, son cœur, toutes ses économies, qu'on néglige[2] son mari, que v'là Cibot malade, et qu'on s'entend traiter de scélérate,... c'est un peu trop fort de café comme ça...

—*Gavé?*

—Oui, café! Laissons les paroles oiseuses. Venons au positif! Pour lors, vous me devez trois mois à cent quatre-vingt-dix francs, ça fait cinq cent soixante et dix! plus, le loyer que j'ai payé deux fois, que voilà les quittances, six cents francs avec le sou pour livre et vos impositions;[3] donc, douze cents moins quelque chose, et enfin les deux mille francs, sans intérêt bien entendu; au total, trois mille cent quatre-vingt douze francs... Et pensez qu'il va vous falloir au moins deux mille francs devant vous pour la garde, le médecin, les médicaments et la nourriture de la garde. Voilà pourquoi j'empruntais mille francs à M. Pillerault, dit-elle en montrant le billet de mille francs donné par Gaudissart.

Schmucke écoutait ce compte dans une stupéfaction très-concevable, car il était financier comme les chats sont musiciens.

—*Montame Zipod, Bons n'a bas sa dêde! Bartonnez-lui, gondinuez à le carter, resdez nodre profitence,... cheu fus le temante à chenux.*[a]

Et l'Allemand se prosterna devant la Cibot en baisant les mains de ce bourreau.

—Mais de l'argent?... Mon bon monsieur Schmucke, une supposition, vous ne me donneriez rien, qu'il faut

---

[a] N'a pas sa tête. Pardonnez-lui, continuez à le garder, restez notre providence, je vous le demande à genoux.

trouver trois mille francs pour vos besoins! Ma foi, savez-vous ce que je ferais à votre place? Je n'en ferais ni une ni deux, je vendrais sept ou huit méchants tableaux, et je les remplacerais par quelques-uns de ceux qui sont dans votre chambre, retournés contre le mur, faute de place! car un tableau ou un autre, qu'est-ce que ça fait?

—*Ed bourquoi?* (Et pourquoi)

—Il est si malicieux! c'est sa maladie, car, en santé, c'est un mouton! Il est capable de se lever, de fureter; et, si par hasard il venait dans le salon, quoiqu'il soit si faible qu'il ne pourra plus passer le seuil de sa porte, il trouverait toujours son nombre!...

—*C'esde chiste!* (C'est juste)

—Mais nous lui dirons la vente quand il sera tout à fait bien. Si vous voulez lui avouer cette vente, vous rejetterez tout sur moi, sur la nécessité de me payer. Allez, j'ai bon dos...

—*Cheu ne buis bas tisboser te chosses qui ne m'abbardiennent bas,...*[b] répondit simplement le bon Allemand.

—Eh bien, je vais vous assigner en justice, vous et M. Pons.

—*Ce zerait le duer...* (serait le tuer)

—Choisissez!... Mon Dieu! vendez les tableaux, et dites-le-lui, après..., vous lui montrerez l'assignation...

—*Eh pien, azicnez-nus... ça sera mon egscusse... cheu lui mondrerai le chuchmend...*[c]

---

[b] Je ne puis pas disposer des choses qui ne m'appartiennent pas.
[c] Eh bien, assignez-nous... ça sera mon excuse,... je lui montrerai le jugement...

Le jour même, à sept heures, madame Cibot, qui était allée consulter un huissier, appela Schmucke. L'Allemand se vit en présence de M. Tabareau, qui le somma de payer ; et, sur la réponse que fit Schmucke en tremblant de la tête aux pieds, il fut assigné, lui et Pons, devant le tribunal pour se voir condamner au payement. L'aspect de cet homme, le papier timbré griffonné, produisirent un tel effet sur Schmucke, qu'il ne résista plus.

—*Fentez les dapleaux,* dit-il les larmes aux yeux. (Vendez les tableaux)

Le lendemain, à six heures du matin, Élie Magus et Rémonencq décrochèrent chacun leurs tableaux. Deux quittances de deux mille cinq cents francs furent ainsi faites parfaitement en règle :

"Je soussigné, me portant fort pour M. Pons, reconnais avoir reçu de M. Élie Magus la somme de deux mille cinq cents francs pour quatre tableaux que je lui ai vendus, ladite somme devant être employée aux besoins de M. Pons. L'un de ces tableaux, attribué à Durer, est un portrait de femme ; le second, de l'école italienne, est également un portrait ; le troisième est un paysage hollandais de Breughel ; le quatrième, un tableau florentin représentant une *Sainte Famille,* et dont le maître est inconnu."

La quittance donnée par Rémonencq était dans les mêmes termes et comprenait un Greuze, un Claude Lorrain, un Rubens et un Van Dyck, déguisés sous les noms de tableaux de l'école française et de l'école flamande.

—*Ced archent me verait groire que ces primporions*

falent quelque chosse,[a]... dit Schmucke en recevant les cinq mille francs.

—Ça vaut quelque chose,.. dit Rémonencq. Je donnerais bien cent mille francs de tout cela.

L'Auvergnat, prié de rendre ce petit service, remplaça les huit tableaux par des tableaux de même dimension dans les mêmes cadres, en choisissant parmi des tableaux inférieurs que Pons avait mis dans la chambre de Schmucke. Élie Magus, une fois en possession des quatre chefs-d'œuvre, emmena la Cibot chez lui, sous prétexte de faire leurs comptes. Mais il chanta misère, il trouva des défauts aux toiles, il fallait rentoiler, et il offrit à la Cibot trente mille francs pour sa commission; il lui fit accepter en lui montrant les papiers étincelants où la Banque a gravé le mot MILLE FRANCS! Magus condamna Rémonencq à donner pareille somme à la Cibot, en la lui prêtant sur les quatre tableaux, qu'il se fit déposer. Les quatre tableaux de Rémonencq parurent si magnifiques à Magus, qu'il ne put se décider à les rendre, et, le lendemain, il apporta six mille francs de bénéfice au brocanteur, qui lui céda les quatre toiles par facture. Madame Cibot, riche de soixante-huit mille francs, réclama de nouveau le plus profond secret de ses deux complices; elle pria le juif de lui dire comment placer cette somme de manière que personne ne pût la savoir en sa possession.

—Achetez des actions du chemin de fer d'Orléans, elles sont à trente francs au-dessous du pair, vous dou-

---

[a] Cet argent me ferait croire que ces brimborions valent quelque chose.

blerez vos fonds en trois ans, et vous aurez des chiffons de papier qui tiendront dans un portefeuille.

—Restez ici, monsieur Magus, je vais chez l'homme d'affaires de la famille de M. Pons, il veut savoir à quel prix vous prendriez tout le bataclan de là-haut... Je vais vous l'aller chercher.[1]

—Si elle était veuve! dit Rémonencq à Magus, ça serait bien mon affaire, car la voilà riche...

—Surtout si elle place son argent sur le chemin d'Orléans; dans deux ans, ce sera doublé. J'y ai placé mes pauvres petites économies, dit le juif, c'est la dot de ma fille... Allons faire un petit tour sur le boulevard en attendant l'avocat...

—Si Dieu voulait appeler à lui ce Cibot, qui est bien malade déjà, reprit Rémonencq, j'aurais une fière femme pour tenir un magasin, et je pourrais entreprendre le commerce en grand...

—Bonjour, mon bon monsieur Fraisier, dit la Cibot d'un ton patelin en entrant dans le cabinet de son conseil. Eh bien, que me dit donc votre portier, que vous vous en allez d'ici?...

—Oui, ma chère madame Cibot; je prends, dans la maison du docteur Poulain, l'appartement du premier étage, au-dessus du sien. Je cherche à emprunter deux à trois mille francs pour meubler convenablement cet appartement, qui, ma foi, est très-joli, le propriétaire l'a remis à neuf. Je suis chargé, comme je vous l'ai dit, des intérêts du président de Marville et des vôtres... Je quitte le métier d'agent d'affaires, je vais me faire inscrire au tableau des avocats, et il faut être très-bien logé. Les avocats de Paris ne laissent inscrire au tableau que des gens qui possèdent un mobilier respectable, une bibliothèque, etc. Je suis docteur en droit, j'ai fait mon stage, et j'ai déjà des protecteurs puissants... Eh bien, où en sommes-nous?

—Si vous vouliez accepter mes économies qui sont à la caisse d'épargne, lui dit la Cibot; je n'ai pas grand'chose, trois mille francs, le fruit de vingt-cinq ans d'épargnes et de privations... Vous me feriez une lettre de change, comme dit Rémonencq, car je suis ignorante, je ne sais que ce qu'on m'apprend...

—Non, les statuts de l'ordre interdisent à un avocat de souscrire des lettres de change; je vous en ferai un reçu portant intérêt à cinq pour cent, et vous me le rendrez si je vous trouve douze cents francs de rente viagère dans la succession du bonhomme Pons.

La Cibot, prise au piège, garda le silence.

—Qui ne dit mot consent, reprit Fraisier. Apportez-moi ça demain.

—Ah! je vous payerai bien volontiers vos honoraires d'avance, dit la Cibot, c'est être sûre que j'aurai mes rentes.

—Où en sommes-nous? reprit Fraisier en faisant un signe de tête affirmatif. J'ai vu Poulain hier au soir, il paraît que vous menez votre malade grand train... Encore un assaut comme celui d'hier, et il se formera des calculs dans la vésicule du fiel... Soyez douce avec lui, voyez-vous, ma chère madame Cibot, il ne faut pas se créer des remords. On ne vit pas vieux.

—Laissez-moi donc tranquille, avec vos remords!... N'allez-vous pas encore me parler de la guillotine? M. Pons, c'est un vieil *ostiné!* vous ne le connaissez pas ! c'est lui qui me fait *endêver !* Il n'y a pas un plus méchant homme que lui, ses parents avaient raison, il est sournois, vindicatif et *ostiné*... M. Magus est à la maison, comme je vous l'ai dit, et il vous attend.

—Bien !... j'y serai en même temps que vous. C'est de la valeur de cette collection que dépend le chiffre de votre rente ; s'il y a huit cent mille francs, vous aurez quinze cents francs viagers,... c'est une fortune !

—Eh bien, je vas leur dire d'évaluer les choses en conscience.

Une heure après, pendant que Pons dormait profondément, après avoir pris des mains de Schmucke une potion calmante, ordonnée par le docteur, mais dont la dose avait été doublée à l'insu de l'Allemand par la Cibot, Fraisier, Rémonencq et Magus, ces trois personnages patibulaires, examinaient pièce à pièce les dix-sept cents objets dont se composait la collection du vieux musicien.

Schmucke s'étant couché, ces corbeaux flairant leur cadavre furent maîtres du terrain.

—Ne faites pas de bruit, disait la Cibot toutes les fois que Magus s'extasiait et discutait avec Rémonencq en l'instruisant de la valeur d'une belle œuvre.

C'était un spectacle à navrer le cœur, que celui de ces quatre cupidités différentes soupesant la succession pendant le sommeil de celui dont la mort était le sujet de leurs convoitises. L'estimation des valeurs contenues dans le salon dura trois heures.

Tout à coup, sous le jet de ces trois rayons diaboliques, le malade ouvrit les yeux et jeta des cris perçants...

—Des voleurs!.. Les voilà!... A la garde! on m'assassine!

Évidemment, il continuait son rêve tout éveillé, car il s'était pressé sur son séant, les yeux agrandis, blancs, fixes, sans pouvoir bouger.

Élie Magus et Rémonencq gagnèrent la porte; mais ils y furent cloués par ce mot:

—Magus ici!... je suis trahi!...

Le malade était réveillé par l'instinct de la conservation de son trésor, sentiment au moins égal à celui de la conservation personnelle.

—Madame Cibot, qui est monsieur? cria-t-il en frissonnant à l'aspect de Fraisier, qui restait immobile.

—Pardieu! est-ce que je pouvais le mettre à la porte, dit-elle en clignant de l'œil et faisant signe à Fraisier. Monsieur s'est présenté tout à l'heure au nom de votre famille...

Fraisier laissa échapper un mouvement d'admiration pour la Cibot.

—Oui, monsieur, je venais de la part de madame la présidente de Marville, de son mari, de sa fille, vous témoigner leurs regrets; ils ont appris fortuitement votre maladie, et ils voudraient vous soigner eux-mêmes... Ils vous offrent d'aller à la terre de Marville y recouvrer la santé; madame la vicomtesse Popinot, la petite Cécile que vous aimez tant, sera votre garde-malade... elle a pris votre défense auprès de sa mère, elle l'a fait revenir de l'erreur où elle était.

—Et ils vous ont envoyé, mes héritiers! s'écria Pons indigné, en vous donnant pour guide le plus habile connaisseur, le plus fin expert de Paris?... Ah! la

charge est bonne, reprit-il en riant d'un rire de fou.
Vous venez évaluer mes tableaux, mes curiosités, mes
tabatières, mes miniatures!... Évaluez! vous avez un
homme qui, non-seulement a les connaissances en toute
chose, mais qui peut acheter, car il est dix fois millionnaire... Mes chers parents n'attendront pas longtemps
ma succession, dit-il avec une ironie profonde, ils m'ont
donné le coup de pouce...[1] Ah! madame Cibot, vous
vous dites ma mère et vous introduisez les marchands,
mon concurrent et les Camusot ici pendant que je
dors!...—Sortez tous!...

Et le malheureux, surexcité par la double action de
la colère et de la peur, se leva décharné.

—Prenez mon bras, monsieur, dit la Cibot en se précipitant sur Pons pour l'empêcher de tomber. Calmez-
vous donc, ces messieurs sont sortis.

—Je veux voir le salon!... dit le moribond.

La Cibot fit signe aux trois corbeaux de s'envoler;
puis elle saisit Pons, l'enleva comme une plume, et le
recoucha, malgré ses cris. En voyant le malheureux
collectionneur tout à fait épuisé, elle alla fermer la
porte de l'appartement. Les trois bourreaux de Pons
étaient encore sur le palier, et, lorsque la Cibot les vit,
elle leur dit de l'attendre, en entendant cette parole de
Fraisier à Magus:

—Écrivez-moi une lettre signée de vous deux, par
laquelle vous vous engageriez à payer neuf cent mille
francs comptants la collection de M. Pons, et nous
verrons à vous faire faire un beau bénéfice.

Puis il souffla dans l'oreille de la Cibot un mot, un

seul, que personne ne put entendre, et il descendit avec les deux marchands à la loge.

—Madame Cibot, dit le malheureux Pons, quand la portière revint, sont-ils partis?...

—Qui..., partis?... demanda-t-elle.

—Ces hommes?

—Quels hommes?... Allons, vous avez vu des hommes! dit-elle. Vous venez d'avoir un coup de fièvre chaude, que sans moi vous alliez passer par la fenêtre, et vous me parlez encore d'hommes... Allez-vous rester toujours comme ça?...

—Comment, là, tout à l'heure, il n'y avait pas un monsieur qui s'est dit envoyé par ma famille?...

—Allez-vous m'ostiner encore, reprit-elle. Ma foi, savez-vous où l'on devrait vous mettre? à *Chalenton!*[1]... Vous voyez des hommes...

—Élie Magus! Rémonencq!...

—Ah! pour Rémonencq, vous pouvez l'avoir vu, car il est venu me dire que mon pauvre Cibot va si mal, que je vais vous planter là pour reverdir. Mon Cibot avant tout, voyez-vous! Quand mon homme est malade, moi, je ne connais plus personne. Tâchez de rester tranquille et de dormir une couple d'heures, car j'ai dit d'envoyer chercher M. Poulain, et je reviendrai avec lui... Buvez et soyez sage.

—Il n'y avait personne dans ma chambre, là, tout à l'heure quand je me suis éveillé?...

—Personne! dit-elle. Vous aurez vu M. Rémonencq dans vos glaces.

—Vous avez raison, madame Cibot, dit le malade en devenant doux comme un mouton.

—Eh bien, vous voilà raisonnable... Adieu, mon chérubin, restez tranquille, je serai dans un instant à vous.

Quand Pons entendit fermer la porte de l'appartement, il rassembla ses dernières forces pour se lever, car il se dit:

—On me trompe! on me dévalise! Schmucke est un enfant qui se laisserait lier dans un sac!...

Et le malade, animé par le désir d'éclaircir la scène affreuse qui lui semblait trop réelle pour être une vision, put gagner la porte de sa chambre, il l'ouvrit péniblement, et se trouva dans son salon, où la vue de ses chères toiles, de ses statues, de ses bronzes florentins, de ses porcelaines, le ranima.

Pons misses eight of his best pictures and falls in a swoon. Schmucke with great difficulty carries him back to his room.

—Sans toi, je mourais! dit-il en se sentant le visage doucement baigné par les larmes du bon Allemand, qui riait et qui pleurait tout à la fois.

—Écoute, mon bon, et fidèle, et adorable ami! laisse-moi parler, le temps me presse, car je suis mort, je ne reviendrai pas de ces crises répétées.

Schmucke pleura comme un enfant.

—Écoute donc, tu pleureras après,... dit Pons. Chrétien, il faut te soumettre. On m'a volé, et c'est la Cibot... Avant de te quitter, je dois t'éclairer sur les choses de la vie, tu ne les sais pas... On a pris huit tableaux qui valaient des sommes considérables.

—*Bartonne-moi, cheu les ai fentus*...(vendus)
—Toi ?
—*Moi,..* dit le pauvre Allemand, *nus édions azicnés au dripinal*... (étions assignés au tribunal).
—Assignés !... par qui ?...
—*Addens !...* (attends)

Schmucke alla chercher le papier timbré laissé par l'huissier et l'apporta.

Pons lut attentivement ce grimoire. Après la lecture, il laissa tomber le papier et garda le silence. Cet observateur du travail humain, qui jusqu'alors avait négligé le moral, finit par compter tous les fils de la trame ourdie par la Cibot. Sa verve d'artiste, son intelligence d'élève de l'Académie de Rome, toute sa jeunesse lui revint pour quelques instants.

—Mon bon Schmucke, obéis-moi militairement. Ecoute ! descends à la loge et dis à cette affreuse femme que je voudrais revoir la personne qui m'est envoyée par mon cousin le président, et que, si elle ne vient pas, j'ai l'intention de léguer ma collection au Musée ; qu'il s'agit de faire mon testament.

Schmucke s'acquitta de la commission ; mais, au premier mot, la Cibot répondit par un sourire.

—Notre cher malade a eu, mon bon monsieur Schmucke, une attaque de fièvre chaude, et il a cru voir du monde dans sa chambre. Je vous donne ma parole d'honnête femme que personne n'est venue de la part de la famille de notre cher malade...

Schmucke revint avec cette réponse, qu'il répéta textuellement à Pons.

—Elle est plus forte, plus madrée, plus astucieuse,

plus machiavélique que je ne le croyais,[1] dit Pons en souriant, elle ment jusque dans sa loge! Figure-toi qu'elle a, ce matin, amené ici un juif nommé Élie Magus, Rémonencq et un troisième qui m'est inconnu, mais qui est plus affreux à lui seul que les deux autres. Elle a compté sur mon sommeil pour évaluer ma succession, le hasard a fait que je me suis éveillé, je les ai vus tous trois soupesant mes tabatières. Enfin, l'inconnu s'est dit envoyé par les Camusot, j'ai parlé avec lui... Cette infâme Cibot m'a soutenu que je rêvais... Mon bon Schmucke, je ne rêvais pas!... J'ai bien entendu cet homme, il m'a parlé... Les deux marchands se sont effrayés et ont pris la porte... J'ai cru que la Cibot se démentirait!... Cette tentative est inutile. Je vais tendre un autre piège où la scélérate tombera... Mon pauvre ami, tu prends la Cibot pour un ange, c'est une femme qui m'a, depuis un mois, assassiné dans un but cupide. Je n'ai pas voulu croire à tant de méchanceté chez une femme qui nous avait servis fidèlement pendant quelques années. Ce doute m'a perdu... Combien t'a-t-on donné des huit tableaux?...

—*Zing mile vrancs.* (Cinq mille francs.)

—Bon Dieu, ils en valaient vingt fois autant! s'écria Pons, c'est la fleur de ma collection. Je n'ai pas le temps d'intenter un procès; d'ailleurs, ce serait te mettre en cause comme la dupe de ces coquins... Un procès te tuerait! Tu ne sais pas ce que c'est que la justice! c'est l'égout de toutes les infamies morales... A voir tant d'horreurs, des âmes comme la tienne y succombent. Et puis tu seras assez riche. Ces tableaux m'ont coûté quarante mille francs, je les ai depuis trente-six ans... Mais nous avons été volés avec une habileté surprenante. Je suis sur le bord de ma fosse, je ne me soucie plus que de toi..., de toi, le meilleur des êtres. Or, je ne veux pas que tu sois dépouillé, car tout ce que je possède est à toi. Donc, il faut te défier de tout le monde, et tu n'as jamais eu de défiance. Dieu te protège, je le sais ; mais il peut t'oublier pendant un moment, et tu serais flibusté comme un vaisseau marchand. La Cibot est un monstre, elle me tue ! et tu vois en elle un ange ; je veux te la faire connaître ; va la prier de t'indiquer un notaire, qui reçoive mon testament,... et je te la montrerai les mains dans le sac.

Schmucke écoutait Pons comme s'il lui avait raconté l'Apocalypse. Qu'il existât une nature aussi perverse que devait être celle de la Cibot, si Pons avait raison, c'était pour lui la négation de la Providence.

—*Mon baufre hâmi Bons se droufe si mâle,* dit l'Allemand en descendant à la loge et s'adressant à madame Cibot, *qu'il feud vaire son desdamend ; hâlez chercher ein nodaire...*[a]

—Ah ! vous pouvez bien aller chercher un notaire vous-même, s'écria la Cibot les larmes aux yeux, et faire faire votre testament par qui vous voudrez... Ce n'est pas quand mon pauvre Cibot est à la mort que je quitterai son lit... Je donnerais tous les Pons du monde pour conserver Cibot,... un homme qui ne m'a jamais causé pour deux onces de chagrin pendant trente ans de ménage !...

Et elle rentra, laissant Schmucke tout interdit.

—Monsieur, dit à Schmucke le locataire du premier étage, M. Pons est-il donc bien mal ?...

---

[a] Se trouve si mal, qu'il veut faire son testament ; allez...

Ce locataire, nommé Jolivard, était un employé de l'enregistrement, au bureau du Palais.

—*Il a vailli mûrir dud à l'heire!*[b] répondit Schmucke avec une profonde douleur.

—Il y a près d'ici, rue Saint-Louis, M. Trognon, notaire, fit observer M. Jolivard. C'est le notaire du quartier.

—Voulez-vous que je l'aille chercher?[1] demanda Rémonencq à Schmucke.

—*Pien folondiers,..* répondit Schmucke, *gar, si montame Zipod ne beut bas carter mon hâmi, cheu ne fitrais bas le guidder tans l'édat ù il esd...*[c]

—Madame Cibot nous disait qu'il devenait fou!... reprit Jolivard.

—*Bons, vou?* s'écria Schmucke frappé de terreur. *Chamais il n'a i dand t'esbrit... et c'esd ce qui m'inguiède bir sa sandé.*[d]

Remonenck, desperately in love with Mme Cibot, succeeds in poisoning her husband by putting copperàs in his medicine.

Elie Magus offers 900,000 francs for the Pons collection and when Fraisier informs "la Présidente" of this, she takes him into her confidence and commissions him with the purchase of estates adjoining hers.

Lorsque Schmucke remonta près de son ami Pons, il

---

[b] Il a failli mourir tout à l'heure.

[c] Bien volontiers, car si..., ne peut pas garder mon ami, je ne voudrais pas le quitter dans l'état où il est.

[d] Pons, fou! Jamais il n'a eu tant d'esprit, et c'est ce qui m'inquiète pour sa santé.

lui dit que Cibot était mourant, et que Rémonencq était
allé chercher M. Trognon, notaire. Pons fut frappé de
ce nom, que la Cibot lui jetait si souvent dans ses interminables
discours, en lui recommandant ce notaire
comme la probité même. Et alors le malade, dont la
défiance était devenue absolue depuis le matin, eut
une idée lumineuse qui compléta le plan formé par lui
pour se jouer de la Cibot et la dévoiler tout entière au
crédule Schmucke.

—Schmucke, dit-il en prenant la main au pauvre
Allemand hébété par tant de nouvelles et d'évènements,
il doit régner une grande confusion dans la maison ;
si le portier est à la mort, nous sommes à peu près libres
pour quelques moments, c'est-à-dire sans espions, car
on nous espionne, sois-en sûr ! Sors, prends un cabriolet,
va au théâtre, dis à mademoiselle Héloïse, notre
première danseuse, que je veux la voir avant de mourir,
et qu'elle vienne à dix heures et demie, après son service.
De là, tu iras chez tes deux amis Schwab et
Brunner, et tu les prieras d'être ici demain, à neuf
heures du matin, de venir demander de mes nouvelles,
en ayant l'air de passer par ici et de monter me voir.

Voici quel était le plan forgé par le vieil artiste en se
sentant mourir. Il voulait enrichir Schmucke en l'instituant
son héritier universel ; et, pour le soustraire à
toutes les chicanes possibles, il se proposait de dicter
son testament à un notaire, en présence de témoins,
afin qu'on ne supposât pas qu'il n'avait plus sa raison,
et pour ôter aux Camusot tout prétexte d'attaquer ses
dernières dispositions. Ce nom de Trognon lui fit entrevoir
quelque machination, il crut à quelque vice de

forme projeté par avance, à quelque infidélité préméditée par la Cibot, et il résolut de se servir de ce Trognon pour se faire dicter un testament olographe qu'il cachetterait et serrerait dans le tiroir de sa commode. Il comptait montrer à Schmucke, en le faisant cacher dans un des cabinets de son alcôve, la Cibot s'emparant de ce testament, le décachetant, le lisant et le recachetant. Puis, le lendemain à neuf heures, il voulait anéantir ce testament olographe par un testament par-devant notaire, bien en règle et indiscutable. Quand la Cibot l'avait traité de fou, de visionnaire, il avait reconnu la haine et la vengeance, l'avidité de la présidente; car, au lit depuis deux mois, le pauvre homme, pendant ses insomnies, pendant ses longues heures de solitude, avait repassé les évènements de sa vie au crible. En se voyant volé par la Cibot, Pons avait dit adieu chrétiennement aux pompes et aux vanités de l'art, à sa collection, à ses amitiés pour les créateurs de tant de belles choses, et il voulait uniquement penser à la mort, à la façon de nos ancêtres, qui la comptaient comme une des fêtes du chrétien. Dans sa tendresse pour Schmucke, Pons essayait de la protéger du fond de son cercueil. Cette pensée paternelle fut la raison du choix qu'il fit du premier sujet de la danse, pour avoir du secours contre les perfidies qui l'entouraient, et qui ne pardonneraient sans doute pas à son légataire universel.

Héloïse Brisetout était une de ces natures qui restent vraies dans une position fausse, capables de toutes les plaisanteries possibles contre des adorateurs payants, une fille de l'école des Jenny Cadine et des Josépha;[1]

mais bonne camarade et ne redoutant aucun pouvoir humain, à force de les voir tous faibles, et habituée qu'elle était à lutter avec les sergents de ville au bal peu champêtre de Mabille et au carnaval.

—Si elle a fait donner ma place à son protégé Garangeot, elle se croira d'autant plus obligée de me servir, se dit Pons.

Schmucke put sortir sans qu'on fît attention à lui, grâce à la confusion qui régnait dans la loge, et il revint avec la plus excessive rapidité, pour ne pas laisser trop longtemps Pons tout seul.

M. Trognon arriva pour le testament, en même temps que Schmucke. Quoique Cibot fût à la mort, sa femme accompagna le notaire, l'introduisit dans la chambre à coucher, et se retira d'elle-même, en laissant ensemble Schmucke, M. Trognon et Pons; mais elle s'arma d'une petite glace à main d'un travail curieux, et prit position à la porte, qu'elle laissa entre-bâillée. Elle pouvait ainsi non-seulement entendre, mais voir tout ce qui se dirait et ce qui se passerait dans ce moment, suprême pour elle.

—Monsieur, dit Pons, j'ai malheureusement toutes mes facultés, car je sens que je vais mourir; et, par la volonté de Dieu, sans doute, aucune des souffrances de la mort ne m'est épargnée!... voici M. Schmucke...

Le notaire salua Schmucke.

—C'est le seul ami que j'aie sur la terre, dit Pons, et je veux l'instituer mon légataire universel; dites-moi quelle forme doit avoir mon testament, pour que mon ami, qui est Allemand, qui ne sait rien de nos lois, puisse recueillir ma succession sans aucune contestation.

—On peut toujours tout contester, monsieur, dit le notaire, c'est l'inconvénient de la justice humaine. Mais, en matière de testaments, il en est d'inattaquables...

—Lesquels? demanda Pons.

—Un testament fait par-devant notaire, en présence de témoins qui certifient que le testateur jouit de toutes ses facultés, et, si le testateur n'a ni femme, ni enfants, ni père, ni frère...

—Je n'ai rien de tout cela, toutes mes affections sont réunies sur la tête de mon cher ami Schmucke, que voici...

Schmucke pleurait.

—Si donc vous n'avez que des collatéraux éloignés, la loi vous laissant la libre disposition de vos meubles et immeubles, si vous ne les léguez pas à des conditions que la morale réprouve, car vous avez dû voir des testaments attaqués à cause de la bizarrerie des testateurs, un testament par-devant notaire est inattaquable. En effet, l'identité de la personne ne peut être niée, le notaire a constaté l'état de sa raison, et la signature ne peut donner lieu à aucune discussion... Néanmoins, un testament olographe, en bonne forme et clair, est aussi peu discutable.

—Je me décide, pour des raisons à moi connues, à écrire sous votre dictée un testament olographe, et à le confier à mon ami que voici... Cela se peut-il?...

—Très-bien! dit le notaire... Voulez-vous écrire? je vais dicter...

—Schmucke, donne-moi ma petite écritoire de Boulle.
—Monsieur, dictez-moi tout bas; car, ajouta-t-il, on peut nous écouter.

—Dites-moi donc, avant tout, quelles sont vos intentions? demanda le notaire.

Au bout de dix minutes, la Cibot, que Pons entrevoyait dans une glace, vit cacheter le testament, après que le notaire l'eût examiné pendant que Schmucke allumait une bougie; puis Pons le remit à Schmucke en lui disant de le serrer dans une cachette pratiquée dans son secrétaire. Le testateur demanda la clef du secrétaire, l'attacha dans le coin de son mouchoir et mit le mouchoir sous son oreiller. Le notaire, nommé par politesse exécuteur testamentaire, et à qui Pons laissait un tableau de prix, une de ces choses que la loi permet de donner à un notaire, sortit et trouva madame Cibot dans le salon.

—Eh bien, monsieur, M. Pons a-t-il pensé à moi?
—Vous ne vous attendez pas, ma chère, à ce qu'un notaire trahisse les secrets qui lui sont confiés, répondit M. Trognon. Tout ce que je puis vous dire, c'est qu'il y aura bien des cupidités déjouées et bien des espérances trompées. M. Pons a fait un beau testament, plein de sens, un testament patriotique et que j'approuve fort.

On ne se figure pas à quel degré de curiosité la Cibot arriva, stimulée par de telles paroles. Elle descendit et passa la nuit près de Cibot, en se promettant de se faire replacer par mademoiselle Rémonencq, et d'aller lire le testament entre deux et trois heures du matin.

La visite de mademoiselle Héloïse Brisetout, à dix heures et demie du soir, parut assez naturelle à la Cibot; mais elle eut tellement peur que la danseuse ne parlât des mille francs donnés par Gaudissart, qu'elle accompagna le premier sujet en lui prodiguant des politesses et des flatteries comme à une souveraine.

—Ah! ma chère, vous êtes bien mieux sur votre terrain qu'au théâtre, dit Héloïse en montant l'escalier. Je vous engage à rester dans votre emploi!

—Eh bien, mon vieux, dit Héloïse en entrant dans la chambre où elle vit le pauvre musicien étendu, pâle et la face appauvrie, ça ne va donc pas bien? Tout le monde au théâtre s'inquiète de vous; mais, vous savez, quoiqu'on ait bon cœur, chacun a ses affaires, et on ne trouve pas une heure pour aller voir ses amis. Gaudissart parle de venir ici tous les jours, et, tous les matins, il est pris par les ennuis de l'administration. Néanmoins, nous vous aimons tous...

—Madame Cibot, dit le malade, faites-moi le plaisir de nous laisser avec mademoiselle, nous avons à causer théâtre et de ma place de chef d'orchestre... Schmucke reconduira bien madame.

Schmucke, sur un signe de Pons, mit la Cibot à la porte et tira les verrous.

—Ah! le gredin d'Allemand! voilà qu'il se gâte aussi, lui!... se dit la Cibot en entendant ce bruit significatif; c'est M. Pons qui lui apprend ces horreurs-là... Mais vous me payerez cela, mes petits amis,... se dit la Cibot en descendant. Bah! si cette saltimbanque de sauteuse lui parle des mille francs, je leur dirai que c'est une farce de théâtre.

Et elle s'assit au chevet de Cibot, qui se plaignait d'avoir le feu dans l'estomac, car Rémonencq venait de lui donner à boire en l'absence de sa femme.

—Ma chère enfant, dit Pons à la danseuse pendant

que Schmucke renvoyait la Cibot, je ne me fie qu'à vous pour me choisir un notaire honnête homme, qui vienne[1] recevoir demain matin, à neuf heures et demie précises, mon testament. Je veux laisser toute ma fortune à mon ami Schmucke. Si ce pauvre Allemand était l'objet de persécutions, je compte sur ce notaire pour le conseiller, pour le défendre. Voilà pourquoi je désire un notaire très-estimé, très-riche, au-dessus des considérations qui font fléchir les gens de loi ; car mon pauvre légataire doit trouver un appui en lui. Je me défie de Berthier, successeur de Cardot ; et vous qui connaissez tant de monde...

— Eh! j'ai ton affaire! répondit la danseuse : le notaire de Florine, de la comtesse du Bruel, Léopold Hannequin, un homme vertueux qui ne sait pas ce qu'est une lorette ! J'enverrai mon homme demain matin, à huit heures... Tu peux dormir tranquillement. D'abord, j'espère que tu guériras, et que tu nous feras encore de jolie musique ; mais, après tout, vois-tu, la vie est bien triste, les entrepreneurs chipotent, les rois carottent, les ministres tripotent, les gens riches économisotent...[2] Les artistes n'ont plus de ça ! dit-elle en se frappant le cœur, c'est un temps à mourir... Adieu, vieux !

— Je te demande avant tout, Héloïse, la plus grande discrétion.

— Ce n'est pas une affaire de théâtre, dit-elle, c'est sacré, ça, pour une artiste.

Et la danseuse s'en alla, sûre que son protégé Garangeot tenait pour toujours le bâton de chef d'orchestre. Garangeot était son cousin germain... Toutes les portes étaient entre-bâillées, et tous les ménages, sur pied, regardèrent passer le premier sujet. Ce fut un évènement dans la maison.

Fraisier, semblable à ces bouledogues qui ne lâchent pas le morceau où ils ont mis la dent, stationnait dans la loge, auprès de la Cibot, quand la danseuse passa sous la porte cochère et demanda le cordon. Il savait que le testament était fait, il venait sonder les dispositions de la portière ; car maître Trognon, notaire, avait refusé de dire un mot sur le testament, tout aussi bien à Fraisier qu'à madame Cibot. Naturellement l'homme de loi regarda la danseuse et se promit de tirer parti de cette visite *in extremis*.

—Ma chère madame Cibot, dit Fraisier, voici pour vous le moment critique.

—Ah oui !... dit-elle, mon pauvre Cibot !... Quand je pense qu'il ne jouira pas de ce que je pourrais avoir...

—Il s'agit de savoir si M. Pons vous a légué quelque chose ; enfin, si vous êtes sur le testament ou si vous avez été oubliée, dit Fraisier en continuant. Je représente les héritiers naturels, et vous n'aurez rien que d'eux, dans tous les cas... Le testament est olographe, il est, par conséquent, très-vulnérable... Savez-vous où notre homme l'a mis ?

—Dans une cachette du secrétaire, et il en a pris la clef, répondit-elle, il l'a nouée au coin de son mouchoir, et il a serré le mouchoir sous son oreiller... J'ai tout vu.

—Le testament est-il cacheté ?

—Hélas ! oui.

—C'est un crime que de soustraire un testament et

de le supprimer, mais ce n'est qu'un délit de la regarder ; et, dans tous les cas, qu'est-ce que c'est ? des peccadilles qui n'ont pas de témoins ! A-t-il le sommeil dur, notre homme ?...

—Oui ; mais, quand vous avez voulu tout examiner et tout évaluer, il devait dormir comme un sabot, et il s'est réveillé... Cependant, je vais voir ! Ce matin, j'irai relever M. Schmucke sur les quatre heures, et, si vous voulez venir, vous aurez le testament à vous pendant dix minutes...

—Bien ! je me lèverai sur les quatre heures, et je frapperai tout doucement...

—Mademoiselle Rémonencq, qui me remplacera près de Cibot, sera prévenue, et tirera le cordon ; mais frappez à la croisée pour n'éveiller personne.

—C'est entendu, dit Fraisier ; vous aurez de la lumière, n'est-ce pas ? une bougie, cela me suffira...

A minuit, le pauvre Allemand, assis dans un fauteuil, navré de douleur, contemplait Pons, dont la figure crispée, comme l'est celle d'un moribond, s'affaissait, après tant de fatigues, à faire croire qu'il allait expirer.

—Je pense que j'ai juste assez force pour aller jusqu'à demain soir, dit Pons avec philosophie. Mon agonie viendra, sans doute, mon pauvre Schmucke, dans la nuit de demain. Dès que le notaire et tes deux amis seront partis, tu iras chercher notre bon abbé Duplanty, le vicaire de l'église Saint-François. Ce digne homme ne me sait pas malade, et je veux recevoir les saints sacrements demain, à midi...

Il se fit une longue pause.

—Dieu n'a pas voulu que la vie fût pour moi comme

je la rêvais, reprit Pons. J'aurais tant aimé une femme, des enfants, une famille!... Etre chéri de quelques êtres, dans un coin, était toute mon ambition! La vie est amère pour tout le monde, car j'ai vu des gens avoir tout ce que j'ai tant désiré vainement, et ne pas se trouver heureux... Sur la fin de ma carrière, le bon Dieu m'a fait trouver une consolation inespérée en me donnant un ami tel que toi!... Aussi n'ai-je pas[1] à me reprocher de t'avoir méconnu ou mal apprécié, mon bon Schmucke; je t'ai donné mon cœur et toutes mes forces aimantes... Ne pleure pas, Schmucke, ou je me tairai! et c'est si doux pour moi de te parler de nous... Si je t'avais écouté, je vivrais. J'aurais quitté le monde et mes habitudes, et je n'y aurais pas reçu des blessures mortelles. Enfin, je ne veux m'occuper que de toi...

—*Du as dort!...* (Tu as tort)

—Ne me contrarie pas, écoute-moi, cher ami... Tu as la naïveté, la candeur d'un enfant de six ans qui n'aurait jamais quitté sa mère, c'est bien respectable; il me semble que Dieu doit prendre soin lui-même des êtres qui te ressemblent. Cependant, les hommes sont si méchants, que je dois te prémunir contre eux. Tu vas donc perdre ta noble confiance, ta sainte crédulité, cette grâce des âmes pures qui n'appartient qu'aux gens de génie et aux cœurs comme le tien... Tu vas voir bientôt madame Cibot, qui nous a bien observés par l'ouverture de la porte entrebâillée, venir prendre ce faux testament... Je présume que la coquine fera cette expédition ce matin, quand elle te croira endormi.

A trois heures et demie, selon les prévisions de Pons,

qui semblait avoir entendu la conférence de Fraisier et de la Cibot, la portière se montra. Le malade jeta sur Schmucke un regard d'intelligence qui signifiait : "N'ai-je pas bien deviné?" et il se mit dans la position d'un homme qui dort profondément.

L'innocence de Schmucke était une croyance si forte chez la Cibot (et c'est là l'un des grands moyens et la raison du succès de toutes les ruses de l'enfance, qu'elle ne put le soupçonner de mensonge quand elle le vit venir à elle, et lui dire d'un air à la fois dolent et joyeux :

—*Il hâ ei eine nouitte derriple! t'ine achidazion tiapolique! Ch'ai édé opliché te vaire te la misique bir le galmer, ed les logadaires ti bremier édache sont mondés bir me vaire daire!... C'esde avvreux, car il s'achissait te la fie te mon hâmi. Cheu suis si vadiqué t'affoir choué dudde la nouitte, que cheu zugombe ce madin.*[a]

—Mon pauvre Cibot aussi va bien mal, et encore une journée comme celle d'hier, il n'y aura plus de ressources!... Que voulez-vous! à la volonté de Dieu!

—*Fus êdes ein cueir si honêde, eine âme si pelle, que, si le bère Zipod meurd, nus fifrons ensemble!...*[b] dit le rusé Schmucke.

Schmucke alla se mettre en observation dans le poste qu'il s'était arrangé.

---

[a] Il a eu une nuit terrible, une agitation diabolique. J'ai été obligé de faire de la musique pour le calmer, et les locataires du premier étage sont montés pour me faire taire. C'est affreux, car il s'agissait de la vie de mon ami. Je suis si fatigué d'avoir joué toute la nuit que je succombe ce matin.

[b] Vous êtes un coeur si honnête, une âme si belle que, si le père Cibot meurt, nous vivrons ensemble.

La Cibot avait laissé la porte de l'appartement entrebâillée, et Fraisier, après être entré, la ferma tout doucement, lorsque Schmucke se fut enfermé chez lui. L'avocat était muni d'une bougi allumée et d'un fil de laiton excessivement léger, pour pouvoir décacheter le testament. La Cibot put d'autant mieux ôter le mouchoir où la clef du secrétaire était nouée, et qui se trouvait sous l'oreiller de Pons, que le malade avait exprès laissé passer son mouchoir par-dessous son traversin, et qu'il se prêtait à la manœuvre de la Cibot en se tenant le nez dans la ruelle et dans une pose qui laissait pleine liberté de prendre le mouchoir. La Cibot alla droit au secrétaire, l'ouvrit en s'efforçant de faire le moins de bruit possible, trouva le ressort de la cachette, et courut, le testament à la main, dans le salon. Cette circonstance intrigua Pons au plus haut degré. Quant à Schmucke, il tremblait de la tête aux pieds, comme s'il avait commis un crime.

—Retournez à votre poste, dit Fraisier en recevant le testament de la Cibot, car, s'il s'éveillait, il faut qu'il vous trouve là.

Après avoir décacheté l'enveloppe avec une habileté qui prouvait qu'il n'en était pas à son coup d'essai, Fraisier fut plongé dans un étonnement profond en lisant cette pièce curieuse.

Pons leaves his collection to the Louvre on condition that Schmucke be given 2,500 francs annual pension for life.

—C'est la ruine! se dit Fraisier, la ruine de toutes

mes espérances! Ah! je commence à croire tout ce que la présidente m'a dit de la malice de ce vieux artiste!...[1]

—Eh bien? vint demander la Cibot.

—Votre monsieur est un monstre, il donne tout au Musée de l'État. Or, on ne peut plaider contre l'État!... Le testament est inattaquable. Nous sommes volés, ruinés, dépouillés, assassinés!...

—Que m'a-t-il donné?...

—Deux cents francs de rente viagère...

—La belle poussée!... Mais c'est un gredin fini!...

—Allez voir, dit Fraisier; je vais remettre le testament de votre gredin dans l'enveloppe.

Dès que madame Cibot eut le dos tourné, Fraisier substitua vivement une feuille de papier blanc au testament, qu'il mit dans sa poche; puis il recacheta l'enveloppe avec tant de talent, qu'il montra le cachet à madame Cibot quand elle revint, en lui demandant si elle pouvait y apercevoir la moindre trace de l'opération. La Cibot prit l'enveloppe, la palpa, la sentit pleine, et soupira profondément. Elle avait espéré que Fraisier aurait brûlé lui-même cette fatale pièce.

—Eh bien, que faire, mon cher monsieur Fraisier? demanda-t-elle.

—Ah! ça vous regarde! Moi, je ne suis pas héritier; mais, si j'avais les moindres droits à cela, dit-il en montrant la collection, je sais bien comment je ferais...

—C'est ce que je vous demande,... dit assez niaisement la Cibot.

—Il y a du feu dans la cheminée,... répliqua-t-il en se levant pour s'en aller.

— Au fait, il n'y a que vous et moi qui saurons cela!... dit la Cibot.

— On ne peut jamais prouver qu'un testament a existé! reprit l'homme de loi.

— Et vous?

— Moi?... Si M. Pons meurt sans testament, je vous assure cent mille francs.

— Ah ben,[1] oui; dit-elle, on vous promet des monts d'or, et, quand on tient les choses, qu'il s'agit de payer, on vous carotte comme...

Elle s'arrêta bien à temps, car elle allait parler d'Élie Magus à Fraisier...

— Je me sauve! dit Fraisier. Il ne faut pas, dans votre intérêt, que l'on m'ait vu dans l'appartement; mais nous nous retrouverons en bas, à votre loge.

Après avoir fermé la porte, la Cibot revint, le testament à la main, dans l'intention bien arrêtée de le jeter au feu; mais, quand elle rentra dans la chambre et qu'elle s'avança vers la cheminée, elle se sentit prise par les deux bras!... Elle se vit entre Pons et Schmucke, qui s'étaient l'un et l'autre adossés à la cloison, de chaque côté de la porte.

— Ah! cria la Cibot.

Elle tomba la face en avant dans des convulsions affreuses, réelles ou feintes, on ne sut jamais la vérité. Ce spectacle produisit une telle impression sur Pons, qu'il fut pris d'une faiblesse mortelle, et Schmucke laissa la Cibot par terre pour recoucher Pons. Les deux amis tremblaient comme des gens qui, dans l'exécution d'une volonté pénible, ont outre-passé leurs forces. Quand Pons fut couché, que Schmucke[2] eut repris un peu de forces, il entendit des sanglots. La Cibot, à genoux, fondait en larmes, et tendait les mains aux deux amis en les suppliant par une pantomime très-expressive.

—C'est pure curiosité! dit-elle en se voyant l'objet de l'attention des deux amis, mon bon monsieur Pons! c'est le défaut des femmes, vous savez! Mais je n'ai su comment faire pour lire votre testament, et je le rapportais!...

—*Hâlez fis-en!* dit Schmucke, qui se dressa sur ses pieds en se grandissant de toute la grandeur de son indignation. *Fis êdes ein monsdre! fis afez essayé de duer mon pon Bons. Il a raison! fis êdes plis qu'ein monsdre, fis êdes tamnée!*[a]

La Cibot, voyant l'horreur peinte sur la figure du candide Allemand, se leva et jeta sur Schmucke un regard qui le fit trembler et sortit, en emportant sous sa robe un sublime petit tableau de Metzu qu'Élie Magus avait beaucoup admiré et dont il avait dit: "C'est un diamant!" La Cibot trouva dans sa loge Fraisier, qui l'attendait, en espérant qu'elle aurait brûlé l'enveloppe et le papier blanc par lequel il avait remplacé le testament; il fut bien étonné de voir sa cliente effrayée et le visage renversé.

—Qu'est-il arrivé?

—Il est arrivé, mon cher monsieur Fraisier, que, sous prétexte de me donner de bons conseils et de me diriger, vous m'avez fait perdre à jamais mes rentes et

---

[a] Allez-vous-en. Vous êtes un monstre, vous avez essayé de tuer... Vous êtes plus qu'un monstre, vous êtes damnée.

la confiance de ces messieurs...

Et elle se lança dans une de ces trombes de paroles auxquelles elle excellait.

—Ne dites pas de paroles oiseuses, s'écria sèchement Fraisier en arrêtant sa cliente. Au fait! au fait! et vivement.

—Eh bien, voilà comment ça s'est fait.

Elle raconta la scène, telle qu'elle venait de se passer.

—Je ne vous ai rien fait perdre, répondit Fraisier. Ces deux messieurs doutaient de votre probité, puisqu'ils vous ont tendu ce piège ; ils vous attendaient, ils vous épiaient!... Vous ne me dites pas tout,... ajouta l'homme d'affaires en jetant un regard de tigre sur la portière.

—Moi! vous cacher quelque chose!... après tout ce que nous avons fait ensemble!... dit-elle en frissonnant.

—Mais, ma chère, je n'ai rien commis de répréhensible! dit Fraisier, en manifestant ainsi l'intention de nier sa visite nocturne chez Pons.

La Cibot sentit ses cheveux lui brûler le crâne, et un froid glacial l'enveloppa.

—Comment?... dit-elle hébétée.

—Voilà l'affaire criminelle toute trouvée!... Vous pouvez être accusée de soustraction de testament, répondit froidement Fraisier.

La Cibot fit un mouvement d'horreur.

—Rassurez-vous, je suis votre conseil, reprit-il. Je n'ai voulu que vous prouver combien il est facile, d'une manière ou d'une autre, de réaliser ce que je vous disais. Voyons! qu'avez-vous fait pour que cet Allemand si naïf se soit caché dans la chambre, à votre insu?...

—Rien, c'est la scène de l'autre jour, quand j'ai soutenu à M. Pons qu'il avait eu la berlue.[1] Depuis ce jour-là, ces deux messieurs ont changé du tout au tout à mon égard. Ainsi, vous êtes la cause de tous mes malheurs, car, si j'avais perdu de mon empire sur M. Pons, j'étais sûre de l'Allemand, qui parlait déjà de m'épouser, ou de me prendre avec lui, c'est tout un !

Cette raison était si plausible, que Fraisier fut obligé de s'en contenter.

—Ne craignez rien, reprit-il, je vous ai promis des rentes, je tiendrai ma parole. Jusqu'à présent, tout, dans cette affaire, était hypothétique ; maintenant, elle vaut des billets de banque... Vous n'aurez pas moins de douze cents francs de rente viagère... Mais il faudra, ma chère dame Cibot, obéir à mes ordres et les exécuter avec intelligence.

—Oui, mon cher monsieur Fraisier, dit avec une servile souplesse la portière, entièrement matée.

—Eh bien, adieu, repartit Fraisier, en quittant la loge et emportant le dangereux testament.

Il revint chez lui tout joyeux, car ce testament était une arme terrible.

—J'aurai, pensait-il, une bonne garantie contre la mauvaise foi de madame la présidente de Marville. Si elle s'avisait de ne pas tenir sa parole, elle perdrait la succession.

Au petit jour, Rémonencq, après avoir ouvert sa boutique et l'avoir laissée sous la garde de sa sœur, vint, selon une habitude prise depuis quelques jours, voir comment allait son bon ami Cibot, et trouva la portière qui contemplait le tableau de Metzu en se demandant comment une petite planche peinte pouvait valoir tant d'argent.

—Ah! ah! dit-il en regardant par-dessus l'épaule de la Cibot, c'est le seul que M. Magus regrettait de ne pas avoir; il dit qu'avec cette petite chose-là, il ne manquerait rien à son bonheur.

—Qu'en donnerait-il? demanda la Cibot.

Mais, si vous me promettez de m'épouser dans l'année de votre veuvage, répondit Rémonencq, je me charge d'avoir vingt mille francs d'Élie Magus, et, si vous ne m'épousez pas, vous ne pourrez jamais vendre ce tableau plus de mille francs.

—Et pourquoi?

—Mais vous seriez obligée de signer une quittance comme propriétaire, et vous auriez alors un procès avec les héritiers. Si vous êtes ma femme, c'est moi qui le vendrai à M. Magus, et on ne demande rien à un marchand que l'inscription sur son livre d'achats, et j'écrirai que M. Schmucke me l'a vendu. Allez, mettez cette planche chez moi... Si votre mari mourait, vous pourriez être bien tracassée, et personne ne trouvera drôle que j'aie chez moi un tableau... Vous me connaissez bien. D'ailleurs, si vous voulez, je vous en ferai une reconnaissance.

Dans la situation criminelle où elle était surprise, l'avide portière souscrivit à cette proposition, qui la liait pour toujours au brocanteur.

—Vous avez raison, apportez-moi votre écriture, dit-elle en serrant le tableau dans sa commode.

—Voisine, dit le brocanteur à voix basse en entraînant la Cibot sur le pas de la porte, je vois bien que nous ne sauverons pas notre pauvre ami Cibot; le docteur Poulain désespérait de lui hier soir, et disait qu'il ne passerait pas la journée... C'est un grand malheur! Mais, après tout, vous n'étiez pas à votre place ici... Votre place, c'est dans un beau magasin de curiosités sur le boulevard des Capucines. Savez-vous que j'ai gagné bien près de cent mille francs depuis dix ans, et que, si vous en avez un jour autant, je me charge de vous faire une belle fortune,... si vous êtes ma femme... Vous seriez bourgeoise,... bien servie par ma sœur, qui ferait le ménage, et...

Le séducteur fut interrompu par les plaintes déchirantes du petit tailleur, dont l'agonie commençait.

—Allez-vous-en, dit la Cibot, vous êtes un monstre de me parler de ces choses-là, quand mon pauvre homme se meurt dans de pareils états...

—Ah! c'est que je vous aime, dit Rémonencq, à tout confondre pour vous avoir...

—Si vous m'aimiez, vous ne me diriez rien en ce moment, répondit-elle.

Et Rémonencq rentra chez lui, sûr d'épouser la Cibot.

Sur les dix heures, il y eut à la porte de la maison une sorte d'émeute, car on administra les sacrements à M. Cibot. Tous les amis des Cibot, les concierges. les portières de la rue de Normandie et des rues adjacentes occupaient la loge, le dessous de la porte cochère et le devant sur la rue. On ne fit alors aucune attention à M. Léopold Hannequin, qui vint avec un de ses confrères, ni à Schwab et à Brunner, qui purent arriver chez Pons sans être vus de madame Cibot. La portière de la maison voisine, à qui le notaire s'adressa pour savoir à quel étage demeurait Pons, lui désigna l'appartement. Quant à Brunner, qui vint avec Schwab, il était déjà venu voir le musée Pons, il passa sans rien dire, et montra le chemin à son associé... Pons annula formellement son testament de la veille, et institua Schmucke son légataire universel. Une fois cette cérémonie accomplie, Pons, après avoir remercié Schwab et Brunner, et avoir recommandé vivement à M. Léopold Hannequin les intérêts de Schmucke, tomba dans une faiblesse telle, par suite de l'énergie qu'il avait déployée et dans la scène nocturne avec la Cibot et dans ce dernier acte de la vie sociale, que Schmucke pria Schwab d'aller prévenir l'abbé Duplanty, car il ne voulut pas quitter le chevet de son ami, et Pons réclamait les sacrements.

Le docteur Poulain suivait au chevet du lit les progrès de l'agonie de Pons, que Schmucke suppliait vainement de se laisser opérer. Le vieux musicien ne répondait aux prières du pauvre Allemand désespéré que par des signes de tête négatifs, entremêlés de mouvements d'impatience. Enfin, le moribond rassembla ses forces, lança sur Schmucke un regard affreux et lui dit :

—Laisse-moi donc mourir tranquillement!

Schmucke faillit mourir de douleur ; mais il prit la main de Pons, la baisa doucement et la tint dans ses deux mains, en essayant de lui communiquer encore une fois ainsi sa propre vie. Ce fut alors que le docteur Poulain entendit sonner et alla ouvrir la porte à l'abbé Duplanty.

—Notre pauvre malade, dit Poulain, commence à

se débattre sous l'étreinte de la mort. Il aura expiré
dans quelques heures ; vous enverrez sans doute un
prêtre pour le veiller cette nuit. Mais il est temps de
donner madame Cantinet et une femme de peine à M.
Schmucke, il est incapable de penser à quoi que ce soit,
je crains pour sa raison, et il se trouve ici des valeurs
qui doivent être gardées par des personnes pleines de
probité.

L'abbé Duplanty, bon et digne prêtre, sans méfiance
ni malice, fut frappé de la vérité des observations du
docteur Poulain ; il croyait d'ailleurs aux qualités du
médecin du quartier ; il fit donc signe à Schmucke de
venir lui parler, en se tenant au seuil de la chambre
mortuaire. Schmucke ne put se décider à quitter la
main de Pons, qui se crispait et s'attachait à la sienne
comme s'il tombait dans un précipice et qu'il voulût
s'accrocher à quelque chose pour n'y pas rouler. Mais,
comme on sait, les mourants sont en proie à une halu-
cination qui les pousse à s'emparer de tout, comme des
gens empressés d'emporter, dans un incendie, leurs
objets les plus précieux, et Pons lâcha Schmucke pour
saisir ses couvertures et les rassembler autour de son
corps par un horrible et significatif mouvement d'avarice et de hâte.

—Qu'allez-vous devenir, seul avec votre ami mort?
dit le bon prêtre à l'Allemand, qui vint alors l'écouter ;
vous êtes sans madame Cibot...

—*C'esde ein monsdre gui a dué Bons!*[a] dit-il.

—Mais il vous faut quelqu'un auprès de vous, reprit

---

[a] C'est un monstre qui a tué Pons.

le docteur Poulain, car il faut garder le corps cette nuit.

—*Cheu le carterai, cheu brierai Tieu!*[b] répondit l'innocent Allemand.

—Mais il faut manger!... Qui, maintenant, fera votre cuisine? dit le docteur.

—*La touleur m'ôde l'abbédit!...*[c] répondit naïvement Schmucke.

—Mais, dit Poulain, il faut aller déclarer le décès avec des témoins, il faut dépouiller le corps, l'ensevelir en le cousant dans un linceul, il faut aller commander le convoi aux pompes funèbres, il faut nourrir la garde qui doit garder le corps et le prêtre qui veillera: ferez-vous cela tout seul?... On ne meurt pas comme des chiens dans la capitale du monde civilisé!

Schmucke ouvrit des yeux effrayés, et fut saisi d'un court accès de folie.

—*Mais Bons ne mûrra bas!... cheu le sauferai!...*[d]

—Vous ne resterez pas longtemps sans prendre un peu de sommeil, et alors qui vous remplacera? car il faut s'occuper de M. Pons, lui donner à boire, faire des remèdes...

—*Ah! c'esde frai!...* dit l'Allemand. (vrai)

—Eh bien, reprit l'abbé Duplanty, je pense à vous donner madame Cantinet, une brave et honnête femme...

Le détail de ses devoirs sociaux envers son ami mort

---

[b] Je le garderai, je prierai Dieu.
[c] La douleur m'ôte l'appétit.
[d] Mais Pons ne mourra pas! je le sauverai.

hébéta tellement Schmucke, qu'il aurait voulu mourir avec Pons.

—C'est un enfant! dit le docteur Poulain à l'abbé Duplanty.

—*Ein envant!...* répéta machinalement Schmucke.

—Allons! dit le vicaire, je vais parler à madame Cantinet et vous l'envoyer.

—Ne vous donnez pas cette peine, dit le docteur, elle est ma voisine, et je retourne chez moi.

La morte est comme un assassin invisible contre lequel lutte le mourant; dans l'agonie, il reçoit les derniers coups, il essaye de les rendre et se débat. Pons en était à cette scène suprême, il fit entendre des gémissements entremêlés de cris. Aussitôt, Schmucke, l'abbé Duplanty, Poulain, accoururent au lit du moribond. Tout à coup, Pons, atteint dans sa vitalité par cette dernière blessure qui tranche les liens du corps et de l'âme, recouvra pour quelques instants la parfaite quiétude qui suit l'agonie, il revint à lui, la sérénité de la mort sur le visage, et regarda ceux qui l'entouraient d'un air presque riant.

—Ah! docteur, j'ai bien souffert; mais vous aviez raison, je vais mieux...—Merci, mon bon abbé; je me demandais où était Schmucke!...

—Schmucke n'a pas mangé depuis hier au soir, et il est quatre heures! Vous n'avez plus personne auprès de vous, et il serait dangereux de rappeler madame Cibot...

—Elle est capable de tout, dit Pons en manifestant toute son horreur au nom de la Cibot. C'est vrai, Schmucke a besoin de quelqu'un be bien honnête.

—L'abbé Duplanty et moi, dit alors Poulain, nous avons pensé à vous deux...

—Ah! merci, dit Pons, je n'y songeais pas.

—Et il vous propose madame Cantinet...

—Ah! la loueuse de chaises! s'écria Pons. Oui, c'est une excellente créature.

—Elle n'aime pas madame Cibot, reprit le docteur, et elle aura bien soin de M. Schmucke.

—Envoyez-la-moi, mon bon monsieur Duplanty,... elle et son mari, je serai tranquille. On ne volera rien ici...

Schmucke avait repris la main de Pons et la tenait avec joie, en croyant la santé revenue.

—Allons-nous-en, monsieur l'abbé, dit le docteur; je vais envoyer promptement madame Cantinet; je m'y connais : elle ne trouvera peut-être pas M. Pons vivant.

Pendant que l'abbé Duplanty déterminait le moribond à prendre pour garde madame Cantinet, Fraisier avait fait venir chez lui la loueuse de chaises, et la soumettait à sa conversation corruptrice, aux ruses de sa puissance chicanière, à laquelle il était difficile de résister. Aussi madame Cantinet, femme sèche et jaune, à grandes dents, à lèvres froides, hébétée par le malheur, comme beaucoup de femmes du peuple, et arrivée à voir le bonheur dans les plus légers profits journaliers, eut-elle bientôt consenti à prendre avec elle madame Sauvage comme femme de ménage.

Au moment où les femmes se présentèrent, amenées par le docteur Poulain, Pons venait de rendre le dernier soupir, sans que Schmucke s'en fût aperçu. L'Allemand tenait encore dans ses mains la main de son ami, dont la chaleur s'en allait par degrés. Il fit signe à madame Cantinet de ne pas parler; mais la soldatesque madame Sauvage le surprit tellement par sa tournure, qu'il laissa échapper un mouvement de frayeur, à laquelle cette femme mâle était habituée.

—Madame, dit madame Cantinet, est une dame de qui répond M. Duplanty; elle a été cuisinière chez un évêque, elle est la probité même, elle fera la cuisine.

—Ah! vous pouvez parler haut! s'écria la puissante et asthmatique Sauvage, le pauvre monsieur est mort!... il vient de passer.

Schmucke jeta un cri perçant, il sentit la main de Pons glacés qui se raidissait, et il resta les yeux fixes, arrêtés sur ceux de Pons, dont l'expression l'eût rendu fou, sans madame Sauvage, qui, sans doute accoutumée à ces sortes de scènes, alla vers le lit en tenant un miroir, elle le présenta devant les lèvres du mort, et, comme aucune respiration ne vint ternir la glace, elle sépara vivement la main de Schmucke de la main du mort.

—Quittez-la donc, monsieur, vous ne pourriez plus l'ôter; vous ne savez pas comme les os vont se durcir! Ça va vite, le refroidissement des morts. Si l'on n'apprête pas un mort pendant qu'il est encore tiède, il faut plus tard lui casser les membres...

Ce fut donc cette terrible femme qui ferma les yeux au pauvre musicien expiré; puis, avec cette habitude des gardes-malades, métier qu'elle avait exercé pendant dix ans, elle déshabilla Pons, l'étendit, lui colla les mains de chaque côté du corps, et lui ramena la couverture sur le nez, absolument comme un commis fait un paquet dans un magasin.

—Il faut un drap pour l'ensevelir; où donc en prendre un?... demanda-t-elle à Schmucke, que ce spectacle frappa de terreur.

—*Vaides gomme fus fitrez!...*[a] répondit machinalement Schmucke.

Cette innocente créature voyait mourir un homme pour la première fois, et cet homme était Pons, le seul ami, le seul être qui l'eût compris et aimé!...

—Je vais aller demander à madame Cibot où sont les draps, dit la Sauvage.

—Il va falloir un lit de sangle pour coucher cette dame, dit madame Cantinet à Schmucke.

Schmucke fit un signe de tête et fondit en larmes. Madame Cantinet laissa ce malheureux tranquille; mais, au bout d'une heure, elle revint et lui dit:

—Monsieur, avez-vous de l'argent à nous donner pour acheter?

Schmucke tourna sur madame Cantinet un regard à désarmer les haines les plus féroces; il montra le visage blanc, sec et pointu du mort, comme une raison qui répondait à tout.

—*Brenez doud, et laissez-moi bleurer et brier!*[b] dit-il en s'agenouillant.

Madame Sauvage était allée annoncer la mort de Pons à Fraisier, qui courut en cabriolet chez la présidente lui demander, pour le lendemain, la procuration qui lui donnait le droit de représenter les héritiers.

—Monsieur, dit à Schmucke madame Cantinet, une heure après sa dernière question, je suis allée trouver

---

[a] Faites comme vous voudrez.
[b] Prenez tout, et laissez-moi pleurer et prier!

madame Cibot, qui est donc au fait de votre ménage, afin qu'elle me dise où sont les choses ; mais, comme elle vient de perdre M. Cibot, elle m'a presque *agonie* de sottises... Monsieur, écoutez-moi donc !...

Schmucke regarda cette femme, qui ne se doutait pas de sa barbarie ; car les gens du peuple sont habitués à subir passivement les plus grandes douleurs morales.

—Monsieur, il faut du linge pour un linceul, il faut de l'argent pour un lit de sangle, afin de coucher cette dame ; il en faut pour acheter de la batterie[1] de cuisine, des plats, des assiettes, des verres, car il va venir un prêtre pour passer la nuit, et cette dame ne trouve absolument rien dans la cuisine.

—Mais, monsieur, répéta la Sauvage, il me faut cependant du bois, du charbon, pour apprêter le dîner, et je ne vois rien ! Ce n'est d'ailleurs pas bien étonnant, puisque la Cibot vous fournissait tout...

—Mais, ma chère dame, dit madame Cantinet en montrant Schmucke qui gisait aux pieds du mort dans un état d'insensibilité complète, vous ne voulez pas me croire, il ne répond à rien.

—Eh bien, ma petite, dit la Sauvage, je vais vous montrer comment on fait dans ces cas-là.

La Sauvage jeta sur la chambre un regard comme en jettent les voleurs pour deviner les cachettes où doit se trouver l'argent. Elle alla droit à la commode de Pons, elle tira le premier tiroir, vit le sac où Schmucke avait mis le reste de l'argent provenant de la vente des tableaux, et vint le montrer à Schmucke, qui fit un signe de consentement machinal.

—Il y a douze cent cinquante-six francs,... lui dit la Sauvage.

Schmucke se mit à pleurer; les deux femmes le laissèrent et allèrent prendre possession de la cuisine, où elles apportèrent à elles deux en peu d'instants toutes les choses nécessaires à la vie.

Resté seul, il sourit comme un fou qui se voit libre d'accomplir un désir comparable à celui des femmes grosses. Il se jeta sur Pons et le tint encore une fois étroitement embrassé. A minuit, le prêtre revint, et Schmucke grondé par lui, lâcha Pons, et se remit en prière. Au jour, le prêtre s'en alla. A sept heures du matin, le docteur Poulain vint voir Schmucke affectueusement et voulut l'obliger à manger; mais l'Allemand s'y refusa.

Une heure après, Schmucke vit venir dans la chambre madame Sauvage, suivie d'un homme vêtu de noir et qui paraissait être un ouvrier.

—Monsieur, dit-elle, Cantinet a eu la complaisance de vous envoyer monsieur, qui est le fournisseur des bières de la paroisse.

Le fournisseur des bières s'inclina d'un air de commisération et de condoléance, mais en homme sûr de son fait et qui se sait indispensable; il regarda le mort en connaisseur...

—Comment monsieur veut-il *cela?* en sapin, en bois de chêne simple, ou en bois de chêne doublé de plomb? Le bois de chêne doublé de plomb est ce qu'il y a de plus comme il faut.[1] Le corps, dit-il, a la mesure ordinaire...

Il tâta les pieds pour mesurer les corps.

—Un mètre soixante et dix! ajouta-t-il.—Monsieur pense sans doute à commander le service funèbre à l'église?

Schmucke jeta sur cet homme des regards comme en ont les fous avant de faire un mauvais coup.

—Monsieur, vous devriez, dit la Sauvage, prendre quelqu'un qui s'occuperait de tous ces détails-là pour vous.

—*Ui*,... dit enfin la victime.

—Voulez-vous que j'aille vous chercher M. Tabareau, car vous allez avoir bien des affaires sur les bras? M. Tabareau, voyez-vous, c'est le plus honnête homme du quartier.

—*Ui, mennesir Dapareau! On m'en a barlé,*[a] répondit Schmucke vaincu.

—Eh bien, monsieur va être tranquille, et libre de se livrer à sa douleur, après une conférence avec son fondé de pouvoir.

Vers deux heures, le premier clerc de M. Tabareau, jeune homme qui se destinait à la carrière d'huissier, se présenta modestement. La jeunesse a d'étonnants privilèges, elle n'effraye pas. Ce jeune homme, appelé Villemot, s'assit auprès de Schmucke et attendit le moment de lui parler. Cette réserve toucha beaucoup Schmucke.

—Monsieur, lui dit-il, je suis le premier clerc de M. Tabareau, qui m'a confié le soin de veiller ici à vos intérêts, et de me charger de tous les détails de l'enterrement de votre ami... Etes-vous dans cette intention?

—*Fus ne me sauferez bas la fie, gar cheu n'ai bas longdemps à fifre, mais fus me laisserez dranguille?*[b]

---

[a] Oui, M. Tabareau! On m'en a parlé.
[b] Vous ne me sauverez pas la vie, car je n'ai longtemps à vivre, mais vous me laisserez tranquille?

—Oh! vous n'aurez pas un dérangement, répondit Villemot.

—*Eh pien! que vaud-il vaire bir cela?*[b]

—Signez ce papier où vous nommez M. Tabareau votre mandataire, relativement à toutes les affaires de la succession.

—*Pien! tonnez!*[c] dit l'Allemand en voulant signer sur-le-champ.

—Non, je dois vous lire l'acte.

—*Lissez!* (lisez)

Schmucke ne prêta pas la moindre attention à la lecture de cette procuration générale, et il la signa. Le jeune homme prit les ordres de Schmucke pour le convoi, pour l'achat du terrain, où l'Allemand voulut avoir sa tombe, et pour le service de l'église, en lui disant qu'il n'éprouverait plus aucun trouble, ni aucune demande d'argent.

La Sauvage, qui gouvernait Schmucke avec l'autorité d'une nourrice sur son marmot, le força de déjeuner avant d'aller à l'église. Pendant que cette pauvre victime se contraignait à manger, la Sauvage lui fit observer, avec des lamentations dignes de Jérémie, qu'il ne possédait pas d'habit noir. La garde-robe de Schmucke, entretenue par Cibot, en était arrivée, avant la maladie de Pons, comme le dîner, à sa plus simple expression, à deux pantalons et deux redingotes!...

—Vous allez aller comme vous êtes à l'enterrement de monsieur? C'est une monstruosité à nous faire honnir par tout le quartier!...

---

[b] Que faut-il faire pour cela?
[c] Bien! Donnez!

—*Ed commend fulez-fus que ch'y alle?*[a]
—Mais en deuil!..
—*Le teuille!*...
—Les convenances...
—*Les gonfenances!... cheu me viche pien te doudes ces pêtisses-là!*[b] dit le pauvre homme, arrivé au dernier degré d'exaspération où la douleur puisse porter une âme d'enfant.

—Mais c'est un monstre d'ingratitude, dit la Sauvage en se tournant vers un monsieur qui se montra soudain dans l'appartement, et qui fit frémir Schmucke.

Ce fonctionnaire, magnifiquement vêtu de drap noir, en culotte noir, en bas de soie noire, à manchettes blanches, décoré d'une chaîne d'argent à laquelle pendait une médaille, cravaté d'une cravate de mousseline blanche très-correcte, et en gants blancs; ce type officiel, frappé au même coin[1] pour les douleurs publiques, tenait à la main une baguette en ébène, insigne de ses fonctions, et sous le bras gauche un tricorne à cocarde tricolore.

—Je suis le maître des cérémonies, dit ce personnage d'une voix douce.

Cette déclaration causa un tremblement nerveux à Schmucke, comme s'il eût vu le bourreau.

—Monsieur est-il le fils, le frère, le père du défunt?... demanda l'homme officiel.

—*Cheu zuis doud cela, et plis... cheu zuis son hâmi!...*[c] dit Schmucke à travers un torrent de larmes.

---

[a] Et comment voulez-vous que j'y aille?
[b] Je me fiche bien de toutes ces bêtises-là.
[c] Je suis tout cela, et plus, je suis son ami.

—Etes-vous l'héritier? demanda le maître des cérémonies.

—*L'héridier?...* répéta Schmucke. *Doud m'esd écal au monte.* (Tout m'est égal au monde)

Et Schmucke reprit l'attitude que lui donnait sa douleur morne.

—Où sont les parents, les amis? demanda le maître des cérémonies.

—*Les foilà dous!* s'écria Schmucke en montrant les tableaux et les curiosités. *Chamais ceux-là n'ond vaid zuvvrir mon pon Bons!... Foilà doud ce qu'il aimaid afec moi!*[b]

—Il est fou, monsieur, dit la Sauvage au maître des cérémonies. Allez, c'est inutile de l'écouter.[1]

Schmucke s'était assis et avait repris sa contenance d'idiot, en essuyant machinalement ses larmes. En ce moment, Villemot, le premier clerc de maître Tabareau, parut; et le maître des cérémonies, reconnaissant celui qui était venu commander le convoi, lui dit:

—Eh bien, monsieur, il est temps de partir,... le char est arrivé; mais j'ai rarement vu de convoi pareil à celui-là. Où sont les parents, les amis?...

—Nous n'avons pas eu beaucoup de temps, répondit M. Villemot; monsieur est plongé dans une telle douleur, qu'il ne pensait à rien; mais il n'y a qu'un parent...

Le maître des cérémonies regarda Schmucke d'un air de pitié, car cet expert en douleur distinguait bien le vrai du faux, et il vint près de Schmucke:

---

[b] Jamais ceux-là n'ont fait souffrir... Voilà tout ce qu'il aimait avec moi.

—Allons, mon cher monsieur, du courage!... Songez à honorer la mémoire de votre ami.

—Nous avons oublié d'envoyer des billets de faire part,[1] mais j'ai eu le soin d'envoyer un exprès[2] à M. le président de Marville, le seul parent de qui je vous parlais... Il n'y a pas d'amis... Je ne crois pas que les gens du théâtre où le défunt était chef d'orchestre viennent... Mais monsieur est, je crois, légataire universel.

—Il doit alors conduire le deuil, dit le maître des cérémonies.—Vous n'avez pas d'habit noir? demanda-t-il en avisant le costume de Schmucke.

—*Cheu zuis doud en noir à l'indérière!...* dit le pauvre Allemand d'une voix déchirante; *et si pien en noir, que cheu sens la mord en moi... Tieu me vera la crâze de m'inir à mon hâmi tans la dompe, ed cheu l'en remercie!...*[a]

Et il joignit les mains.

—Je l'ai déjà dit à notre administration, qui a déjà tant introduit de perfectionnements, reprit le maître des cérémonies en s'adressant à Villemot; elle devrait avoir un vestiaire, et louer des costumes d'héritier,... c'est une chose qui devient de jour en jour plus nécessaire... Mais, puisque monsieur hérite, il doit prendre le manteau de deuil, et celui que j'ai apporté l'enveloppera tout entier, si bien qu'on ne s'apercevra pas de l'inconvenance de son costume...—Voulez-vous avoir la bonté de vous lever? dit-il à Schmucke.

Schmucke se leva, mais il vacilla sur ses jambes.

---

[a] Je suis tout en noir à l'intérieur, et si bien en noir, que je sens la mort en moi. Dieu me fera la grâce de me mener à mon ami dans la tombe...

—Tenez-le, dit le maître des cérémonies au premier clerc, puisque vous êtes son fondé de pouvoir.

Villemot soutint Schmucke en le prenant sous les bras, et alors le maître des cérémonies saisit cet ample et horrible manteau noir que l'on met aux héritiers pour suivre le char funèbre de la maison mortuaire à l'église, en le lui attachant par des cordes de soie noire sous le menton.

Et Schmucke fut *paré* en héritier.

—Maintenant, il nous survient une grande difficulté, dit le maître des cérémonies. Nous avons les quatre glands du poêle *à garnir*...[1] S'il n'y a personne, qui les tiendra?... Voici dix heures et demie, dit-il en consultant sa montre, on nous attend à l'église.

—Ah! voici Fraisier! s'écria fort imprudemment Villemot.

Mais personne ne pouvait recueillir cet aveu de complicité.

—Qui est ce monsieur? demanda le maître des cérémonies.

—Oh! c'est la famille.

—Quelle famille?

—La famille déshéritée. C'est le fondé de pouvoir de M. le président Camusot.

—Bien! dit le maître des cérémonies avec un air de satisfaction. Nous aurons au moins deux glands de tenus, l'un par vous, l'autre par lui.

Le maître des cérémonies, heureux d'avoir deux glands garnis, alla prendre deux magnifiques paires de gants de daim blancs, et les présenta tour à tour à Fraisier et à Villemot d'un air poli.

—Ces messieurs voudront bien prendre chacun un des coins du poêle?... dit-il.

Fraisier, tout en noir, mis avec prétention, cravate blanche, l'air officiel, faisait frémir, il contenait[1] cent dossiers de procédure.

—Volontiers, monsieur, dit-il.

—S'il pouvait nous venir seulement deux personnes, dit le maître des cérémonies, les quatre glands seraient garnis.

En ce moment arriva l'infatigable courtier de la maison Sonet, suivi du seul homme qui se souvînt de Pons, qui pensât à lui rendre les derniers devoirs. Cet homme était un gagiste du théâtre, le garçon chargé de mettre les partitions sur les pupitres à l'orchestre, et à qui Pons donnait tous les mois une pièce de cinq francs, en le sachant père de famille.

—*Ah! Dobinard* (Topinard)!... s'écria Schmucke en reconnaissant le garçon. *Di ames Bons, doi!*... (Tu aimes Pons, toi)

—Mais, monsieur, je suis venu tous les jours, le matin, savoir des nouvelles de monsieur...

—*Dus les chours! baufre Dobinard!*... dit Schmucke en serrant la main au garçon de théâtre.

—Mais on me prenait sans doute pour un parent, et on me recevait bien mal! J'avais beau dire que j'étais du théâtre et que je venais savoir des nouvelles de M. Pons, on me disait qu'on connaissait ces couleurs-là. Je demandais à voir ce pauvre cher malade; mais on ne m'a jamais laissé monter.

—*L'invâme Zipod!*... dit Schmucke en serrant sur son cœur la main calleuse du garçon de théâtre. (infâme)

—C'était le roi des hommes, ce brave M. Pons. Tous les mois, il me donnait cent sous... Il savait que j'ai trois enfants et une femme. Ma femme est à l'église.

—*Cheu bardacherai mon bain afec doi!*[a] s'écria Schmucke dans la joie d'avoir près de lui un homme qui aimait Pons.

—Monsieur veut-il prendre un des glands du poêle? dit le maître des cérémonies, nous aurons ainsi les quatre.

Le maître des cérémonies avait facilement décidé le courtier de la maison Sonet à prendre un des glands, surtout en lui montrant la belle paire de gants qui, selon les usages, devait lui rester.

—Voici dix heures trois quarts!... il faut absolument descendre... l'église attend, dit le maître des cérémonies.

Et ces six personnes se mirent en marche à travers l'escalier.

—Fermez bien l'appartement et restez-y, dit l'atroce Fraisier aux deux femmes qui se tenaient sur le palier, surtout si vous voulez être gardienne, madame Cantinet. Ah! ah! c'est quarante sous par jour!...

Par un hasard qui n'a rien d'extraordinaire à Paris, il se trouvait deux catafalques sous la porte cochère, et conséquemment deux convois, celui de Cibot, le défunt concierge, et celui de Pons. Personne ne venait rendre aucun témoignage d'affection au brillant catafalque de l'ami des arts, et tous les portiers du voisinage affluaient et aspergeaient la dépouille mortelle du portier d'un

---

[a] Je partagerai mon pain avec toi.

coup de goupillon. Ce contraste de la foule accourue au convoi de Cibot, et de la solitude dans laquelle restait Pons, eut lieu non-seulement à la porte de la maison, mais encore dans la rue, où le cercueil de Pons ne fut suivi que par Schmucke, que soutenait un croque-mort, car l'héritier défaillait à chaque pas. De la rue de Normandie à la rue d'Orléans, où l'église Saint-François est située, les deux convois allèrent entre deux haies de curieux, car, ainsi qu'on l'a dit, tout fait évènement dans ce quartier. On remarquait donc la splendeur du char blanc, d'où pendait un écusson sur lequel était brodé un grand P, et qui n'avait qu'un seul homme à sa suite ; tandis que le simple char, celui de la dernière classe, était accompagné d'une foule immense. Heureusement, Schmucke, hébété par le monde aux fenêtres et par la haie que formaient les badauds, n'entendait rien et ne voyait ce concours de personnes qu'à travers le voile de ses larmes.

—Ah ! c'est le casse-noisette,.. disait l'un, le musicien, vous savez !

—Quelles sont donc les personnes qui tiennent les cordons ?...

—Bah ! des comédiens !

—Tiens, voilà le convoi de ce pauvre père Cibot ! En voilà un travailleur de moins ! quel dévorant !

—Il ne sortait jamais, cet homme-là !

—Jamais il n'a fait le lundi.[1]

—Aimait-il sa femme !

—En voilà une malheureuse !

Rémonencq était derrière le char de sa victime, et recevait des compliments de condoléance sur la perte de son voisin.

—Qu'est-ce donc que ce drôle qui tenait le quatrième gland? demanda Fraisier à Villemot.

—C'est le courtier d'une *maison qui fait le monument funéraire,* et qui voudrait obtenir la commande d'une tombe où il se propose de sculpter trois figures en marbre, la Musique, la Peinture et la Sculpture versant des pleurs sur le défunt.

—C'est une idée, reprit Fraisier. Le bonhomme mérite bien cela; mais ce monument-là coûtera bien sept à huit mille francs.

—Oh! oui!

—Si M. Schmucke fait la commande, ça ne peut pas regarder la succession, car on pourrait absorber une succession par de pareils frais...

—Ce serait un procès, mais on le gagnerait...

—Eh bien, reprit Fraisier, ça le regardera donc! C'est une bonne farce à faire à ces entrepreneurs,... dit Fraisier à l'oreille de Villemot, car, si le testament est cassé, ce dont je réponds,... ou s'il n'y avait pas de testament, qui est-ce qui les payerait?

Villemot eut un rire de singe. Le premier clerc de Tabareau et l'homme de loi se parlèrent alors à voix basse et à l'oreille; mais, malgré le roulis de la voiture et tous les empêchements, le garçon de théâtre, habitué à tout deviner dans le monde des coulisses, devina que ces deux gens de justice méditaient de plonger le pauvre Allemand dans des embarras, et il finit par entendre le mot significatif de *Clichy!*[1] Dès lors, le digne et honnête serviteur du monde comique résolut de veiller sur l'ami de Pons.

Au cimetière, où, par les soins du courtier de la maison Sonet, Villemot avait acheté trois mètres de terrain à la ville, en annonçant l'intention d'y construire un magnifique monument, Schmucke fut conduit par le maître des cérémonies, à travers une foule de curieux, à la fosse où l'on allait descendre Pons. Mais, à l'aspect de ce trou carré au-dessus duquel quatre hommes tenaient avec des cordes la bière de Pons sur laquelle le clergé disait sa dernière prière, l'Allemand fut pris d'un tel serrement de cœur, qu'il s'évanouit.

Topinard, aidé par le courtier de la maison Sonet et par M. Sonet lui-même, emporta le pauvre Allemand dans l'établissement du marbrier, où les soins les plus empressés et les plus généreux lui furent prodigués par madame Sonet. Topinard resta là, car il avait vu Fraisier, dont la figure lui semblait patibulaire, s'entretenir avec le courtier de la maison Sonet.

Au bout d'une heure, vers deux heures et demie, le pauvre innocent Allemand recouvra ses sens. Schmucke croyait rêver depuis deux jours. Il pensait qu'il se réveillerait et qu'il trouverait Pons vivant. Il eut tant de serviettes mouillées sur le front, on lui fit respirer tant de sels et de vinaigres, qu'il rouvrit les yeux. Madame Sonet força Schmucke à boire un bon bouillon gras, car on avait mis le pot-au-feu chez les marbriers.

—Ça ne nous arrive pas souvent de recueillir ainsi des clients qui sentent aussi vivement que cela ; mais ça se voit encore tous les deux ans...

Enfin Schmucke parla de regagner la rue de Normandie.

—Monsieur, dit alors Sonet, voici le dessin qu'a fait Vitelot exprès pour vous, il a passé la nuit !... Mais il a été bien inspiré ! ça sera beau...

—Ça sera l'un des plus beaux du Père-Lachaise!... dit Monsieur, voici le devis et la commande,... sept mille francs, non compris les praticiens, dit Vitelot.

—Si monsieur veut du marbre, dit Sonet, plus spécialement marbrier, ce sera douze mille francs, et monsieur s'immortalisera avec son ami...

—Je viens d'apprendre que le testament sera attaqué, dit Topinard à l'oreille de Vitelot, et que les héritiers rentreront dans leur héritage; allez voir M. le président Camusot, car ce pauvre innocent n'aura pas un liard...

—Vous nous amenez toujours des clients comme cela! dit madame Vitelot au courtier en commençant une querelle.

Topinard reconduisit Schmucke, à pied, rue de Normandie, car les voitures de deuil s'y étaient dirigées.

—*Ne me guiddez bas!...* dit Schmucke à Topinard. (quittez)

Topinard voulait s'en aller, après avoir remis le pauvre musicien entre les mains de la dame Sauvage.

—Il est quatre heures, mon cher monsieur Schmucke, et il faut que j'aille dîner... Ma femme, qui est ouvreuse, ne comprendrait pas ce que je suis devenu. Vous savez le théâtre ouvre à cinq heures trois quarts...

—*Ui, cheu le sais,... mais sonchez que cheu zuis zeul sur la derre, sans ein hâmi. Fous qui afez bleuré Bons, églairez-moi, cheu zuis tans enie nouitte brovonte, ed Bons m'a tid que j'édais enduré te goguins...*[a]

[a] Songez que je suis seul sur la terre, sans un ami. Vous qui avez pleuré Pons, éclairez-moi, je suis dans une nuit profonde, et Pons m'a dit que j'étais entouré de coquins.

—Je m'en suis déjà bien aperçu, je viens de vous empêcher d'aller coucher à Clichy!

—*Gligy?*... s'écria Schmucke, *cheu ne gombrends bas...* (comprends)

—Pauvre homme! Eh bien, soyez tranquille, je viendrai vous voir, adieu.

—*Atié! à piendôd!*... dit Schmucke en tombant quasi mort de lassitude. (Adieu! à bientôt)

—Adieu, *môsieu!* dit madame Sauvage à Topinard d'un air qui frappa le gagiste.

—Oh! qu'avez-vous donc, la bonne?... dit railleusement le garçon de théâtre. Vous vous posez là comme un traître de mélodrame.

—Traître vous-même! De quoi vous mêlez-vous ici. N'allez-vous pas vouloir faire les affaires de monsieur, et le carotter?...

—Le carotter![1]... servante!... reprit superbement Topinard. Je ne suis qu'un pauvre garçon de théâtre, mais je tiens aux artistes, et apprenez que je n'ai jamais rien demandé à personne! Vous a-t-on demandé quelque chose? Vous doit-on, eh! la vieille?...

—Vous êtes garçon de théâtre, et vous vous nommez?... demanda la virago.

—Topinard, pour vous servir...

—Bien des choses chez vous, dit la Sauvage, et mes compliments à *médème,* si *môsieur* est marié... C'est tout ce que je voulais savoir.

—Qu'avez-vous donc, ma belle?... dit madame Cantinet, qui survint.

—J'ai, ma petite, que vous allez rester là, surveiller le dîner,[2] je vais donner un coup de pied jusque chez monsieur...

—Il est en bas, il cause avec cette pauvre madame Cibot, qui pleure toutes les larmes de son corps, répondit la Cantinet.

La Sauvage dégringola par l'escalier avec une telle rapidité, que les marches tremblaient sous ses pieds.

—Monsieur,... dit-elle à Fraisier en l'attirant à elle à quelques pas de madame Cibot.

Et elle désigna Topinard au moment où le garçon de théâtre passait, fier d'avoir déjà payé sa dette à son bienfaiteur, en empêchant par une ruse inspirée par les coulisses, où tout le monde a plus ou moins d'esprit drolatique, l'ami de Pons de tomber dans un piège. Aussi le gagiste se promettait-il de protéger le musicien de son orchestre contre les pièges qu'on tendrait à sa bonne foi.

—Vous voyez bien ce petit misérable !... C'est une espèce d'honnête homme qui veut fourrer son nez dans les affaires de M. Schmucke...

—Qui est-ce? demanda Fraisier.

—Oh, un rien du tout...

—Il n'y a pas de rien du tout, en affaires...

—Eh! dit-elle, c'est un garçon de théâtre, nommé Topinard...

—Bien, madame Sauvage! continuez ainsi, vous aurez votre débit de tabac.

Et Fraisier reprit la conversation avec madame Cibot.

—Je dis donc, ma chère cliente, que vous n'avez pas joué franc jeu avec nous, et que nous ne sommes tenus à rien envers un associé qui nous trompe!

—Et en quoi vous ai-je trompé?... dit la Cibot en

mettant les poings sur ses hanches. Croyez-vous que vous me ferez trembler avec vos regards de verjus[1] et vos airs de givre!... Vous cherchez de mauvaises raisons pour vous débarrasser de vos promesses, et vous vous dites honnête homme! Savez-vous ce que vous êtes? Vous êtes une canaille! Oui, oui, grattez-vous le bras!... mais empochez ça!...

—Pas de mots, pas de colère, ma mie, dit Fraisier. Écoutez-moi! Vous avez fait votre pelote... Ce matin, pendant les préparatifs du convoi, j'ai trouvé ce catalogue, en double, écrit tout entier de la main de M. Pons, et, par hasard, mes yeux sont tombés sur ceci:

Et il lut en ouvrant le catalogue manuscrit:

"*Nº 7. Magnifique portrait peint sur marbre, par Sébastien del Piombo, en 1546, vendu par une famille qui l'a fait enlever de la cathédrale de Terni. Ce portrait, qui avait pour pendant un évêque, acheté par un Anglais, représente un chevalier de Malte en prière, et se trouvait au-dessus du tombeau de la famille Rossi. Sans la date, on pourrait attribuer cette oeuvre à Raphaël. Ce morceau me semble supérieur au portrait de Baccio Bandinelli, du Musée, qui est un peu sec, tandis que ce chevalier de Malte est d'une fraîcheur due à la conservation de la peinture sur la LAVIGNA (ardoise.)*"

—En regardant, reprit Fraisier, à la place nº 7, j'ai trouvé un portrait de dame signé *Chardin*, sans nº 7!... Pendant que le maître des cérémonies complétait son nombre de personnes pour tenir les cordons du poêle, j'ai vérifié les tableaux, et il y a huit substitutions de toiles ordinaires et sans numéros, à des œuvres indiquées comme capitales par feu M. Pons et qui ne se trouvent plus... Et enfin, il manque un petit tableau sur bois, de Metzu, désigné comme un chef-d'œuvre...

—Est-ce que j'étais gardienne de tableaux, moi? dit la Cibot.

—Non, mais vous étiez femme de confiance, faisant le ménage et les affaires de M. Pons, et il y a vol...

—Vol! apprenez, monsieur, que les tableaux ont été vendus par M. Schmucke, d'après les ordres de M. Pons, pour subvenir à ses besoins.

—A qui?

—A MM. Élie Magus et Rémonencq...

—Combien?..

—Mais je ne m'en souviens pas!...

—Écoutez, ma chère madame Cibot, vous avez fait votre pelote,[1] elle est dodue!... reprit Fraisier. J'aurai l'œil sur vous, je vous tiens... Servez-moi, je me tairai! Dans tous les cas, vous comprenez que vous ne devez compter sur rien de la part de M. le président Camusot, du moment que vous avez jugé convenable de le dépouiller.

—Je savais bien, mon cher monsieur Fraisier, que cela tournerait en *os* de boudin[2] pour moi,... répondit la Cibot, adoucie par les mots: *Je me tairai!*

—Adieu, madame, je vais éplucher vos affaires, dit Fraisier; à moins que vous ne m'obéissiez toujours, ajouta-t-il.

Le lendemain, le pauvre Allemand sentit à son réveil l'immense perte qu'il avait faite, en trouvant l'appartement vide. La veille et l'avant-veille, les évènements et les tracas de la mort avaient produit autour de lui cette agitation, ce mouvement où se distraient les yeux.

Mais le silence qui suit le départ d'un ami, d'un père, d'un fils, d'une femme aimée, pour la tombe, le terne et froid silence du lendemain est terrible, il est glacial. Ramené par une force irrésistible dans la chambre de Pons, le pauvre homme ne put en soutenir l'aspect, il recula, revint s'asseoir dans la salle à manger, où madame Sauvage servait le déjeuner. Schmucke s'assit et ne put rien manger. Tout à coup une sonnerie assez vive retentit, et trois hommes noirs apparurent, à qui madame Cantinet et madame Sauvage laissèrent le passage libre. C'était d'abord M. Vitel, le juge de paix, et monsieur son greffier. Le troisième était Fraisier, plus sec, plus âpre que jamais, en ayant subi le désappointement d'un testament en règle qui annulait l'arme puissante, si audacieusement volée par lui.

—Nous venons, monsieur, dit le juge de paix avec douceur à Schmucke, apposer les scellés ici...

Schmucke, pour qui ces paroles étaient du grec, regarda d'un air effaré les trois hommes.

—Nous venons, à la requête de M. Fraisier, avocat, mandataire de M. Camusot de Marville, héritier de son cousin, le feu sieur Pons..., ajouta le greffier.

—Les collections sont là, dans ce vaste salon, et dans la chambre à coucher du défunt, dit Fraisier.

—Eh bien, passons.—Pardon, monsieur, déjeunez, faites, dit le juge de paix.

L'invasion de ces trois hommes noirs avait glacé le pauvre Allemand de terreur.

—Monsieur, dit Fraisier en dirigeant sur Schmucke un de ces regards venimeux qui magnétisaient ces victimes, comme une arraignée magnétise une mouche, monsieur, qui a su faire faire à son profit un testament par-devant notaire, devait bien s'attendre à quelque résistance de la part de la famille. Une famille ne se laisse pas dépouiller par un étranger sans combattre, et nous verrons, monsieur, qui l'emportera de la fraude, de la corruption ou de la famille!... Nous avons le droit, comme héritiers, de requérir l'apposition des scellés, les scellés seront mis, et je veux veiller à ce que cet acte conservatoire soit exercé avec la dernière rigueur, et il le sera.

—Monsieur, dit le greffier en venant chercher Schmucke, veut-il être présent à l'apposition des scellés dans la chambre mortuaire?

—*Vaides! vaides!* dit Schmucke, *cheu bressime que cheu bourrai mourir dranguille?*[a]

—On a toujours le droit de mourir, dit le greffier en riant, et c'est là notre plus forte affaire, que les successions. Mais j'ai rarement vu des légataires universels suivre les testateurs dans la tombe.

—*Ch'irai, moi!* dit Schmucke, qui se sentit, après tant de coups, des douleurs intolérables au cœur.

—Ah! voilà M. Villemot! s'écria la Sauvage.

—*Mennesir Fillemod,* dit le pauvre Allemand, *rebrezendez-moi...* (représentez)

—J'accours, dit le premier clerc. Je viens vous apprendre que le testament est tout à fait en règle, et sera certainement homologué par le tribunal, qui vous en verra en possession... Vous aurez une belle fortune.

—*Moi, eine pelle vordine!* s'écria Schmucke, au désespoir d'être soupçonné de cupidité.

---

[a] Faites, je présume que je pourrais mourir tranquille?

—En attendant, dit la Sauvage, qu'est-ce que fait donc là le juge de paix, avec ses bougies et ses petites bandes de ruban de fil?

—Ah! il met les scellés...—Venez, monsieur Schmucke, vous avez droit d'y assister.

—*Non, hâlez-y...* (allez-y)

Schmucke perdit tout à fait la tête, il la laissa tomber sur le dossier du fauteuil où il était assis, il la sentait si lourde, qu'il lui fut impossible de la soutenir. Villemot alla causer avec le greffier et le juge de paix, et assista, avec le sangfroid des praticiens, à l'apposition des scellés, qui, lorsque aucun héritier n'est là, ne va pas sans quelques lazzis, et sans observations sur les choses qu'on enferme ainsi, jusqu'au jour du partage. Enfin, les quatre gens de loi fermèrent le salon et rentrèrent dans la salle à manger, où le greffier se transporta. Schmucke regarda faire machinalement cette opération, qui consiste à sceller du cachet de la justice de paix un ruban de fil sur chaque vantail des portes, quand elles sont à deux vantaux, ou à sceller l'ouverture des armoires ou des portes simples en cachetant les deux lèvres de la paroi.

—Passons à cette chambre, dit Fraisier en désignant la chambre de Schmucke, dont la porte donnait dans la salle à manger.

—Mais c'est la chambre à monsieur! dit la Sauvage en s'élançant et se mettant entre la porte et les gens de justice.

—Voici le bail de l'appartement, dit l'affreux Fraisier, nous l'avons trouvé dans les papiers, et il n'est pas au nom de MM. Pons et Schmucke, il est au nom seul

de M. Pons. Cet appartement tout entier appartient
à la succession...—Et, d'ailleurs, dit-il en ouvrant la
porte de la chambre de Schmucke, tenez monsieur le
juge de paix, elle est pleine de tableaux.

—En effet, dit le juge de paix, qui donna sur-le-
champ gain de cause à Fraisier.

—Attendez, messieurs, dit Villemot. Pensez-vous
que vous allez mettre à la porte le légataire universel,
dont jusqu'à présent la qualité n'est pas contestée?

—Si! si![1] dit Fraisier; nous nous opposons à la
délivrance du legs.

—Et sous quel prétexte?

—Vous le saurez, mon petit! dit railleusement Fraisier. En ce moment, nous ne nous opposons pas à ce
que le légataire retire ce qu'il déclarera être à lui dans
cette chambre; mais elle sera mise sous les scellés. Et
monsieur ira se loger où bon lui semblera.

—Non, dit Villemot, monsieur restera dans sa
chambre!...

—Et comment?

—Je vais vous assigner en référé, reprit Villemot,
pour voir dire que nous sommes locataires par moitié
de cet appartement, et vous ne nous en chasserez pas...
Otez les tableaux, distinguez ce qui est au défunt, ce
qui est à mon client, mais mon client y restera,... mon
petit!...

—*Cheu m'en irai!* dit le vieux musicien, qui retrouva
de l'énergie en écoutant cet affreux débat.

—Vous ferez mieux! dit Fraisier. Ce parti vous
épargnera des frais, car vous ne gagneriez pas l'incident. Le bail est formel...

—Le bail! le bail! dit Villemot, c'est une question de bonne foi!...

—Elle ne se prouvera pas, comme dans les affaires criminelles, par des témoins... Allez-vous vous jeter dans des expertises, des vérifications,... des jugements interlocutoires et une procédure?

—*Non! non!* s'écria Schmucke effrayé; *cheu téménache, cheu m'en fais...* (déménage, vais)

La vie de Schmucke était celle d'un philosophe, cynique sans le savoir, tant elle était réduite au simple. Il ne possédait que deux paires de souliers, une paire de bottes, deux habillements complets, douze chemises, douze foulards, douze mouchoirs, quatre gilets, et une pipe superbe que Pons lui avait donnée avec une poche à tabac brodée. Il entra dans la chambre, surexcité par la fièvre de l'indignation, il y prit toutes ses hardes et les mit sur une chaise.

—*Doud ceci esd à moi!...* dit-il avec une simplicité digne de Cincinnatus;[1] *le biano esd aussi à moi.*

—Madame,... dit Fraisier à la Sauvage, faites-vous aider, emportez-le et mettez-le sur le carré, ce piano!

—Vous êtes trop dur aussi, dit Villemot à Fraisier. M. le juge de paix est maître d'ordonner ce qu'il veut, il est souverain dans cette matière.

—Il y a là des valeurs, dit le greffier en montrant la chambre.

—D'ailleurs, fit observer le juge de paix, monsieur sort de bonne volonté.

—On n'a jamais vu de client pareil; dit Villemot indigné, qui se retourna contre Schmucke. Vous êtes mou comme une *chiffe!...*

—*Gu'imborde où l'on meird!* dit Schmucke en sortant. *Ces hômes ond des fizæches te digres...—Ch'enferrai gerger mes baufres avvaires,*[a] ajouta-t-il.

—Où monsieur va-t-il?

—*A la crâse te Tieu!* répondit le légataire universel en faisant un geste sublime d'indifférence. (grâce)

—Faites-le-moi savoir, dit Villemot.

—Suis-le, dit Fraisier à l'oreille du premier clerc.

Madame Cantinet fut constituée gardienne des scellés, et, sur les fonds trouvés, on lui alloua une provision de cinquante francs.

—Ça va bien, dit Fraisier à M. Vitel quand Schmucke fut parti. Si vous voulez donner votre démission en ma faveur, allez voir madame la présidente de Marville, vous vous entendrez avec elle.

Il était alors onze heures, le vieil Allemand prit machinalement le chemin qu'il faisait avec Pons en pensant à Pons; il le voyait sans cesse, il le croyait à ses côtés, et il arriva devant le théâtre d'où sortait son ami Topinard, qui venait de nettoyer les quinquets de tous les portants, en pensant à la tyrannie de son directeur.

—*Ah! foilà mon avvaire!* s'écria Schmucke en arrêtant le pauvre gagiste. *Dobinart, ti has ein lochemend, doi?...* (voilà mon affaire; logement)

—Oui, monsieur.

—*Ein ménache?...* (ménage)

—Oui, monsieur.

---

[a] Qu'importe où l'on meurt. Ces hommes ont des visages de tigres. J'enverrai chercher mes pauvres affaires.

—*Feux-du me brentre en bension? Oh! cheu bàyerai
pien, ch'ai neiffe cende vrancs de rende... ed cheu n'ai
bas pien longdemps à fifre... Cheu ne te chênerai
boint... Cheu manche te doud!... .Mon seil pessoin
esd te vimer ma bibe... Ed, gomme ti es le seil qui ait
bleuré Bons afec moi, cheu d'aime.*[a]

—Monsieur, ce serait avec bien du plaisir; mais,
d'abord, figurez-vous que M. Gaudissart m'a fichu une
perruque soignée...[1]

—*Eine berrugue?*

—Une façon de dire qu'il m'a lavé la tête.

—*Lafé la dêde?*

—Il m'a grondé de m'être intéressé à vous... Il faudrait
donc être bien discret, si vous veniez chez moi !
Mais je doute que vous y restiez, car vous ne savez pas
ce qu'est le ménage d'un pauvre diable comme moi...

—*Ch'aime mieux le baufre ménache d'ine hôme de
cuier qui a bleuré Bons, que les Duileries afeg des
hômes à face de digre; Cheu sors te foir tes digres
chez Bons qui font mancher dud!*[b]

—Venez, monsieur, dit le gagiste, et vous verrez...;
mais... Enfin, il y a une soupente... Consultons
madame Topinard.

---

[a] Veux-tu me prendre en pension? je payerai bien, j'ai neuf
cents francs de rente, et je n'ai pas bien longtemps à vivre.
Je ne te gênerai point. Je mange de tout. Mon seul besoin
est de fumer ma pipe. Et comme tu es le seul qui ait pleuré
Pons avec moi, je t'aime.

[b] J'aime mieux le pauvre ménage d'un homme de coeur qui
a pleuré Pons, que les Tuileries avec des hommes à face de
tigre. Je sors de voir des tigres chez Pons qui vont manger
tout.

Schmucke suivit comme un mouton Topinard, qui le conduisit dans une de ces affreuses localités qu'on pourrait appeler les cancers de Paris.

Le logement de Topinard consistait en une cuisine et en deux chambres. Dans la première de ces deux chambres se tenaient les enfants. On y voyait deux petits lits en bois blanc et un berceau. La seconde était la chambre des époux Topinard. On mangeait dans la cuisine. Au-dessus régnait un faux grenier élevé de six pieds et couvert en zinc, avec un châssis à tabatière[1] pour fenêtre.

Les Topinard étaient, selon la phrase devenue proverbiale, pauvres mais honnêtes. Topinard avait environ quarante ans, et sa femme, ancienne coryphée des chœurs, maîtresse, disait-on, du directeur en faillite à qui Gaudissart avait succédé, devait avoir trente ans. Lolotte avait été belle femme, mais les malheurs de la précédente administration avaient tellement réagi sur elle, qu'elle s'était vue dans la nécessité de contracter avec Topinard un mariage de théâtre. Elle ne mettait pas en doute que, dès que leur ménage se verrait à la tête de cent cinquante francs, Topinard réaliserait ses serments devant la loi, ne fût-ce que pour légitimer ses enfants, qu'il adorait. Le matin, pendant ses moments libres, madame Topinard cousait pour le magasin du théâtre. Ces courageux gagistes réalisaient par des travaux gigantesques neuf cents francs par an.

—Encore un étage! disait, depuis le troisième, Topinard à Schmucke, qui ne savait seulement pas s'il descendait ou s'il montait, tant il était abîmé dans sa douleur.

Au moment où le gagiste, vêtu de toile blanche comme tous les gens de service, ouvrit la porte de la chambre, on entendit la voix de madame Topinard criant :

—Allons, enfants, taisez-vous! voilà papa!

Et, comme sans doute les enfants faisaient ce qu'ils voulaient de papa, l'aîné continua de commander une charge en souvenir du Cirque-Olympique, à cheval sur un manche à balai,[1] le second à souffler dans un fifre de fer-blanc, et le troisième à suivre de son mieux le gros de l'armée. La mère cousait un costume de théâtre.

—Taisez-vous, cria Topinard d'une voix formidable, ou je tape!—Faut toujours leur dire cela, ajouta-t-il tout bas à Schmucke.—Tiens, ma petite, dit le gagiste à l'ouvreuse, voici M. Schmucke, l'ami de ce pauvre M. Pons; il ne sait pas où aller, et il voudrait venir chez nous; j'ai eu beau l'avertir[2] que nous n'étions pas flambants, que nous étions au sixième, que nous n'avions qu'une soupente à lui offrir, il y tient...

Schmucke s'était assis sur une chaise que la femme lui avait avancée, et les enfants, tout interdits par l'arrivée d'un inconnu, s'étaient ramassés en un groupe pour se livrer à cet examen approfondi, muet et sitôt fini qui distingue l'enfance, habituée, comme les chiens, à flairer plutôt qu'à juger. Schmucke se mit à regarder ce groupe si poli où se trouvait une petite fille âgée de cinq ans, celle qui soufflait dans la trompette et qui avait de magnifiques cheveux blonds.

—*Elle a l'air t'une bedide Allemante!* dit Schmucke en lui faisant signe de venir à lui.

—Monsieur serait là bien mal, dit l'ouvreuse; si je n'étais pas obligée d'avoir mes enfants près de moi, je proposerais bien notre chambre.

—*Non, non,* répondit Schmucke. *Eh! cheu n'ai pas longdemps à fifre, cheu ne feux qu'ein goin bir mûrir.*[a]

La porte de la chambre fermée, on monta dans la mansarde, et, dès que Schmucke y fut, il s'écria:

—*Foilà mon avvaire!... Afand d'êdre afec Bons, cheu n'édais chamais mieux loché que zela.*[b]

—Eh bien, il n'y a qu'à acheter un lit de sangle, deux matelas, un traversin, un oreiller, deux chaises et une table. Ce n'est pas la mort d'un homme...; ça peut coûter cinquante écus, avec la cuvette, le pot, et un petit tapis de lit...

Tout fut convenu. Seulement, les cinquante écus manquaient. Schmucke, qui se trouvait à deux pas du théâtre, pensa naturellement à demander ses appointements au directeur, en voyant la détresse de ses nouveaux amis... Il alla sur-le-champ au théâtre, et y trouva Gaudissart. Le directeur reçut Schmucke avec la politesse un peu tendue qu'il déployait pour les artistes, et fut étonné de la demande faite par Schmucke d'un mois d'appointements. Néanmoins, vérification faite, la réclamation se trouva juste.

—Ah! diable, mon brave! lui dit le directeur, les Allemands savent toujours bien compter, même dans les larmes... Je croyais que vous auriez été sensible à

---

[a] Je n'ai pas longtemps à vivre, je ne veux qu'un coin pour mourir.

[b] Voilà mon affaire. Avant d'être avec Pons, je n'étais jamais mieux logé que cela.

la gratification de mille francs! une dernière année d'appointements que je vous ai donnée, et que cela valait quittance!

—*Nus n'afons rien rési,* dit le bon Allemand; *ed si cheu fiens à fus, c'esde que cheu zuis tans la rie et sans ein liart... A qui afez-fus remis la cradivigation?*[c]

—A votre portière!...

—*Montame Zipod!* s'écria le musicien. *Elle a dué Bons, elle l'a folé, elle l'a fenti... Elle foulaid prîler son desdamend... C'esde eine goguine ! ein monsdre!*[a]

—Mais, mon brave, comment êtes-vous sans le sou, dans la rue, sans asile, avec votre position de légataire universel? Ça n'est pas logique, comme nous disons.

—*On m'a mis à la borde... Cheu zuis édrancher, cheu ne gonnais rien aux lois...* (porte, étranger, connais)

—Pauvre homme! pensa Gaudissart en entrevoyant la fin probable d'une lutte inégale.—Écoutez, lui dit-il, savez-vous ce que vous avez à faire?

—*Ch'ai ein hôme d'avvaires!* (affaires)

—Eh bien, transigez sur-le-champ avec les héritiers; vous aurez d'eux une somme et une rente viagère, et vous vivrez tranquille...

—*Cheu ne .feux bas audre chosse!* répondit Schmucke.

—Eh bien, laissez-moi vous arranger cela, dit Gaudissart, à qui, la veille, Fraisier avait dit son plan.

---

[c] Nous n'avons rien reçu, et si je viens à vous c'est que je suis dans la rue et sans un liard. A qui avez-vous remis la gratification.

[a] Volé, vendu, elle voulait brûler son testament, coquine, monstre.

Gaudissart pensa pouvoir se faire un mérite auprès de la jeune vicomtesse Popinot et de sa mère de la conclusion de cette sale affaire, et il serait au moins conseiller d'État un jour, se disait-il.

—*Cheu fus tonne mes boufoirs...* (donne, pouvoirs)

—Eh bien, voyons! D'abord, tenez, dit le Napoléon des théâtres du boulevard, voici cent écus...

Il prit dans sa bourse quinze louis et les tendit au musicien.

—C'est à vous, c'est six mois d'appointements que vous aurez; et puis, si vous quittez le théâtre, vous me les rendrez. Comptons! que dépensez-vous par an? que vous faut-il pour être heureux? Allez! allez! faites-vous une vie de Sardanapale!...[1]

—*Cheu n'ai pessoin que t'ein habilement t'ifer et ein t'édé...* (besoin, d'hiver, d'été)

—Trois cents francs! dit Gaudissart.

—*Tes zouliers, quadre baires...* (souliers)

—Soixante francs.

—*Tes pas...* (bas)

—Douze paires! c'est trente-six francs.

—*Sisse gemisses.* (six chemises)

—Six chemises en calicot, vingt-quatre francs, autant en toile, quarante-huit: nous disons soixante-douze. Nous sommes à quatre cent soixante-huit, mettons cinq cents avec les cravates et les mouchoirs, et cent francs de blanchissage... six cent livres! Après, que vous faut-il pour vivre?... trois francs par jour?

—*Non, c'esde drob!* (trop)

—Enfin, il vous faut aussi des chapeaux... Ça fait quinze cents francs et cinq cents francs de loyer, deux mille. Voulez-vous que je vous obtienne deux mille francs de rente viagère... bien garanties?

—*Ed mon dapac?* (tabac)

—Deux mille quatre cents francs!... Ah! papa Schmucke, vous appelez ça le tabac?... Eh bien, on vous flanquera du tabac. C'est donc deux mille quatre cents francs de rente viagère...

—*Ze n'esd bas dud! cheu feux eine zôme gondand...* (tout, somme comptant)

—Les épingles!... c'est cela! Ces Allemands! ça se dit naïf! vieux Robert Macaire![1]... pensa Gaudissart.— Que voulez-vous? répéta-t-il. Mais plus rien après.

—*C'esd bir aquidder eine tedde zagrée.* (acquitter dette sacrée)

—Une dette! se dit Gaudissart; quel filou! c'est pis qu'un fils de famille! il va inventer des lettres de change! Il faut finir raide! ce Fraisier ne voit pas en grand![2] Quelle dette, mon brave? dites!...

—*Il n'y ha qu'ein hôme qui aid bleuré Bons afeg moi... Il a eine chendille bedide fille qui a tes gefeux maniviques, chai gru foir dud à l'heire le chénie de ma baufre Allemagne, que cheu n'aurais chamais tû guidder... Baris n'esd bas pon bir les Allemants, on se mogue t'eux,*[a]... dit-il en faisant le petit geste de tête d'un homme qui croit voir clair dans les choses de ce bas monde.

---

[a] Il n'y a qu'un homme qui ait pleuré Pons avec moi. Il a une gentille petite fille qui a des cheveux magnifiques, j'ai cru voir tout à l'heure le génie de ma pauvre Allemagne, que je n'aurais jamais dû quitter. Paris n'est pas bon pour les Allemands, on se moque d'eux.

—Il est fou! se dit Gaudissart.

Et, pris de pitié pour cet innocent, le directeur eut une larme à l'œil.

—*Ah! fous me gombrenez, mennesir le tirecdir! Eh pien, cet hôme à la bedide file est Dobinard, qui serd l'orguestre et allime les lambes; Bons l'aimait et le segourait, c'esde le seil qui aid aggombagné mon inique hâmi au gonfoi, à l'éclise, au zimedière... Cheu feux drois mille vrancs bir lui et drois mille vrancs bir la bedide file...*[a]

—Pauvre homme!... se dit Gaudissart.

Ce féroce parvenu fut touché de cette noblesse et de cette reconnaissance pour une chose de rien aux yeux du monde, et qui, aux yeux de cet agneau divin, pesait plus que les victoires des conquérants. Gaudissart cachait sous ses vanités, sous sa brutale envie de parvenir et de se hausser jusqu'à son ami Popinot, un bon cœur, une bonne nature. Donc, il effaça les jugements téméraires sur Schmucke et passa de son côté.

—Vous aurez tout cela! mais je ferai mieux, mon cher Schmucke. Topinard est un homme de probité...

—*Ui, cheu l'ai fu dud à l'heure, tans son baufre ménache, où il esd gondend afeg ses envants...* (ménage, content)

—Je lui donnerai la place de caissier, car le père Baudrand me quitte...

---

[a] Vous me comprenez, M. le directeur! Eh bien, cet homme à la petite fille est Topinard, qui sert l'orchestre et allume des lampes; Pons l'aimait et le secourait, c'est le seul qui ait accompagné mon unique ami au convoi, à l'église, au cimetière. Je veux trois mille francs pour lui...

—*Ah! gue Tieu fus pénisse!* s'écria Schmucke. (bénisse)

—Eh bien, mon bon et brave homme, venez à quatre heures, ce soir, chez M. Berthier, notaire; tout sera prêt, et vous serez à l'abri du besoin pour le reste de vos jours... Vous toucherez vos six mille francs, et vous ferez, aux mêmes appointements, avec Garangeot, ce que vous faisiez avec Pons.

—*Non!* dit Schmucke, *cheu ne fifrai boind!... Cheu n'ai blis le cueir à rien,... cheu me sens addagué...*[b]

Pauvre mouton! se dit Gaudissart en saluant l'Allemand, qui se retirait.

—Faites avancer ma voiture! dit-il à son garçon de bureau.

Il descendit et cria au cocher :

—Rue de Hanovre!

L'ambitieux avait reparu tout entier! il voyait le conseil d'État.

Schmucke achetait en ce moment des fleurs, et il les apporta presque joyeux, avec des gâteaux, pour les enfants de Topinard.

—*Cheu tonne les câdeaux!...* dit-il avec un sourire.

Ce sourire était le premier qui vînt sur ses lèvres depuis trois mois, et qui l'eût vu en eût frémi.

—*Cheu les tonne à eine gondission.* (condition)

—Vous êtes trop bon, monsieur, dit la mère.

—*La bedide file m'emprassera et meddra les fleirs tans ses geveux, en les dressant gomme vont les bedides Allemantes!* (comme font)

---

[b] Vivrai point, je n'ai plus de coeur, attaqué.

—Olga, ma fille, faites tout ce que veut monsieur,... dit l'ouvreuse en prenant un air sévère.

—*Ne crontez bas ma bedide Allemante!...* s'écria Schmucke, qui voyait sa chère Allemagne dans cette petite fille. (grondez)

—Tout le bataclan vient sur les épaules de trois commissionnaires!... dit Topinard en entrant.

—*Ah!* fit l'Allemand, *mon hâmi, foici teux sante vrancs pir dud bayer... Mais fus afez eine chendile vemme, fus l'épiserez, n'est-ce bas? Cheu fus tonne mille écus... La bedide file aura eine tode te mile écus que fus blacerez en son nom. Ed fus ne serez plis cachisde,... fus hâlez êdre le gaissier du dhéâdre...*[a]

—Moi, la place du père Baudrand?

—*Ui.*

—Qui vous a dit cela?

—*Mennesir Cautissart!*

—Oh! c'est à devenir fou de joie!...—Eh! dis donc, Rosalie, va-t-on bisquer au théâtre!... Mais ce n'est pas possible, reprit-il.

—Notre bienfaiteur ne peut loger dans une mansarde...

—*Pah! bir guelgues churs gue c'hai à fifre!* dit Schmucke, *c'esde pien pon!... Atieu! cheu fais au zimedière... foir se gu'on a vaid te Bons... ed gommanter tes fleurs pir sa dompe!*[b]

---

[a] Mon ami, voici deux cents francs pour tout payer. Mais vous avez une gentille femme, vous l'épouserez, n'est-ce pas? Je vous donne mille écus. La petite fille une dot de... vous placerez en son nom. Et vous ne serez plus gagiste, vous allez être le caissier du théâtre.

[b] Pour quelques jours que j'ai à vivre, c'est bien bon... voir ce qu'on a fait de... et commander des fleurs pour sa tombe.

Madame Camusot de Marville était en proie aux plus vives alarmes. Fraisier tenait conseil chez elle avec Godeschal et Berthier. Berthier le notaire et Godeschal l'avoué regardaient le testament fait par deux notaires en présence de deux témoins comme inattaquable, à cause de la manière nette dont Léopold Hannequin l'avait formulé. Selon l'honnête Godeschal, Schmucke, si son conseil actuel parvenait à le tromper, finirait par être éclairé, ne fût-ce que par un de ces avocats qui, pour se distinguer, ont recours à des actes de générosité, de délicatesse. Les deux officiers ministériels quittèrent donc la présidente en l'engageant à se défier de Fraisier, sur qui naturellement ils avaient pris des renseignements. En ce moment, Fraisier, revenant de l'apposition des scellés, minutait une assignation dans le cabinet du président, où madame de Marville l'avait fait entrer sur l'invitation des deux officiers ministériels, qui voyaient l'affaire trop sale pour qu'un président s'y fourrât, selon leur mot, et qui avait voulu donner leur opinion à madame de Marville sans que Fraisier les écoutât.

—Eh bien, madame, où sont ces messieurs? demanda l'ancien avoué de Mantes.

—Partis!... en me disant de renoncer à l'affaire! répondit madame de Marville.

—Renoncer! dit Fraisier avec un accent de rage contenu. Ecoutez, madame... Et il lut la pièce suivante:

"A la requête de, etc... (Je passe le verbiage.) :

"Attendu qu'il a été déposé entre les mains de M. le président du tribunal de première instance un testament reçu par maîtres Léopold Hannequin et Alexandre

Crottat, notaires à Paris, accompagnés de deux témoins, les sieurs Brunner et Schwab, étrangers domiciliés à Paris, par lequel testament le sieur Pons, décédé, a disposé de sa fortune, au préjudice du requérant, son héritier naturel et légal, au profit d'un sieur Schmucke, Allemand ;

"Attendu que le requérant se fait fort de démontrer que le testament est l'oeuvre d'une odieuse captation et de résultats de manoeuvres reprouvées par la loi ; qu'il sera prouvé par des personnes éminentes que l'intention du testateur était de laisser sa fortune à mademoiselle Cécile, fille de mondit sieur de Marville ; et que le testament dont le requérant demande l'annulation a été arraché à la faiblesse du testateur, quand il était en pleine démence ;

"Attendu que le sieur Schmucke, pour obtenir ce legs universel, a tenu en chartre privée le testateur, qu'il a empêché la famille d'arriver jusqu'au lit du mort, et que, le résultat obtenu, il s'est livré à des actes notoires d'ingratitude qui ont scandalisé la maison et tous les gens du quartier, qui, par hasard, étaient témoins pour rendre les derniers devoirs au portier de la maison où est décédé le testateur ;

"Attendu que des faits plus graves encore, et dont le requérant recherche en ce moment les preuves, seront articulés devant MM. les juges du tribunal ;

"J'ai huissier soussigné, etc., audit nom, assigne le sieur Schmucke, parlant, etc., a comparaître devant MM. les juges composant la première chambre du tribunal, pour voir dire que le testament reçu par maîtres Hannequin et Crottat, étant le résultat d'une captation évidente, sera regardé comme nul et de nul effet; et j'ai, en outre, audit nom, protesté contre la qualité et capacité de légataire universel que pourrait prendre le sieur Schmucke, entendant le requérant s'opposer, comme de fait il s'oppose, par sa requête en date d'aujourd'hui, présentée à M. le président, à l'envoi en possession demandé par ledit sieur Schmucke, et je lui ai laissé copie du présent, dont le coût est de..." Etc.

—Je connais l'homme, madame la présidente, et, quand il aura lu ce poulet,[1] il transigera. Il consultera Tabareau, Tabareau lui dira d'accepter nos propositions! Donnez-vous les mille écus de rente viagère?

—Certes, je voudrais bien en être à payer le premier terme.

—Ce sera fait avant trois jours... Cette assignation le saisira dans le premier étourdissement de sa douleur, car il regrette Pons, ce pauvre bonhomme. Il a pris cette perte fort au sérieux.

—L'assignation lancée peut-elle se retirer? dit la présidente.

—Certes, madame, on peut toujours se désister.

—Eh bien, monsieur, dit madame Camusot, faites!... allez toujours! Oui, l'acquisition que vous m'avez ménagée en vaut la peine! J'ai d'ailleurs arrangé l'affaire de la démission de Vitel, mais vous payerez les soixante mille francs à ce Vitel sur les valeurs de la succession Pons... Ainsi, voyez, il faut réussir...

—Vous avez sa démission?

—Oui, monsieur; M. Vitel se fie à M. de Marville...

—Eh bien, madame, je vous ai déjà débarrassée de

soixante mille francs que je calculais devoir être donnés à cette ignoble portière, cette madame Cibot. Mais je tiens toujours à avoir le débit de tabac pour la femme Sauvage, et la nomination de mon ami Poulain à la place vacante de médecin en chef des Quinze-Vingts.[1]

—C'est entendu, tout est arrangé.

—Eh bien, tout est dit... Tout le monde est pour vous dans cette affaire, jusqu'à Gaudissart, le directeur du théâtre, que je suis allé trouver hier, et qui m'a promis d'aplatir le gagiste, qui pourrait déranger nos projets.

—Oh! je le sais, M. Gaudissart est tout acquis aux Popinot!

Fraisier sortit. Malheureusement, il ne rencontra pas Gaudissart, et la fatale assignation fut lancée aussitôt.

Tous les gens cupides comprendront, autant que les gens honnêtes l'exécreront, la joie de la présidente, à qui, vingt minutes après le départ de Fraisier, Gaudissart vint apprendre sa conversation avec le pauvre Schmucke. La présidente approuva tout, elle sut un gré infini au directeur du théâtre de lui enlever tous ses scrupules par des observations qu'elle trouva pleines de justesse.

—Madame la présidente, dit Gaudissart, en venant, je pensais que ce pauvre diable ne saurait que faire de sa fortune! C'est une nature d'une simplicité de patriarche. C'est naïf, c'est Allemand, c'est à empailler, c'est à mettre sous verre comme un petit Jésus de cire!... C'est-à-dire que, selon moi, il est déjà fort embarrassé

de ses deux mille cinq cents francs de rente, et vous le
provoquez à la débauche...

—C'est d'un bien noble cœur, dit la présidente, d'enrichir ce garçon qui regrette notre cousin. Mais, moi,
je déplore la petite *bisbille* qui nous a brouillés, M.
Pons et moi; s'il était revenu, tout lui aurait été pardonné. Si vous saviez, il manque à mon mari. M. de
Marville a été au désespoir de n'avoir pas reçu d'avis
de cette mort, car il a la religion des devoirs de famille,
il aurait assisté au service, au convoi, à l'enterrement,
et, moi-même, je serais allée à la messe.

—Eh bien, belle dame, dit Gaudissart, veuillez faire
préparer l'acte ; à quatre heures, je vous amènerai
l'Allemand... Recommandez-moi, madame, à la bien-
veillance de votre charmante fille, la vicomtesse Popinot ; qu'elle dise à mon illustre ami, son bon et excellent
père, à ce grand homme d'État, combien je suis dévoué
à tous les siens, et qu'il me continue sa précieuse faveur.
J'ai dû la vie à son oncle, le juge, et je lui dois ma fortune... Je voudrais tenir de vous et de votre fille la
haute considération qui s'attache aux gens puissants et
bien posés. Je veux quitter le théâtre, devenir un
homme sérieux.

—Vous l'êtes, monsieur ; dit la présidente.

—Adorable! reprit Gaudissart en baisant la main
sèche de madame de Marville.

A quatre heures se trouvaient réunis dans le cabinet
de M. Berthier, notaire, d'abord Fraisier, rédacteur de
la transaction, puis Tabareau, mandataire de Schmucke,
et Schmucke lui-même, amené par Gaudissart. Fraisier avait eu soin de placer en billets de banque les six

mille francs demandés, et six cents francs pour le premier terme de la rente viagère, sur le bureau du notaire et sous les yeux de l'Allemand, qui, stupéfait de voir tant d'argent, ne prêta pas la moindre attention à l'acte qu'on lui lisait. Ce pauvre homme, saisi par Gaudissart, au retour du cimetière, où il s'était entretenu avec Pons et où il lui avait promis de le rejoindre, ne jouissait pas de toutes ses facultés, déjà bien ébranlées par tant de secousses. Il n'écouta donc pas le préambule de l'acte, où il était représenté comme assisté de maître Tabareau, huissier, son mandataire et son conseil, et où l'on rappelait les causes du procès intenté par le président dans l'intérêt de sa fille. L'Allemand jouait un triste rôle, car, en signant l'acte, il donnait gain de cause aux épouvantables assertions de Fraisier; mais il fut si joyeux de voir l'argent pour la famille Topinard, et si heureux d'enrichir, selon ses petites idées, le seul homme qui aimât Pons, qu'il n'entendit pas un mot de cette transaction sur procès. Au milieu de l'acte, un clerc entra dans le cabinet.

—Monsieur, il y a là, dit-il à son patron, un homme qui veut parler à M. Schmucke...

Le notaire, sur un geste de Fraisier, haussa les épaules significativement.

—Ne nous dérangez donc jamais quand nous signons des actes! Demandez le nom de ce... Est-ce un homme ou un monsieur? est-ce un créancier?...

Le clerc revint et dit:

—Il veut absolument parler à M. Schmucke.

—Son nom?

—Il s'appelle Topinard.

—J'y vais. Signez tranquillement, dit Gaudissart à Schmucke. Finissez; je vais savoir ce qu'il nous veut.

Gaudissart avait compris Fraisier, et chacun d'eux flairait un danger.

—Que viens-tu faire ici ? dit le directeur au gagiste. Tu ne veux donc pas être caissier ? Le premier mérite d'un caissier, c'est la discrétion.

—Monsieur...

—Va donc à tes affaires, tu ne seras jamais rien si tu te mêles de celles des autres.

—Monsieur, je ne mangerai pas de pain dont toutes les bouchées me resteraient dans la gorge!...—Monsieur Schmucke! criait-il.

Schmucke, qui avait signé, qui tenait son argent à la main, vint à la voix de Topinard.

—*Foici pir la bedide Allemante et pir fus...*

—Ah! mon cher monsieur Schmucke, vous avez enrichi des monstres, des gens qui veulent vous ravir l'honneur. J'ai porté cela chez un brave homme, un avoué qui connaît ce Fraisier, et il dit que vous devez punir tant de scélératesse en acceptant le procès, et qu'ils reculeront... Lisez.

Et cet imprudent ami donna l'assignation envoyée à Schmucke, cité Bordin. Schmucke prit le papier, le lut, et, en se voyant traité comme il l'était, ne comprenant rien aux gentillesses de la procédure, il reçut un coup mortel. Ce gravier lui boucha le cœur. Topinard reçut Schmucke dans ses bras; ils étaient alors tous deux sous la porte cochère du notaire. Une voiture vint à passer, Topinard y fit entrer le pauvre Allemand, qui subissait les douleurs d'une congestion séreuse au

cerveau. La vue était troublée; mais le musicien eut
encore la force de tendre l'argent à Topinard. Schmucke
ne succomba point à cette première attaque, mais il ne
recouvra point la raison; il ne faisait que des mouvements sans conscience; il ne mangea point. Il mourut
en dix jours, sans se plaindre, car il ne parla plus. Il
fut soigné par madame Topinard, et fut obscurément
enterré, côte à côte avec Pons, par les soins de Topinard, la seule personne qui suivit le convoi de ce fils de
l'Allemagne.

Fraisier, nommé juge de paix, est très-intime dans
la maison du président, et très-apprécié par la présidente, qui n'a pas voulu lui voir épouser *la fille à Tabareau;* elle promet infiniment mieux que cela à l'habile
homme à qui, selon elle, elle doit non-seulement l'acquisition des prairies de Marville et le cottage, mais encore
l'élection de M. le président, nommé député à la réélec-
tion général de 1846.

Tout le monde désirera sans doute savoir ce qu'est
devenue l'héroïne de cette histoire, malheureusement
trop véridique dans ses détails, et qui, superposée à la
précédente, dont elle est la sœur jumelle, prouve que la
grande force sociale est le caractère. Vous devinez, ô
amateurs, connaisseurs et marchands, qu'il s'agit de la
collection de Pons! Il suffira d'assister à une conversation tenue chez le compte Popinot, qui montrait, il y
a peu de jours, sa magnifique collection à des étrangers.

—Monsieur le comte, disait un étranger de distinction, vous possédez des trésors!

—Oh! milord, dit modestement le comte Popinot, en
fait de tableaux, personne, je ne dirai pas à Paris, mais

en Europe, ne peut se flatter de rivaliser avec un inconnu, un juif nommé Élie Magus, vieillard maniaque, le chef des tableaumanes. Il a réuni cent et quelques tableaux qui sont à décourager les amateurs d'entreprendre des collections. La France devrait sacrifier sept à huit millions et acquérir cette galerie à la mort de ce richard... Quant aux curiosités, ma collection est assez belle pour qu'on en parle...

—Mais comment un homme aussi occupé que vous l'êtes, dont la fortune primitive a été si loyalement gagnée dans le commerce...?

—De drogueries, interrompit Popinot, a pu continuer à se mêler de drogues...

—Non, reprit l'étranger; mais où trouvez-vous le temps de chercher? Les curiosités ne viennent pas à vous...

—Mon père avait déjà, dit la vicomtesse Popinot, un noyau de collection, il aimait les arts, les belles œuvres; mais la plus grande partie de ses richesses vient de moi!

—De vous, madame?... Si jeune! vous aviez ces vices-là, dit un prince russe.

—Prince, dit la vicomtesse, ce trésor m'est échu par succession d'un cousin qui m'aimait beaucoup et qui avait passé quarante et quelques années, depuis 1805, à ramasser dans tous les pays, et principalement en Italie, tous ces chefs-d'œuvre...

—Et comment l'appelez-vous? demanda le milord.

—Pons! dit le président Camusot.

—C'était un homme charmant, reprit la présidente de sa petite voix flûtée, plein d'esprit, original, et avec cela

beaucoup de cœur. Cet éventail que vous admirez,
milord, et qui est celui de madame de Pompadour, il me
l'a remis un matin en me disant un mot charmant que
vous me permettrez de ne pas répéter...
Et elle regarda sa fille.

—Dites-nous le mot, demanda le prince russe, madame la vicomtesse.

—Le mot vaut l'éventail!... répondit la vicomtesse,
dont le mot était stéréotypé. Il a dit à ma mère qu'il
était bien temps que ce qui avait été dans les mains du
vice restât dans les mains de la vertu.

Le milord regarda madame Camusot de Marville
d'un air de doute extrêmement flatteur pour une femme
si sèche.

—Il dinait trois ou quatre fois par semaine chez moi,
reprit-elle, il nous aimait tant! nous savions l'apprécier,
les artistes se plaisent avec ceux qui goûtent leur esprit.
Mon mari était, d'ailleurs, son seul parent. Et, quand
cette succession est arrivée à M. de Marville, qui ne s'y
attendait nullement, M. le comte a préféré acheter tout
en bloc plutôt que de laisser vendre cette collection à la
criée; et nous aussi, nous avons mieux aimé la vendre
ainsi, car il est si affreux de voir disperser de belles
choses qui avaient tant amusé ce cher cousin! Élie
Magus fut alors l'appréciateur; et c'est ainsi, milord,
que j'ai pu avoir le cottage bâti par votre oncle, et où
vous nous ferez l'honneur de venir nous voir.

Le caissier du théâtre, dont le privilège cédé par Gaudissart a passé depuis un an dans d'autres mains, est
toujours M. Topinard; mais M. Topinard est devenu
sombre, misanthrope, et parle peu; il passe pour avoir

commis un crime, et les mauvais plaisants du théâtre
prétendent que son chagrin vient d'avoir épousé Lolotte. Le nom de Fraisier cause un soubresaut à l'honnête Topinard. Peut-être trouvera-t-on singulier que
la seule âme digne de Pons et de Schmucke se soit
trouvée dans le troisième dessous d'un théâtre des
boulevards.

Madame Rémonencq, frappée de la prédiction de madame Fontaine, ne veut pas se retirer à la campagne,
elle reste dans son magnifique magasin du boulevard de
la Madeleine, encore une fois veuve. En effet, l'Auvergnat, après s'être fait donner par contrat de mariage
les biens au dernier vivant, avait mis à portée de sa
femme un petit verre de vitriol, comptant sur une erreur ; et sa femme, dans une intention excellente, ayant
mis ailleurs le petit verre, Rémonencq l'avala. Cette fin,
digne de ce scélérat, prouve en faveur de la Providence,
que les peintres de mœurs sont accusés d'oublier, peut-
être à cause des dénoûments de drames qui en abusent.

Excusez les fautes du copiste!

Paris, juillet 1846—mai 1847.

NOTES

Numbers in heavy type refer to pages; those in to notes on each page.

1. 1. *plus que,* When is *plus* followed by *de* in the comparative?

2. *les lèvres papelardes,* lips pursed up.

3. *poindre...*, *laisser, faire, entendre, voir* are followed by the active infinitive, although sometimes translated by the passive in English: *je l'entends chanter,* I hear him sing, or I hear it sung.

4. *Hyacinthe,* a French comedian, 1814-1887, celebrated for his long nose and wonderful power of expression.

2. 1. *si Napoléon...*, condition contrary to fact may be followed by the indicative or subjunctive.

2. *crânerie,* swagger.

3. *de répondre à celle des militaires,* to swagger it with, or by way of retort to the bravado of military men.

3. 3. *carton de la forme,* pasteboard shape.

4. *refouillé,* hollowed out.

5. *n'y sentait point de charpente,* could not detect the framework in them.

4. 1. *Incroyables,* a class under the Directorate which affected an extravagant and peculiar manner of pronunciation.

2. *David,* great French painter, 1748-1825, whose principles of art dominated French painting from about 1790-1830. He advocated the close study and imitation of Greek and Roman art, and was an influential factor in furthering the events of the Revolution.

3. *Jacob,* well-known cabinet-maker of the time.

4. *quête,* subscription for the poor.

5. *attentif,* admirer.

5. 2. *nature de convention,* conventional type.

3. *puisqu'on...,* refers to the expression—*mirobolantes.*

4. *grand prix,* winner of the great prize of the Conservatory of Music, which affords a sojourn of three years in Rome.

5. *courir le cachet,* cf. *courir* in the dictionary.

6. *Euterpe,* Muse of lyric poetry, of the flute, or of music.

6. 7. *rossinienne,* Rossini, the great Italian composer, 1792-1868, whose influence was especially felt in France from about 1823-1840, and who enjoyed a greater popularity than any of his contemporaries in music.

7. 1. *Chenavard,* Aimé, 1798-1838, a painter who was the first to encourage the taste for decorative art in France in the XIXth century.

2. *Ruysdael,* etc., all famous masters of painting.

8. 1. *Dusommerard,* 1799-1842, son of a banker; became famous for his untiring activity as a collector of objects of art; his collection forms the nucleus of the Hôtel de Cluny.

2. *Sauvageot,* 1781-1860, musician and collector of specimens of French art of the Middle Ages and the Renaissance. In 1856 he bequeathed his collection to the Louvre.

3. *c'était,* popular and ungrammatical for plural *c'étaient.*

4. *Auvergnats, ces satellites de la bande noire,* speculators who bought up the property of the nobles and the church, confiscated during the Revolution and sold it in small lots for what it would bring.

5. *les Lepautre,* etc., French artists.

6. *défrayent,* furnish, form the basis of.

7. *pastiches,* imitations.

9. 1. *moxa,* counter-irritant.

10. 2. *Nicolo* = Isouard, Italian composer, 1775-1818. He came to Paris in 1799 and in 1805 through his "Intrigue aux fenêtres" became very popular.

Paër, F., Italian composer, 1771-1839, followed Napoleon to France in 1806 and became director of music in the Théâtre-Italien.

Berton, Henri, French composer, 1767-1844, very popular in the early part of the century and a famous teacher in the Conservatory of Music.

    3. *touchait le forte,* played the piano.

11. 1. *pique-assiette,* nut-cracker, or parasite.

    2. *monnaie de singe,* grimace, or empty compliments.

13. 1. *permît,* notice the frequent use of the subjunctive; Balzac seems to use it more frequently than any writer of his time.

    2. *Liszt,* etc., all noted German musicians. Doelher = Dolher; Dreschok = Dreyschock; Crammer = Cramer.

14. 1. *continue,* lasting.

    2. *a cessé,* it fails, or is intermittant.

    3. *prendre à,* take from.

    4. *fait faire,* leads a German to make.

    5. *le regarde en riant,* stares him in the face.

15. 6. *Richter,* celebrated German humorist, 1763-1825.

    1. *garde-fous,* fence, hedge, fortification.

    2. *Saint-Sylvestre,* New-Year's eve.

16. 1. *Marais,* one of the old quarters of Paris.

17. 1. *pièces en faveur,* drawing cards.

18. 2. *cachucha,* Spanish dance.

20. 1. *de venir à la queue,* following in the wake of.

    2. *partant,* adverb here, therefore.

21. 1. *Tuileries,* palace of French kings, begun under Catherine de' Medicis, about 1559.

    2. *pour faire opposition,* by way of contrast.

    3. *quartier des Lombards,* wealthy quarter of Paris at that time.

22. 1. *démonétisation,* depreciation in value.

    2. *par trop, par* intensifies *trop.*

23. 1. *Minette,* term of endearment = darling, puss.

24. 1. *bois de Sainte-Lucie,* possibly from the bay of St.-Lucia in South Africa.

    2. *permettiez,* the imperfect conveying the meaning: I was of the opinion that you permitted me to present it to you, we had agreed upon that, therefore I bought it. The

conditional which we would naturally expect would convey the meaning: I thought you would permit me to present it to you, therefore I bought it.

3. *laver notre linge ensemble,* to be frank with one another.

25. 1. *Watteau, Lancret, Pater, Greuse,* famous painters of France in the XVIIIth century.

2. *Ménars,* château built in 1764 by de Marigny, brother of Mme de Pompadour.

26. 1. *Turenne,* famous French general, 1611-1675, probably alludes to his campaign in Germany in 1642-1647. The castle was destroyed by the French troups in 1689 and 1693.

2. *nec-plus-ultra,* the perfection of.

3. *bonheur-du-jour,* cabinet.

4. *Riesener,* 1735-1806, famous French cabinet-maker to Louis XVIth.

27. 1. *rapiats,* sharpers, rascals.

2. *le dessus de quelque chose,* the choice of something; here *"dessus de porte,"* door-top or novelty.

3. *liste civile,* government, royalty.

4. *incrusté,* inlaid.

5. *c'est des dessins,* popular and ungrammatical for *ce sont;* cf. **8.** 3.

28. 6. *c'est de ce Pompadour,* in the Pompadour style.

7. *pourrait m'aller,* suit me.

1. *exterminé,* outdid himself.

2. *c'est des,* cf. **27.** 5.

30. 1. *Mme de Pompadour,* mistress of Louis XVth, practically controlled the French government and was the patroness of the arts, many forms of which took their names from her.

2. *se sentait...,* with a touch of her mother's dryness.

31. 1. *Légion d'honneur,* founded in 1894 by Napoleon; an award for some service, civil or military, the sign of which is a little red ribbon worn in the button hole.

32. 1. *Mabille,* one of the many well-known bals of Paris, founded in 1840.

LE COUSIN PONS 249

35. 1. *écu,* coin, value of about three francs.

2. *le cordon...,* the locking and unlocking of French doors by means of a spring bolt is managed from the janitor's room by pulling a cord. Therefore Pons had to cry out *le cordon* in order to get out.

3. *pire,* ungrammatical for *pis.*

36. 1. *à son sou...,* added to his 1% on the rental and his fagot set aside from each load of wood.

2. *attenait...,* there was adjoining a bed-room. The present participle is the only form in use of attenir.

37. 1. *Isigny,* town of about 3,000, in the northwestern part of Normandy, on the English channel, famous for its butter.

38. 2. *en style...,* in the style of an indictment.

3. *à la lettre,* to a penny, every last cent.

40. 1. *passa de même...,* followed suit by making.

2. *qui s'y connaît,* who knows something about it, or who is a connoisseur.

3. *soit servi,* Why subjunctive?

41. 1. *je vas,* colloquial and popular for *vais.*

2. *n'est,* Mme Cibot places an *n* before many of her vowels; this *n* is never to be translated.

3. *v'là,* popular for *voilà.*

45. 1. *Pardine = par Dieu,* on my honor.

2. *à licher...,* et *à les vendre.*

46. 1. *Josépha,* popular singer and actress of the time, prominent figure in *La Cousine Bette.*

48. 1. *Montyon,* 1733-1820, French philanthropist, who founded various prizes, the best known of which is the one for the book "le plus utile au bien temporel de l'humanité.

2. *où donnaient,* were required or played.

49. 1. *Fiancée du Diable,* by Scribe and Romand, music by V. Massé, published in 1854.

50. 1. *il en rencontrait,—n'en trouve plus,* In Balzac *en* refers both to persons and things.

2. *à ne pas croire,* both negatives usually precede a negative infinitive.

51. 1. *je serais taillable...*, I should be infinitely indebted for; i. e. subject to taxes and labor at discretion.

52. 1. *je vous renvoie*, the present for the future, for emphasis.

54. 1. *s'en prendre à*, to throw the blame on.
2. *s'en apercevoir*, notice it in.

55-56. 1. *en représenter un....de celui*, *un* and *celui* refer to siècle.

56. 1. *ferra*, fish.

57. 1. *voir se succédant*, the present participle instead of the infinitive, with verbs like *voir*, *entendre*, etc.
2. *Cornélius, Schnorr*, famous German painters of the XIXth century, the former the leader of the new German school of art, the latter an historical and landscape painter.

58. 1. *voulut voir*, was bent on seeing.

60. 1. *loge aux Italiens*, famous theatre in Paris.
2. *Toutes les mères...*, A French girl is marriageable at the age of fifteen and after the age of twenty-one, if not yet married, French mothers usually become anxious about their daughters.

62. 1. *régime dotal*, under this arrangement the dowry of the French girl does not go to her husband, it is preserved for herself and her children; in the regular contract the dowry belongs to the husband.

63. 1. *la Chocolatière*, famous painting.

64. 2. *chemise à points à jour d'une toile*, open worked shirt or linen.
3. *Florent et Chanor*, possibly noted jewelers in Paris at that time.

66. 1. *c'est entre nous à la vie...*, yours unto life and death.

67. 1. *Werther*, cf. Goethe's Werthers Leiden, 1771, the suffering of a young man, ending in suicide. This novel is said by Mme de Staël to have caused more suicides than the most beautiful woman in the world.
2. *dent d'or*, golden tooth, or wonderful story.

LE COUSIN PONS   251

68. 1. *devait un bout de loi,* lit., owed him a scrap of legislation = would strain a point.

69. 1. *Nucingen, Keller, Du Tillet,* noted bankers, whose names occur repeatedly in Balzac's novels.

70. 1. *il y a deux ans que,* explain present tense of *apprends.*

  2. *Auguste Lafontaine,* 1759-1831, German novelist, author of innumerable sentimental novels.

71-72. 1. *eût avoué, qu'elle eût,* explain the subjunctives.

74. 1. *salut,* leave taking.

75. 1. *eau de corne de cerf,* hartshorn.

76. 1. The comedy of the story, so to speak, has now been played. The second part of the novel deals with the tragedy, the plot woven around Pons and Schmucke by Mme Cibot, Fraisier, Magus, Rémonenck, with the approval of Mme la Présidente, to come into possession of the fortune of Pons.

79. 1. *Petites Affiches,* advertising or want columns in the newspapers. A newspaper in the early part of the XIXth century.

80. 2. Schmucke had had a slight attack of jaundice.

  3. *n'a pour tout potage que sa place,* sole item of income is his position or salary.

  4. *c'est deux enfants,* cf. **8.** 3.

  5. *déchaînés des enfers,* devils let loose from hell.

81. 1. *de quoi il retourne,* what brings him to this.

  2. *sangé = sanglé,* aroused, upset, riled.

83. 1. *Habitant...,* picturing herself living.

84. 1. *une maladie...,* *que = quand* or *dans laquelle,* the two following *que* have same meaning.

85. 2. *que = qu'est-ce qu'il,* colloquial.

  3. *faut* for *il faut.*

86. Mme Cibot here begins her atrocious process of tantalising Pons to death.

  1. *ça,* expresses contempt.

  2. *frist,* exclamation, = and then, in a jiffy.

  3. *Par exemple!* Come now = slang: Come off!

  4. *à d'autres,* tell that to others.

  5. *ce serait = si c'était, je ne la croirais pas.*

87. 1. *que d'être aimé,* redundant *que* before the infinitive.
89. 1. *à la bonne heure,* all right then.
90. 1. *plus malade qu'il n'est,* explain the *ne*.
91. 1. *sarge* = charge.

2. *Batignolles,* suberb of Paris, dating from XVIIIth century.

92. 1. *le grand jeu,* the great play, the grand pack, all that you know.

2. *où que* = *où est-ce que*, colloquial.

93. 1. *mame,* familiar for madame.
95. 1. *c'est-il,* popular for *est-ce*.
96. 1. *Abramko,* servant of Élie Magus.
97. 1. *aussi…venait-il,* When does inversion take place in French?
100. 1. *Cibot serait…,* cf. **86.** 5.
101. 1. *que par la première femme,* Eve's children.

2. *na,* I can tell you, "you bet."

3. *voir* with present participle, cf. **57.** 1.

4. *voies d'eau,* lit., two pails of water, meaning a large quantity.

102. 1. *Ne voilà-t-il pas que,* Am I not, or, Don't you see that I am neglecting.

2. *Pour lors,* At that, or even then.

3. *Plus souvent que,* Before I would allow, or you don't catch me allowing.

4. *leux* = leur.

5. *Elles sont,* They are so great for their stomach.

103. 1. *allez vous pas, ne* omitted, colloquial use.

2. *roi de Rome,* Napoleon's son.

104. 3. *qu'êtes,* colloquial for *qui êtes;* the same in *qu'est à la porte* = *qui est,* l. 14.

4. *qu'on ne vous croit pas avoir des sentiments, des* and not *de* because the negative belongs to *croit* and not to *avoir*.

106. 1. *Barrière Saint-Jacques,* in 1832 this was made the execution place of the condemned; it no longer exists as such.

2. *aureriez,* ungrammatical for *auriez,* cf. also **102.** l. 28-9.

108. 1. *C'est eux,* Balzac has Pons use *c'est* with the plural, although a man of Pon's education would hardly use it. Possibly because he is speaking with Mme Cibot does he use this colloquial form.

109. 1. *Sebastien del Piombo,* etc., names of great masters of painting.

111. 1. *chineur,* second-hand dealer.
2. *que ma soeur, que* = why!
3. *sangs,* constitution.

112. 1. *que* = *qu'est-ce qu'il.*
2. *prendre un billet de parterre,* to fall headlong.

113. 3. *que la vie fut, que* replaces *lorsque.*
4. *il y a de quoi,* that's enough to.

115. 1. *Fichu,* confound!

116. 1. *au bout du fossé la culbute,* meaning, if you follow a path at the end of which there is certain ruin, you are bound to suffer your own consequences.

117. 2. *que mes économies, que* redundant = namely; the next *que* depends on *si peu de chose.*
3. *qu'est* = *qui est.*

118. 1. *quatre-mendiants,* consists of dried fruit, figs, raisins, almonds and nuts.
2. *où se voyait,* ungrammatical for *se voyaient.*
3. *pommes de bateau,* probably cheap, poor grade apples.

120. 1. *il est fait à cela,* he is accustomed to it.
2. *là,* there now!
3. *tout bâclé,* everything in shape, in order.

121. 1. *s'enroulait...,* was being twisted round the pitiless horn of the red claw.
2. *Valérius Publicola,* Roman consul of the Vth century, A. D.

122. 1. *traiter d'une étude,* to treat for or buy a provincial practice.

126. 1. *olive,* knob, shape of an olive.

128. 1. *après* = well; colloquial and often denotes impertinency or anger.
2. *parbleur* = *parbleu* = *par Dieu.*

3. *de laid,* the pun lies in the play on words *laid, lait.* La Sauvage is a very fleshy woman and ugly—hence *laid* and *lait, ugly* and plenty of milk.

130. 1. *issus de germains,* second cousins.

2. *une surprise,* jumping-jack.

3. *chambre des mises...,* chamber of indictments.

132. 1. *Bellone,* Roman goddess of war, armed with a lance and lash with which she encouraged the warriors.

133. 1. *que cette entreprise, que* redundant, cf. **117.** 2.

134. 1. *Saint-Lazare,* French correctional prison at Paris.

136. 1. *qu'il teste,* subjunctive, let him.

138. 1. *vu qu'il,* considering that it is.

2. *monde-piété,* cf. *monde-de-piété.*

139. 1. *V'là-t-il...,* That's a pretty thing to do.

3. *ma petite entendement,* ungrammatical for *mon.*

140. 1. *shiboleth,* test-word, watchword.

141. 1. *Je l'irai voir,* more commonly, *j'irai le voir.*

2. *c'est bien terrible à dire,* for *il est.*

142. 1. *Jocrisse,* type on the stage of a simpleton, a fool, a silly person.

143. 1. *j'irai le voir,* cf. **141.** 1.

144. 1. *en manche de veste,* gougou eyes.

145. 1. *qui vous ait parlé,* Why subjunctive?

2. *que je me défie,* cf. **113.** 3.

146. 1. *de n'avoir pas été,* cf. **50.** 2.

147. 2. *il est plus probable,* notice that Fraisier uses *il,* while Mme Cibot uses *ce.*

3. *serai bien plus à même de,* better be able to.

149. 1. *quelque puissant qu'il fût,* use of the subjunctive?

152. 1. *satisfaits,* must include both M. and Mme de Marville.

153. 1. *Roger Bontemps,* symbolic character, name given to happy, gay, insouciant people.

154. 2. *que je vas,* we would not expect this from Pons.

3. *vous voilà parti,* there your off again.

4. *rococo,* old style; in art the highly ornamental style originating under Louis XIVth.

LE COUSIN PONS

155. 1. *marche sur les boulets,* tied down, or has his legs tied; *traîner le boulet,* referring to prisoners.
   2. *au jour d'aujourd'hui,* from day to day.
   3. *que qui* = qui est-ce qui.

156. 1. *pour ce que vous me donnerez,* as for your leaving me anything.

158. 1. *z'haie,* aspirate *h,* hence there is no liaison.
   2. *depuis quand a-t-on vu,* we would expect the present singular with *depuis quand.*

159. 2. *qu'on néglige...,* que, cf. **113.** 3.
   3. *le sou pour le livre...,* porter's tip and taxes.

163. 1. *je vais l'aller chercher,* cf. **141.** 1; **143.** 1.

167. 1. *coup de pouce,* finishing touch.

168. 1. *Chalenton* = Charenton, asylum.

171. 1. *que je ne le croyais,* explain *ne.*

173. 1. *que je l'aille chercher,* cf. **163.** 1.

175. 1. *Jenny Cadine, Joséphu,* popular actress and singer respectively, mentioned in *La Cousine Bette.*

180. 1. *qui vienne,* subjunctive of wish or desire.
   2. *économisoter,* to save or hoard money.

183. 1. *aussi n'ai-je pas,* explain inversion.

186. 1. *vieux artiste,* for *vieil,* frequently found in Balzac and occasionally in Victor Hugo.

189. 1. *Ah ben,* popular for *eh bien.*
   2. *que Schmucke,* cf. **113.** 3.

190. 1. *avoir la berlue,* to be off, to be crazy.

200. 1. *batterie,* utensils.

201. 1. *plus comme il faut,* more correct, more suitable.

204. 1. *frappe au même coin,* stamped with the same official stamp for all.

205. 1. *c'est inutile de,* cf. **147.** 2.

206. 1. *billets de faire part,* In France, it is a general custom to issue cards to a funeral.
   2. *un exprès,* a special one.

207. 1. *Nous avons les quatre...,* We need four pallbearers.

208. 1. *contenait,* embodied.

210. 1. *fait le lundi,* keep Saint-Monday (Holy Week).

211. 1. *Clichy,* debtors' prison..
214. 1. *carotter,* to bleed.
2. *J'ai, ma petite...,* I am going, while you...to set my foot in the business or attend to the business of.
216. 1. *regards de verjus,* sour looks.
217. 1. *faire votre pelotte,* made your boodle or feathered your nest.
2. *en os de boudin,* lit., turn to pudding bones, *i. e.* go up in smoke.
221. 1. *si,* for *oui,* after negative questions.
222. 1. *Cincinnatus,* Roman consul and dictator; when notified of his election he was found tilling the soil; synonymous with modest.
224. 1. *fichu une perruque,* given me a fine wigging, blow.
225. 1. *châssis à tabatière,* skylight.
226. 1. *à cheval,* sitting astride a broomstick.
2. *avoir beau l'avertir,* in vain warned him.
229. 1. *Sardanapale,* king of Nineva, noted for his dissolute life; hence, expression *faire* or *mener une vie de S...,* lead the life of....
230. 1. *Robert Macaire,* type of an astute and audacious knave; made famous in comedy by Frédéric Lemaître in 1834.
2. *ne voit pas en grand,* does not take large views.
236. 1. *poulet,* love-letter.
237. 1. *Quinze-Vingts,* hospital for the blind, the origin of which goes back to Louis IX.

QUESTIONNAIRE

1. Quel âge avait l'homme ?
   Paraissait-il son âge ?
   En regardant ce vieillard, qu'est-ce que les personnes laissaient poindre ?
1-2. La raison de ce sourire ?
2-3. Décrivez un peu l'habit, le chapeau, la figure de ce vieillard !
3. Cette laideur pourquoi n'excitait-elle pas le rire ?
4. Qui était les Incroyables ? David ? Jacob ?
   Quelle sorte d'homme est-ce qu'on reconnaissait à première vue ?
5. Que savez-vous de la vie de M. Sylvestre Pons ?
   Quel goût avait-il ?
   D'où l'avait-il rapporté ?
   Vers quelle année est-il revenu à Paris ?
6. Comment avait-il dépensé la plus grande partie de son héritage paternel et maternel ?
   Quelle réputation avait-il en 1844, l'année où commence cette histoire ?
7. Que savez-vous de Chenavard ?
   Quels sont les trois éléments du succès ?
7-8. Comment M. Pons avait-il réussi à faire une si grande collection de chefs-d'oeuvre ?
8. Quel est le bonheur ineffable des collectionneurs ?
8-9. Que représentent les noms de Dusommerard, Sauvageot ?
9-10. Duquel des péchés capitaux était-il esclave ?
10-11. Où dînait-il souvent ?
   Qu'est-ce qu'il faisait pour ces amis ?
   Ces amis que faisaient-ils pour lui ?
   Combien d'années dura sa popularité ?
11-12. Que faisait-il pour ses amis pendant la deuxième période de sa popularité ?
12. Pourquoi tous ces anciens amis l'abandonnaient-ils ?

12-13. De quelle manière se vengea-t-il en 1835?
13. Quelle profession suivait-il?
13-14. Qu'est-ce que ces deux amis avaient en commun?
14-15. Mentionnez les différences de leur tempérament!
15-16. Quel était l'effet de cette amitié sur Pons?
Quel était le conseil de Schmucke à Pons?
16. De quelle manière est-ce que Schmucke réussissait à rendre plus agréable la vie à Pons?
Quel arrangement avait-il fait?
17. Décrivez leurs occupations journalières!
17-18. Mentionnez les devoirs de Schmucke dans l'orchestre!
18. Par quoi cette double vie était-elle troublée?
20. A combien de familles Pons avait-il l'entrée?
Dans laquelle de ces maisons devait-il être le mieux accueilli?
21. Qu'avait-il fait pour Mlle. Camusot?
Quel âge avait la jeune fille?
22. Qui était l'ennemi capital de Pons?
Quelle idée avait-elle?
Quels méchants tours lui jouait-elle?
22-23. De quelle manière était-il reçu ce jour-là?
24. Quel prétexte avait-il pour venir?
25. Quelle observation avait-il faite à Mme. la présidente qui la blessait?
Où avait-il acheté cet éventail?
26. Le brocanteur où l'avait-il pris?
Qu'est-ce que le Frankenthal?
Quel compliment Balzac fait-il aux Parisiens?
27. Comment Pons a-t-il réussi à gagner ce trésor d'art?
La conversation entre Monistrol et lui?
28. Que faisait-il pour tromper l'Auvergnat et pour conclure le marché?
29-30. Décrivez l'éventail!
30. L'a-t-elle accepté?
Comment voulait-elle balancer le compte?
31. Quelle était sa plainte?
L'explication de Pons!

32. Les raisons vulgaires que donne Mme. la présidente pour expliquer que sa fille ne se marie pas?
33. Quel est le contenu du billet, remis par Madeleine à Mme. la présidente?
34. Pourquoi ne voulait-il pas accepter l'invitation à dîner seul à la maison?
Qu'est-ce qu'il a aperçu en passant devant la porte de la chambre à coucher de Cécile?
35. La conversation des domestiques dans la cuisine?
35-36. Quel était l'effet de cette expérience sur Pons?
36. Où demeuraient les deux amis?
36-37. Que faisait M. Cibot?
37. Que savez-vous de Mme. Cibot?
38. La maison combien rapportait-elle?
Quel est le revenu des Cibot?
Comment est-ce qu'ils le gagnaient?
38-39. Pourquoi les deux amis ont-ils occasionné une sorte de révolution dans le ménage Cibot?
39. Quel était l'arrangement entre Mme. Cibot et eux?
Comment M. Cibot contribuait-il à leur plaisir?
39-40. Quel marché Schmucke conclut-il avec Mme. Cibot? Et Pons?
40. Quel effet eut ce marché sur la conduite de Mme. Cibot envers les deux amis?
Avec combien d'argent Schmucke vivait-il par an?
41. Décrivez l'arrivée de Pons chez Schmucke!
42. Schmucke qu'a-t-il demandé pour le dîner?
42-43. Comment Schmucke consolait-il son ami?
44. Pons était-il content du dîner?
44-45. Comment montra-t-il son contentement?
45. Quelle proposition Mme. Cibot fit-elle aux deux amis?
L'ont-ils acceptée?
46. Quel en était l'effet sur Mme. Cibot?
Qui était Mme. Fontaine?
46-47. En ne voyant pas d'héritiers à ces deux amis, quelle idée avait Mme. Cibot?

47. Que faisaient-ils après le dîner ?
Quelle peur avait Schmucke ?
A quelle heure sont-ils revenus ?
Est-ce que Pons réussissait à cacher sa mélancolie ?
47-48. Que regrettait-il ?
48. De quelle manière montra-t-il son regret ?
Qui a aussi remarqué que Pons maigrissait ?
48-49. Qu'a dit la première danseuse ?
49. Que disait Schwab ?
50. Racontez ce que vous savez de l'histoire de Wilhem !
Avec qui Pons se trouva-t-il nez à nez ?
50-51. Que lui demanda-t-il ?
Que lui dit-il ?
La réponse de Pons ?
52. Quel était le résultat de l'explication donnée à M. Popinot ?
Sur qui Mme. Camusot et sa fille en rejetèrent-elles la faute ?
Comment M. Camusot menace-t-il les domestiques ?
Que leur fallait-il faire ?
Que faisait le président lui-même ?
53. Que lui demanda-t-il ?
Quel était le résultat de sa visite ?
Pourquoi Pons ne pouvait-il pas accepter l'invitation à dîner ?
54. Qui arriva une heure après ?
Quelle excuse Madeleine donna-t-elle ?
Quelle ambition avait-elle eue ?
55. Où allaient les deux amis ?
Quel désir avait Pons ?
56. Quelle raison le notaire donne-t-il qu'on ne demandât pas en mariage Mlle. Cécile ?
A quelle condition le mariage de Cécile se pouvait-il réaliser ?
56-57. Décrivez un peu le dîner !
57. Où étaient les deux amis vers dix heures et demie ?
De quoi parlaient-ils ?

LE COUSIN PONS   261

58. Où allait Pons le lendemain?
Quelle idée avait-il?

59. Pourquoi la présidente était-elle remplie d'un désir de vengeance?
Comment reçut-elle la proposition de Pons?

59-60. Qu'en pensait Cécile?

60. Qu'est-ce qu'elle voyait dans le mariage avec Brunner?
Que demandait la mère?

61. La proposition de Pons?
Que serait le mariage pour Pons?
Si le mariage se réalisait que voulait faire le président pour Pons?

62. Sous quel régime le président voulait-il marier sa fille?
Quelles sont les conditions de ce régime?

63. Que faisait Mme. la présidente pour se préparer pour le jour de l'entrevue?
Que faisaient Pons et Schwab?

64. Qui est venu le premier?
Décrivez l'apparence de Frédéric!
En voyant Brunner s'enthousiasmer à l'aspect des oeuvres d'art, que se dit Mlle. Cécile?

65. Que demandait-elle à Brunner? Sa réponse?
Que demanda-t-il à Mme. la présidente? Sa réponse?

66. Est-ce que Pons était disposé à vendre ses tableaux?
A quelle condition?

66-67. Que fit Mme. la présidente entendre chez son beau-père? Et pourquoi?

67. Quelle demande courut alors sur toutes les lèvres?
Que disait la présidente?
Que se disait-il au cercle de ses amis?

67-68. Quelles sont les réponses de Mme. la présidente à ses amis?

68. Que disait-elle de Brunner?

69. Après l'entrevue chez Pons à quoi se décidaient M. et Mme. Camusot?
Combien de personnes y avait-il?
Comme qui Brunner était-il annoncé?

69-70. Que disait la présidente à Brunner?
70. Répétez la conversation entre Brunner et Cécile!
71. Que se passait-il après dîner?
Que demandait Brunner à la présidente?
72. Pourquoi Brunner ne voulait-il pas épouser Cécile?
72-73. Donnez son raisonnement!
73. Quelle sorte de personne désire-t-il épouser?
74. Décrivez la scène après l'entrevue!
74-75. L'effet sur Mme. la présidente!
Qui blâme-t-elle?
Que lui disait-elle?
Quelle conception avait-elle pour expliquer cet échec?
76. L'effet sur Pons?
Décrivez l'incident avec Popinot et Cardot!
77-78. La réponse de Cardot à Schmucke!
79. L'effet de tout cela sur la santé de Pons?
Décrivez le médecin du quartier!
80. Que disait-il de la condition de Pons?
Qu'est-ce qu'il ordonnait?
81. Quel est un des principaux caractères de la maladie de Pons?
Que lui faut-il?
Que disait Rémonencq des trésors de Pons?
82. Comment est-ce qu'il a gagné l'information de la valeur de ces tableaux?
Quels sont les rapports entre les Cibot et les Rémonencq?
83. Quelle autre idée conçut-elle aussitôt?
Quelle autre idée avait-elle pour passer le reste de ses jours?
84-85. Que fait-elle pour tantaliser le pauvre Pons?
86-87. De quoi l'accuse-t-elle?
87. En continuant sa tracasserie Schmucke que faisait-il?
88-89. La conversation entre Schmucke et Mme. Cibot?
90. Pons se fie-t-il à Mme. Cibot?
Quelle était l'idée de Mme. Cibot en tantalisant les deux amis?
91. Que dit-elle à son mari?

LE COUSIN PONS

Où est-elle allée le lendemain?

92. Que sont les tireuses de cartes pour les classes inférieures parisiennes?

Quelle est leur influence?

Les relations entre Mme. Cibot et Mme. Fontaine?

Que lui demandait-elle?

Que dit-elle du grand jeu?

93. Pourquoi était-elle disposée à donner le grand jeu à Mme. Cibot?

93-94. Décrivez ses premières préparatifs!

94. Sa déclaration à Mme. Cibot!

95. Combien lui demanda-t-elle.

Quelle consolation donne-t-elle à Mme. Cibot?

96. Quelle question fait-elle à Rémonencq? et que propose-t-il?

Qui est Élie Magus?

97-98. Quel est le grand désir de Magus?

98-99. Décrivez la conduite et la sollicitude de Schmucke pour Pons!

99. Que faisait Mme. Cibot pour rendre possible la visite de Magus?

102. Que disait Mme. Cibot à Pons pour l'inquiéter?

103-107. Quelle idée ou quel dessein voit-on à travers toute la conversation de Mme. Cibot?

108. Quelle question lui fait-elle enfin?

Qu'avait-il l'intention de faire de sa collection?

109-110. Quel offre fait-il à Mme. Cibot?

110. L'effet sur le juif en regardant ces quatre tableaux?

Qu'est-ce qui interrompt leur visite?

Comment le trompe-t-elle?

111. Que se figurait Pons?

112. Que répond-il aux ouvertures de Rémonencq?

Qu'est-ce que Mme. Cibot propose à Magus?

112-113. Qu'entendaient-ils?

Que faisait-elle?

Que dit-elle?

113. Pons qu'est-ce qu'il voulait savoir?

114. Que dit-elle à Schmucke?
Que s'était-elle fait?
114-115. Dans quelle condition était-elle?
115. L'effet sur la maison et le quartier du "trait sublime" de Mme. Cibot?
116. L'effet de cet évènement sur les deux amis?
Comment Mme. Cibot profita-t-elle de la circonstance?
Qui a gardé Pons?
Qui en a souffert?
117-118. Après la conversation avec Pons qu'est-ce qu'elle résolut de faire?
118. Que faisait le docteur? Que lui racontait-elle?
119-120. Quel service demandait-elle au docteur? Sa réponse?
121. Quelle idée avait-elle sur ce rapport?
Comment le docteur reçut-il cette idée?
122. Qu'avait-il à suggérer?
122-123. Que savons-nous de la vie de Fraisier?
124. Décrivez le drame qui va commencer à ce point?
De quoi s'agit-il et qui sont les personnages?
Où allait Mme. Cibot le lendemain?
125. Comment est-ce qu'on caractérisait Fraisier à la maison où il logeait?
127. Décrivez M. Fraisier!
En le voyant à quelle question avait-elle une réponse?
Quel effet avait la voix de Fraisier sur elle?
128. Quelle est son attitude envers elle?
129. En matière de succession qu'est-ce qu'il faut savoir selon l'avoué?
Que disait l'avoué de la valeur des tableaux?
130. Connaît-il Mme. Camusot?
Où a-t-il fait sa connaissance?
Quelle remarque faisait frémir Mme. Cibot?
130-131. Quels sont les termes de la loi dans le cas de Pons et de Mme. Camusot?
131. Pour avoir des opinions arrêtées et pour concevoir un plan que lui fallait-il?

LE COUSIN PONS

- **132.** Que garantit-il à Mme. Cibot et sous quelle condition ?
- **132-133.** De quoi menace-t-il Mme. Cibot ?
- **133-134.** Quelles révélations lui fait-il ?
- **134.** Quelle histoire lui raconte-t-il ?
- **135.** Est-ce qu'elle accepte la garantie de Fraisier ?
  Fraisier pouvait-il donner une réponse définitive à sa question ?
- **136.** Avec qui voulait-il être en rapport ? Et pourquoi ?
  Quels deux hommes leur étaient nécessaires ?
- **138.** Qu'avait Pons dit à Schmucke ?
  Quel mensonge dit-elle à Schmucke ?
- **139.** Que veut-elle faire pour Schmucke ?
- **140.** Quelle est sa proposition ?
- **141-142.** Racontez la visite de Mme. Cibot chez Gaudissart !
  Quels étaient ses sentiments envers Pons ?
- **142.** Quelle est la proposition de Mlle. Brisetout ?
- **143.** Pourquoi Gaudissart ne voulait-il pas l'accepter ?
  Que fait-il pour Pons ?
  Que faisait-elle avec cet argent ?
- **144.** Quelle était son idée ?
  La proposition de Rémonencq ?
- **145.** La conversation entre les trois ?
- **145-146.** A quelles conditions vendra-t-elle huit ou dix tableaux à Magus ?
- **147.** Après sa conversation avec Fraisier quelle résolution a-t-elle prise ?
  L'avocat et le médecin qu'avaient-ils fait pour Fraisier ?
  Où était-il allé ?
- **147-148.** Comment était-il mis ?
- **148.** Par l'entremise de qui et de quelle manière a-t-il obtenu l'audience de Mme. la présidente ?
- **150.** Quelles sont ses conditions pour lui faire avoir la succession de Pons ?
- **150-151.** Que disait Fraisier quand Mme. Camusot lui demandait si M. Pons était bien malade ? Que disait-elle ?
- **152.** Que voulait-elle savoir surtout de Fraisier ? Sa réponse ?

Que se disaient les deux en s'en allant?

Comment Mme. Cibot agit-elle maintenant pour inquiéter Pons?

153-154. Quels sont les raisonnements de Pons et de Mme. Cibot?

155. Que venait-elle enfin proposer à Pons?

157. Que lui propose Schmucke?

De quoi accuse-t-il Mme. Cibot?

Comment répond-elle à cette accusation?

Et que raconte-t-elle à Schmucke pour le tromper?

159. Comment a-t-elle persuadé Schmucke de vendre les tableaux?

161. Qu'est-ce qui arrive le même jour à sept heures?

Le lendemain? Quels tableaux était-ce?

162. Que sont devenus les quatre tableaux de Rémonencq?

Combien d'argent a-t-elle reçu?

162-163. Quel conseil lui donna Magus?

163. De quoi avait-il besoin?

164. Qui veut le lui prêter?

A quelle condition?

165. De quoi selon Fraisier dépendra le chiffre de la rente de Mme. Cibot?

Qui a examiné la collection?

Pons n'y résiste-t-il pas?

Combien de temps leur fallait-il pour en estimer la valeur?

165-166. Comment Mme. Cibot explique-t-elle la présence de Fraisier à Pons?

167. Quelle est l'évaluation de la collection?

168. Comment Mme. Cibot tourmentait-elle Pons plus que jamais?

Comment explique-t-elle la présence de Rémonencq?

169. Que fait Pons après son départ?

Où va-t-il?

Que voit-il?

Que dit Schmucke?

170. Qu'ordonne-t-il à Schmucke de dire à Mme. Cibot? Le résultat?
171. Que dit-il alors à Schmucke?
Combien a-t-il payé sa collection?
172. Qu'ordonne-t-il à Schmucke?
Dans quel état trouve-t-il Mme. Cibot?
173. Que devient M. Cibot?
Qui a causé sa mort?
174. Quelles instructions Pons donne-t-il à Schmucke?
174-175. Quel plan avait-il?
175-176. Qui est Mlle. Brisetout?
Que savez-vous de sa vie?
176. Qu'est-ce que Mme. Cibot a fait pour qu'elle puisse entendre et voir ce qui se passait chez Pons?
Que demanda Pons à M. Trognon?
177. Quelle information sur les testaments lui donne l'avocat?
178. Que fait-il avec le testament?
Que dit M. Trognon à propos du testament à Mme. Cibot?
Pourquoi avait-elle peur de la visite de Mlle. Brisetout?
179. Comment Pons se débarrasse-t-il de Mme. Cibot pendant la visite de Mlle. Brisetout?
179-180. Que dit-il à Mlle. Brisetout?
181-182. Quel plan Mme. Cibot et Fraisier ont-ils pour lire le testament?
182-183. Quelles sont les dernières pensées de Pons qu'il révèle à Schmucke?
183. Qu'a-t-il deviné?
185. Que trouve Fraisier dans le testament?
186. Que fait-il avec le testament?
187. Que propose-t-il maintenant à Mme. Cibot?
187-188. Après le départ de Fraisier qu'arrive-t-il?
188. Qu'emporte-t-elle sous sa robe?
188-189. La conversation entre Fraisier et Mme. Cibot?
190. Fraisier qu'emporte-t-il?
A quoi cela lui servira-t-il?

268 LE COUSIN PONS

191. Qu'est-ce que Rémonencq dit à Mme. Cibot du tableau qu'elle avait volé?

Pourquoi ne pouvait-elle le vendre plus de mille francs?

La proposition de Rémonencq?

191-192. Que lui dit-il de son mari et que propose-t-il?

192. Qui l'interrompt? Que lui répond-elle?

Que se passe-t-il à la loge sur dix heures?

192-193. Qui arrivait chez Pons?

193. Quel changement Pons institua-t-il maintenant dans le testament?

Que se passait-il après cette scène?

193-194. La conduite de Schmucke?

La recommendation du docteur Poulain?

194-195. La conversation entre l'abbé Duplanty, Schmucke et Poulain!

197. Quel arrangement faisaient-ils pour Pons et Schmucke?

Qui avait déjà parlé avec Mme. Cantinet?

198. De quelle manière Schmucke était-il averti de la mort de Pons?

Que fait alors Mme. Cantinet?

199. Que demande-t-elle?

Que lui répond Schmucke?

Que fait Fraisier?

200. Pourquoi Mme. Cibot n'était-elle pas dans la chambre?

Que fallait-il aux femmes pour enterrer le mort?

Où ont-elles trouvé l'argent?

201. Décrivez la conduite de Schmucke!

201-202. Qui était introduit ensuite?

203. Qu'est-ce que Schmucke signa?

Que lui fallait-il aussi pour l'enterrement?

205. Schmucke comment se conduit-il?

Qui a donné l'ordre de partir?

206-207. Le maître des cérémonies de quoi parle-t-il à Schmucke?

Quelle est sa réponse?

207. De quoi était-il "paré"?

Quelle difficulté y avait-il et comment l'a-t-on surmontée?
208. Qui arriva?
Qu'est-ce qu'il avait fait chaque jour?
Pourquoi ne pouvait-il pas voir Pons?
209. Pourquoi le maître des cérémonies n'avait-il pas de difficulté à décider le courtier de la maison Sonet à prendre un des glands?
209-210. Décrivez les deux catafalques!
210. Répétez ce qu'on disait de Pons et de Schmucke, et de ceux qui tenaient les cordons?
Que disait-on de Cibot?
211. Que devina l'ami de Pons, Topinard?
Qu'a-t-il résolu de faire?
212. A l'aspect du trou où l'on allait descendre Pons qu'arrive-t-il à Schmucke?
Que pensait-il en se réveillant?
213. Donnez les détails du monument!
Où est-ce que Schmucke allait après l'enterrement?
214. De quoi s'agit-il dans la conversation entre Topinard et Mme. Sauvage?
Que disait-elle à Fraisier?
215-216. De quoi Fraisier accuse-t-il Mme. Cibot?
Que répond-elle?
217. Est-ce qu'ils se sont entendus?
Comment Schmucke se porte-t-il le lendemain?
218. Qui arrive?
Quel désappointement avait subi Fraisier?
Dans quel but étaient-ils venus?
219. Schmucke faisait-il opposition aux scellés?
Quel est son désir?
En quoi consiste l'apposition des scellés?
220-221. Pourquoi la chambre de Schmucke n'était-elle pas à lui?
221. Où lui fallait-il aller loger?
222. A quoi se décide-t-il?
Que possédait-il?

223. Où était-il allé?
Qui a-t-il rencontré?
Que faisait-il?
Que lui propose Schmucke?
225. Décrivez le logement de Topinard!
226. Décrivez leur entrée dans l'appartement!
Quelle chambre allait-il louer chez les Topinard?
227. Que leur fallait-il pour la meubler?
Où allait-il prendre l'argent?
227-228. Que lui dit Gaudissart?
228. Quel conseil lui donne-t-il?
228-229. Quelles questions lui pose-t-il?
229-230. Que demande-t-il comme dépenses de vivre?
Pour qui demande-t-il une somme d'argent comptant?
231. Qu'est-ce que Gaudissart lui garantit?
232. Qu'est-ce qu'il apportait aux enfants de Topinard?
A quelle condition donne-t-il les fleurs?
Où va-t-il après?
234. Le testament de Pons était-il inattaquable?
234-236. Le contenu de la pièce lue à Mme. Camusot par Fraisier?
237. Quel arrangement entre Mme. Camusot et Fraisier?
238. Que dit Mme. Camusot à Gaudissart?
238-239. Décrivez la réunion dans le cabinet de M. Berthier!
239-240. Qui vient déranger l'affaire?
Sous quel prétexte?
240-241. Qu'est-ce qui causa la mort de Schmucke?
241. Qu'est devenu Fraisier?
241-242. Que savez-vous de la collection de Pons?
242-243. Quel éloge Mme. Camusot faisait-elle de Pons?
243-244. Qu'est devenu Topinard? Mme. Cibot? Rémonencq?

INTRODUCTION.

LIFE.

Quels sont les livres de Balzac qu'on lit le plus?
Quelles études doit-on faire pour bien apprécier Balzac?
Où est-il né?
Quelle détermination avait-il dans sa jeunesse?
Dans quels romans décrit-il sa vie de collège?
Qu'a-t-il fait à l'âge de dix-neuf ans?
A quoi lui ont servi ces études en droit?
Quels autres évènements de sa vie sont d'un intérêt spécial?
A quelle circonstance devait-il la publication de sa "Physiologie du mariage"?
Quelles sont ses expériences comme éditeur?
Quelle est sa vie après sa faillite?
Les deux qualités principales de son caractère?
Ses rapports avec les journaux?
Comment travaillait-il?
Qu'est-ce que c'est que "la furie balzacienne?"
Nommez deux autres traits de son caractère.
Ses relations avec sa soeur Laure?
Que savez-vous de Mme. Hanska?

MENTALITY.

Donnez une idée de sa mentalité: vanité, poseur, dupe de lui-même, etc.
Que dit M. Brunetière?
Quel était le seul but de sa vie? Pourquoi?
S'il était un produit de son temps comment le démontrait-il?
En quelle relation était-il avec les personnages de ses romans?
Décrivez ce qu'on appelle "sa vision prophétique"!
De quelle manière se manifestait son énergie énorme?

SOURCES OF HIS KNOWLEDGE.

Que disent les critiques de Balzac comme savant?
Où a-t-il gagné sa connaissance profonde de son époque?
Quelles trois époques connaissait-il surtout?
Comment expliquez-vous la prépondérance du physiologique dans son oeuvre?
Qu'a-t-il étudié pour ses romans Séraphita et Louis Lambert?
En écrivant ses romans qu'est-ce qu'il avait toujours déjà fait?

AIM AND THEORIES.

Qu'est-ce que c'est que "La Comédie Humaine"?
Que trouve-t-on dans son oeuvre?
Qu'a-t-il répondu aux critiques de sa moralité et de sa philosophie?
Décrivez un peu la société de son temps!
Pourquoi met-il tant de vices dans son oeuvre?
Pourquoi sont-ils toujours victorieux?
Quel est son but?
Que dit M. Poitou de ses idées religieuses, sociales, etc.?
Que peut-on y répondre?
Que pense-t-on aujourd'hui de Balzac?

POPULARITY.

Que pouvez-vous dire de sa popularité?
Nommez les causes de son succès!
Qu'avait-il découvert le premier?
Que veut dire "La femme de trente ans"?

CHARACTERS.

Les personnages dans les romans de Balzac que représentent-ils?
Est-ce que la critique est d'accord sur la valeur et l'importance de ses personnages?

Que dit M. Harper? La Revue d'Edinbourgh? Poitou? Caro? Stevens? James? Parsons?
Que croyait Balzac souvent des personnages de ses romans?
Que dit Sainte-Beuve là-dessus? M. Baker?
Que sait-on de la société actuelle du temps de Balzac et qu'il décrit?
Que représente Rubempré, Rastignac, Grandet, Goriot?
Pourquoi est-ce qu'on condamne la moralité dans Balzac en général?

DESCRIPTIONS.

A quel point de vue les descriptions dans Balzac sont-elles originales et uniques?
Quelles sont les critiques sur ses descriptions?
Que dit Poitou?
L'éloge dans la "Dublin University Magazine"?
Que dit Taine?
Décrivez le monde que Balzac décrit!
Quels en sont les principaux traits?
Comment peut-on décrire le vice dans Balzac?

COMPARISON WITH OTHER WRITERS.
POPULARITY IN EUROPE.

A qui a-t-on comparé Balzac?
Décrivez la popularité de Balzac en Europe?
Que dit M. Motley en 1847?
La Dublin University Magazine en 1864?
M. Baker en 1878?
De qui est-ce que Balzac était toujours le favori?

ORIGINALITY AND INNOVATIONS.

Qu'est-ce qu'on voit déjà dans les premiers romans?
Que fait-il des accessoires?
Quel rôle joue l'argent? et pourquoi?
Que trouve-t-on pour la première fois dans le roman?

Combien de personnages y a-t-il dans l'oeuvre de Balzac ?
Que dit M. Holden ?
Quel est le rôle du prêtre, du médecin ?
Nommez les innovations dans l'oeuvre de Balzac !

QUALITIES AND DEFECTS.

Ses qualités ?
Ses défauts en général ?
Quelle différence trouve-t-on dans la critique anglaise et dans la critique française sur Balzac ?
Dites ce qu'ont écrit Sainte-Beuve, Poitou, Taine, la Dublin University Magazine, Schérer, James, Rhodes, La Quarterly Review !
Quels sont les trois défauts selon M. Faguet ?
Au contraire, que dit M. Le Breton ?

MORALITY.

Qu'est-ce que les critiques ont dit de sa moralité ? La New York Review, Foreign Quarterly Review, North American Review, Poitou, Dublin University Magazine, Rhodes, Bellows, Gleadell ?
Quelle conclusion peut-on tirer de toutes ces critiques ?
Quel mot sensé dit M. Brunetière là-dessus ?
Comment peut-on résumer toute la question de la moralité dans Balzac ?

STYLE.

A quel point de vue le style de Balzac est-il bon ?
A quel point de vue est-il mauvais ?
Qu'ont dit Sainte-Beuve, Foreign Quarterly Review, Sainte-Beuve en 1850; Taine, James en 1875 ?
Comment est-ce que M. Brunetière a résumé la question du style de Balzac ?

INFLUENCE.

En général, que savez-vous dire de l'influence de Balzac ?
Que dit Poitou ?
Sur quoi tous les critiques sont-ils d'accord ?

IMPRESSIONS AND ESTIMATE OF BALZAC.

Les impressions de Leslie Stephen, Blackwood's Magazine, Temple Bar, Moore, Albert sur Balzac?

A qui a-t-on comparé Balzac?

Que dit M. Brunetière?

A quel point de vue est-il difficile pour les Américains de lire Balzac?

WORKS.

Comment divise-t-on les oeuvres de Balzac?

COUSIN PONS, 1847.

Quels sont les points intéressants dans "Le Cousin Pons?"
Décrivez les principaux personnages de ce roman.

Some Books Published by
GEORGE WAHR, Publisher and Bookseller to the University of Michigan, Ann Arbor

D'OOGE.—Helps to the Study of Classical Mythology; for the Lower Grades and Secondary Schools. By B. L. D'Ooge, Professor in the Michigan State Normal College. 12 mo. 180 pages. Cloth, 45 cents.

FLORER.—A Guide for the Study of Riehl's Burg Neideck with Questions for Grammar Review. By Warren Washburn Florer, University of Michigan. Pamphlet. 88 pages. 30 cents.

FLORER.—Biblical Selections. With word list. By Warren Washburn Florer, University of Michigan. 88 pages. Cloth, 40 cents.

FLORER.—Material and Suggestions for the Use of German in the Classroom. Vol. I. By Warren Washburn Florer, University of Michigan. 80 pages. Cloth, 45 cents.
Use of German Series, Vol. II. Jungfrau Von Orleans, Das Edle Blut, Der Schwiegersohn. In press.

FLORER.—Questions on Thomas's German Grammar, with Essentials of Grammar in German. By Warren Washburn Florer, University of Michigan. Pamphlet. 62 pages. 20 cents.

FLORER.—A Guide for the Study of Heyse's L'Arrabbiata. With Questions for Grammar Review. By Warren Washburn Florer, University of Michigan. Pamphlet. 20 pages. 20 cents.

FLORER.—Heyse's L'Arrabbiata. With word list and questions for conversation and grammar review. By Warren Washburn Florer, University of Michigan. 80 pages. Cloth, 35 cents.

FLORER.—A Guide for the Study of Goethe's Egmont. By Warren Washburn Florer. Pamphlet. 30 cents.

FLORER.—Selections from the Original Editions of Luther's Bible Translations. By Warren W. Florer, Ph.D., University of Michigan. Pamphlet. 87 pages. $1.00.

HILDNER.—Citaten Quartett zu Storm's Immensee. By Jonathan Hildner, University of Michigan. German Conversational Cards. Boxed, 50 cents.

HILDNER-DIEKHOFF.—Storm's Immensee. Edited by Jonathan Hildner and Tobias Diekhoff, University of Michigan. With complete vocabulary. 112 pages. Cloth, 35 cents.

HILDNER-DIEKHOFF.—Leitfragen zu Storm's Immensee. By Jonathan Hildner und Tobias Diekhoff, University of Michigan. Pamphlet. 16 pages. 15 cents.

HILDNER-DIEKHOFF.—Freytag die Journalisten. With notes and questions. By Jonathan Hildner and Tobias Diekhoff, University of Michigan. 174 pages. Cloth, 60 cents.

Publications of George Wahr, Ann Arbor.

KENYON.—Spanish Commercial Correspondence with Exercises, Notes and Vocabulary. By Prof. Herbert Alden Kenyon, University of Michigan. 145 pages. Cloth, 75 cents.

LEVI-FRANCOIS.—Questions Based on Levi and Francois' Reader. Pamphlet. 37 pages. 25 cents.

LEVI-FRANCOIS.—A French Reader for Beginners, with Notes and Vocabulary. By Moritz Levi, Assistant Professor of French, University of Michigan, and Victor E. Francois, Instructor in French, University of Michigan. 12mo. 261 pages. $1.00.

WAGNER.—Spanish Grammar. By C. P. Wagner, Ph.D., Assistant Professor in the University of Michigan. 8vo. 197 pages. Cloth, $1.25.

WOLF-FLORER.—A Guide for the study of Goethe's Hermann and Dorothea. By Ernst Wolf, E. Saginaw High School, and Warren Washburn Florer, University of Michigan. Pamphlet. 82 pages. 30 cents.

Sent post paid to any address on receipt of price

$q = c$
$d = t$

Stories
1. Friendship of Pons & Schmucke
2. Cecile & Brunner
3. Damnation of Pons: